『はは……これは……歴史が生まれた瞬間ですよ……』

マリス・レオンハート

七色の魔力線を浮かび上が[illegible]
魔法陣はゆっくり動きを止め[illegible]
マリスの身体のまわりには七[illegible]力纏わりついていた。

席に戻りミアとジンに困ったポーズで話しかけると、
ジトッとした目付きがマリスに向けられた。
ジン・
カッツバルク
「アホなのかテメーは！」
ミア・
テンセント
「いや、隠す気あるマリス？」
「これなら目立たなくていいだろ？」
!?

シーラ・
クルーエル
「楽しいに決まってるでしょうが!!キャンプよ!?」
「アタシはじめてだから楽しみで仕方ないわ!」
ロゼッタ・
クルーエル

ショットボルト
疾走雷撃
一本の電撃がマリスの手から放たれ一直線に飛翔する。
電撃はまだ魔力を練り終わっていない
ガイの眉間を撃ち抜いた。

虹色魔導師は目立ちたく無い①

プリン伯爵　著
イラスト　七草マキコ

装丁／デザイン　中川 綾香

キャラクター紹介

マリス・レオンハート

本作の主人公。
世界で唯一の虹色魔導師！

ミア・テンセント

ボクっ子で
活発な女の子

ジン・カッツバルク

見た目は不良、
根は真面目！

ロゼッタ・クルーエル

キツめの性格だが
乙女な一面もある

シーラ・クルーエル

優しそうでモテる妹だが、
内面は……

リズリア

緋色の爆撃とは
私の事よ！

マリス・レオンハート

本作の主人公。世界で唯一の虹色魔導師！

学生で男爵家生まれ。目立つことを極端に嫌うが、行動のすべてが裏目に出る。目立たないよう派手な言動は控えているにもかかわらず一般常識が欠けているため至るところでポカをやらかす。誰に対しても態度を変えず相手が高位貴族であっても許可さえ出ればタメ口になるほど。虹色魔導師であることを隠しているがあくまで平穏な生活を求めているからであり、友人に危機が迫れば力を使うことを躊躇(ちゅうちょ)しない。

ロゼッタ・クルーエル

キツめの性格だが乙女な一面もある

四大公爵家生まれの長女。今まで出会ったことのないような態度のマリスに興味を持つ。何か秘密を抱えているのではないかと疑う時もあり、よくマリスに絡む。他の四大公爵家とはあまり仲がいいとは言えない。三色魔導師で学園では優秀な生徒として認識されている。

シーラ・クルーエル

優しそうでモテる妹だが、内面は……

四大公爵家生まれの次女。ロゼッタよりも優しくお見合いの話もよく舞い込んで来るが、超が付くほどのシスコンのせいで姉がかかわると黒い内面が顔を出す。特にマリスのロゼッタに対する態度は許せるものではなく、時たま彼に耳打ちする形で本性を出している。

ミア・テンセント

ボクっ子で活発な女の子

マリスの幼馴染でボーイッシュな女の子。常に明るく振舞いコミュニケーション能力に長けている。二色魔導師のため二級クラスだが昼休みなどを使いマリスとはけっこうな頻度で話している。男爵家生まれのマリスとジンに対して仲間意識が強い。マリスの秘密を知る数少ない面子の一人。

ジン・カッツバルク

見た目は不良、根は真面目！

金髪で見た目はヤンチャそうに見えるが案外真面目。ただ言葉遣いはあまり褒められたものではなく敬語は使い慣れていない。二色魔導師でありながら剣も多少扱える前衛タイプ。マリスとミアの幼馴染であり仲間意識はとても強い。フェイルに憧れているところがあり、いずれ剣技を習いたいと思っている。

フェイル・ワーグナー

魔剣士であり友達の少ない可哀そうな男

四大公爵ワーグナー家の次男。兄は騎士団長を務めており十二神の一人でもある。目標としているがあまりにも高すぎる壁に必死で鍛錬を積んでいる。マリスははじめてできた友人であり親友と勝手に名乗っている。

レイ・グランバード

誰もが認める見目麗しい少女

グランバード伯爵家の令嬢で学園長の孫。マリスのよき理解者でもあり秘密を知る数少ない一人。とても美しく見合い話が絶えないがレイはすべて断っている。三色魔導師の優秀な生徒で次期学園長と期待されている。

リズリア

緋色の爆撃とは私の事よ！

十悪序列六位の火属性を得意とする四色魔導師。帝国を憎んでおりマリスたちの前へと立ち塞(ふさ)がる。気が強くリーダー以外には基本従わない。魔法の腕に自信があり、虹色魔導師のことを舐(な)めてかかるが……

ジリアン・スティアード伯爵

戦闘には向かない異色な魔導師

十二神序列十二位にして死神の鎌の異名を持つ二色魔導師。一時的にだが一級クラスの副担任も兼任している。魔道具製作や闇属性に特化した魔導師でいつも気だるげな印象。

プリン伯爵　著
イラストレーター　七草マキコ

プロローグ

マリス・レオンハートは帝都近くに住む男爵レオンハート家の長男である。

この世界では十歳になると魔力判定を行うために神殿から魔導師が来る。

偶然にも神殿から来た魔導師が知り合いであった。

「マリス‼ お前は何色だろうな！ 父さんみたいに三色だったら人生楽に生きられるぞぉ！」

「ちょっとアモン‼ あまりマリスにプレッシャーをかけないであげて頂戴」

「あ、レイア。すまん……俺も今日が楽しみで楽しみでな」

両親はせめてマリスの魔力が二色以上であってくれと願う。貴族として爵位を継げるのは二色以上。

もしもマリスが一色であったならば、レオンハート男爵家はアモンで終わってしまうからであった。

「大丈夫です、僕は父さんと母さんの血を引いてるんですから二色以上にはなれます」

「そうかそうか、嬉しいことを言ってくれるなぁマリスは」

元々マリスの家は平民でありレオンハートの名もアモンが三色魔導師としての才を買われ宮廷魔導師への道が約束されたおかげで、男爵位を得て与えられた名である。もちろん魔導師養成学校を首席で卒業しなければ平民から貴族になるなど不可能であり、父アモンがとても優秀であったがゆえの男爵である。この世界ではほとんどの魔導師が一色だ。二色であればそれなりに優秀な魔導師と呼ばれる。だからこそ平民から三色魔導師が生まれたことは異例であった。宮廷魔導師はスカウトされなければ就くことができない、生まれ持った才能があってこそ許された道だ。魔導師としての才能があれば十六歳になると魔導師養成学校に入る義務が発生する。一色であったとしても、魔法はいろんなところで役立つからだ。マリスが住むこの国、アステリア帝国は他国と比べても魔法大国と呼ばれるほど文明社会により深く魔法を取り入れた国である。

どの国も筆頭魔導師は四色であることに対して、アステリア帝国筆頭魔導師は世界最強と呼ばれる五色魔導師クレイ・グレモリーがいる。

それも魔法大国と呼ばれるゆえんであるだろう。

「おっ！ 来たみたいだぞ‼」

玄関に来客があったことを示すベルの音が響く。神殿から魔導師が到着したようだ。

「久しぶりですね、アモン男爵」

「へっよせよ男爵って呼ぶの。昔みたいにアモンでいいってテレーズ」

「そうですか、ではアモン、そこにいる子がマリスですね？」

「ああ、今日十歳になったばかりなんだ」

「ふむ、なかなか聡明そうな子だ。ではさっそく魔色測定の準備に取りかかりましょう」

神殿からやって来たのはアモンの旧友、テレーズ・ゼクシア子爵だった。アモンが学生だった頃にできた友人らしい。首席で卒業したアモンに対して、テレーズ子爵は次席だった。互いによきライバルとして切磋琢磨（せっさたくま）したというのはマリスが後から聞いた話である。神殿魔導師になるのは二色以上でなくてはならない。テレーズ子爵は二色だったにもかかわらず、持ち前の知能と努力で他の三色魔導師を抑えて神殿魔導師次席までのし上がったのだ。二色であっても技量によっては三色すらも超えるとされるが、あまり聞く話ではない。三色魔導師に比べて魔力量と、使える属性が一つ少ないからだ。

テレーズ子爵のように二色で三色魔導師に勝てる者は極稀だろう。

「さ、準備ができましたよマリス君。そこの魔法陣から出ないようにね」

「は、はい」

これから自分の魔色の数がわかると思うとマリスも少し緊張した面持ちだった。

「肩の力を抜きなさい。そうそう、自然体でいいですよ」

マリスは目を瞑り、心を落ち着かせる。

「さあ、行きますよ。魔色測定！」

テレーズ子爵は神殿魔導師だけが扱える特殊魔法の名を口にした。魔力の色、通称魔色と呼ばれる体内に宿る魔力を見ることのできる魔法。魔色測定が使えるのは神殿魔導師だけ。

マリスが薄く目を開くと体が光に包まれていた。次第に足元の幾何学模様の魔法陣が動き出す。魔法陣がマリスの体を上下に移動し見たこともない文字が空中に浮かぶ。しばらくすると、魔法陣は足元に移動しそのまま止まった。するとマリスの体から魔力と思われる赤と青の魔力線が浮かび上がる。

「おお！二色だな‼」

マリスの横で見ていたアモンが喜びの声を上げる。

「いえ、まだ終わっていませんよ」

テレーズ子爵の言葉通り今度は赤と青に混じって緑の魔力線も浮き出てきた。

「あなた‼ マリスは三色よ‼ これで人生は安泰ね‼」

「さすが俺たちの息子だ‼ よくやった‼」

三色確認されたところでマリスの両親は喜びを分かち合うように抱き合っている。

これで一安心だと思われたが、テレーズだけは真顔だった。

「まだです‼ 魔色測定は終わると勝手に沈黙しますがいまだ動きを止めていません‼」

その言葉を言い終わるか否か、今度は黄色の魔力線がゆっくりと姿をあらわした。

「う、嘘だろ？　四色だと⁉」

「マリス、あなた……私たちを超えたわ……」

驚愕の顔に染まる二人をあざ笑うかのように今度は紫色の魔力線が浮かび上がった。

「あ、ありえない‼　五色魔導師がここに、誕生した……」

テレーズは口をポカンと開けたまま固まる。しかし魔法陣は止まらない。

マリスの身体から、橙、藍色と一色ずつあらわれ、ついに七色の魔力線がすべて浮かび上がってしまった。

「な、七色……」

「そんな馬鹿な……」

七色の魔力線を浮かび上がらせながら魔法陣はゆっくり動きを止め、消える。

マリスの身体のまわりには七色の魔力線が纏わりついていた。

「はは……これは……歴史が生まれた瞬間ですよ……」

「テ、テレーズ……これってもしかして……」

「ええ、そうです。この世界に唯一にして無二の存在、虹色魔導師が今この時生まれました」

十六歳になったマリスは今年魔導師養成学校に入学する。

十歳で魔色測定をした際、七色魔導師であることがわかってしまった。

ただ、マリスは目立つことが嫌いである。理由は多々あるがその中でも一番の理由がレオンハート男爵家が平民の出だからというものだ。元平民の貴族など血筋を重んじる他の貴族からすれば疎ましい存在でしかなかった。それゆえに過去には嫌がらせもよく受けていたものだ。ただ、大っぴらに嫌がらせを受けなかったのはアモンの存在が大きい。やはり国から認められた魔導師だからといえるだろう。七色の魔力を持つなどと世間にバレれば、確実にお祭り騒ぎとなることが目に見えている。

静かに悠々自適な生活を夢見るマリスにとって、七色であることがバレるのは死活問題であった。

父と母もそれを理解してくれたおかげで、表向きは三色魔導師であることとした。

テレーズ子爵もそれに賛成し、うまく誤魔化しておくと言ってくれた。

本来であれば皇帝に謁見し、虹色魔導師が生まれたことを報告しなければならない。

そして国の筆頭魔導師として、国を守る立場に収まらなければならないことは理解しているが、そんなことをすれば悠々自適な生活など無縁となり、おそらく多忙を極めることとなるだろう。

各国の著名人とも上辺だけの貴族的会話を行わなければならないだろうし、そんな息苦しい生活はしたくない。だからこそマリスの持つ魔力を三色であることにしたのだ。

ただし、三色ですと自己申告しても入学時には再度魔色測定が行われてしまう。

学園長には先に話を通しておかなければならないと、マリスはテレーズ子爵とともに校門をくぐった。

「失礼します」

学園長室の中には、学園長ともう一人女性がいた。

「ふむ、テレーズ子爵とレオンハート男爵のご子息だね。何やら急を要する話があるとか」

「はい、私の横にいるマリス君についてです」

すでに簡単な説明はしていたのか、学園長はマリスのことも知っていた。

テレーズ子爵からはよけいなことは言わないようにと言われていたので彼は黙って子爵の話を聞く。

「まさか、我が校を首席で卒業したレオンハート家のご子息をコネで入れてくれとでも言うのではないだろうね？」

「ええもちろんです。もしそんな話を持ってくるなら私ではなくレオンハート男爵がともに来ているでしょう」

「確かに。ではなぜここに来たのかね」

大事な話があるとだけ伝えていたのか、詳細までは知らないようだ。

テレーズ子爵はチラリと学園長の横にたたずむ女性を見ると口を開いた。

「失礼ですが、この話は学園長以外に聞かせるわけにいきません。そちらの女性の退室を願いたいのですが」

「ああ、すまない。紹介が遅れたな。この子は儂の孫だ」

学園長が女性へと顔を向けると、女性はスッと立ち上がる。

「レイ・グランバードと申します。はじめまして神殿魔導師テレーズ・ゼクシア子爵」

クールな女性というものを体現したかのような透き通った声に凛とした顔立ち。

美少女と誰もが答えるだろう。むろん、マリスもそんな印象を受けたのか見惚れていた。

「今年入学予定でな」

「ではなおさら退室を願いたいのですが」

「ほう、もしかするとマリス君と同級生になるやもしれんこの子にすら聞かせるわけにはいかないと」

「おそれながら……どうしてもという場合は絶対に他言しないと約束、いえ契約していただかねばなりません」

伯爵の圧に負けじとテレーズ子爵は食い下がる。

「そこまでか。そこまでして隠さなければならぬことか。この子は私の跡をいずれ継いでもらう。ゆえにここに立ち会わせているのだ。契約魔法は使えるか？　それで縛ってもよい、この子にも聞かせる許可がほしい」

「そうまでおっしゃられるのであれば……わかりました。マリス君、それでいいかい？」

「ええ、大丈夫です。契約で縛るなら問題ないかと」

「ありがとうテレーズ子爵、マリス君。ではレイこっちに来なさい」

テレーズ子爵とレイは互いに見合って契約魔法を行使する。

「今から話す事柄を許可なく他言することを容認しない。これを逸脱（いつだつ）したものは死に至る」

その言葉を聞いた学園長は驚愕の表情を見せた。

「なっ！　死の契約魔法だと！　それほどまでに重要な秘密ということか……ふうむ、早く聞かせてもらいたいではないか。レイ、かまわん受けなさい」

「はいお祖父様」

「我、テレーズ・ゼクシアの名に置いて、契約を」

「我、レイ・グランバードは、その契約結びます」

二人が呪文を言い終わると赤い魔法陣が二人を包む。しばらくすると光は消え魔法陣も消え去った。

「これで契約は成りました。くれぐれも他言には気を付けて下さい。もしも口を滑らせれば即座に死に至ります。お気を付け下さいレイ・グランバード殿」

「ご忠告感謝いたします。ですが私も伯爵令嬢。そんな簡単に口は滑らせませんわ」

なぜマリスとレイで契約を結ばなかったのか。テレーズ子爵とレイで契約を結んだ理由は一つ、単純にマリスがまだ契約魔法を使えないからだ。本来であれば入学してもそうそう学ぶ魔法ではなく、使えない者が大半である。しかしさすがは伯爵令嬢。すでに習得済みのようであった。

「では本題に入りましょう」

「早く聞かせたまえ、こちらはウズウズして年甲斐なく身体が震えておるよ」

それはそうだろう。死の契約を結ばなければ話せないような秘密などとんでもない大きな隠し事でしかない。自分なら絶対聞きたくはないとマリスは心の中で首を振る。そんな大きな秘密を知ってしまえば確実に厄介事に巻き込まれるだろうから。ディルティア学園長はそんな大事な秘密を知ることが単純に楽しみで仕方がない。少し間を置き、テレーズ子爵は口を開く。

「ここにいる彼、マリス・レオンハートは虹色魔導師です」

その言葉を聞いた二人は固まった。呆然（ぼうぜん）としたような顔で数秒間身動き一つしない。

「十歳の魔色測定の時、七色の魔力線を私含めてアモン男爵とその妻レイアが確認しました」

いまだ固まったままの学園長とは違い、レイは声を荒げた。

「あ、ありえません‼ 虹色魔導師など伝説の存在です！ そこにいる彼がその伝説だとでも⁉」

「そうですグランバード嬢。私はさきほどあなたとこの話を他言しないと死の契約を結びました。馬鹿げた話かもしれませんが絶対に他言無用ですよ」

「馬鹿馬鹿しい！　お祖父様！　彼らは詐欺師です！　この学校に入れるのは相応しくありませんわ！」

固まったままの学園長はレイの言葉を聞き、我に返ったのか真面目な顔付きになる。

「テレーズ子爵、もしそれが本当ならとんでもない秘密だ。証拠を見せることができるかね？」

「見せましょう。マリス君かまわないね？」

「かまいません。それで信じてもらえるのなら」

魔色を見る方法は大きく分けて二つある。一つは神殿魔導師が扱う魔色測定の魔法。ただしこの魔法は神殿魔導師しか扱えないためテレーズ子爵がこの場にいなければ不可能なことだ。もう一つは、マリスが魔法を使うこと。七色ということは七属性の魔法が扱えるということになる。ゆえに七属性すべての魔法を見せてしまえば、七色魔導師だと白状しているようなものだ。一応他にも魔色を見る魔眼で相手を見つめるとか魔色測定可能な魔道具を使うなどもあるが、滅多にない事例だから今回は説明を省く。

「では、魔色測定！」

魔法陣がマリスの身体をスキャンするかのごとく上下に動き七色の魔力線が漂い始め、しばらくすると身体に纏わりついてくる。

これを見れば誰であろうと虹色魔導師だ、と信じることだろう。

「そんな、嘘でしょう……」

「ふ、ふはは、まさかこの歳で伝説を見ることができたとは……な」

学園長は不敵に笑うがレイは驚愕と恐れが入り混じった顔をマリスに向けた。

「これでわかってもらえたでしょう。私がなぜ死の契約などという強力な契約魔法を使ったかを」

「確かに、これはおいそれと他言できるものではないな……。さっき言っていた彼の家族とテレーズ子爵しかこのことは知らないということか？」

「いえ、もう二人知っている者がいますが今は関係ありませんので紹介は省かせていただきます」

いまだ口を開けたままのレイは放置して、話は進んでいく。

「それで、この秘密を儂に伝えてどうするつもりだ？」

「この子は今年ここ、魔導師養成学校グランバード学園の入学試験を受けます。ですが入学試験の際に魔色測定がありますね？　他の生徒の前で行ってしまえば彼の虹色魔導師という秘密はバレます。なので、校長にはうまく取り計らってもらいたいのです」

「まあそれは何とかしよう。だがなぜ公(おおやけ)にしない？　マリス君、これを大々的に広めれば富や権力、ぶっちゃけると女も選り取り見取りだぞ？」

いきなり話を振られ、マリスは動揺する。ちらっとテレーズ子爵を横目で見ると、軽くうなずいている。自身の言葉で答えろと暗にそう言っているのだと感じ取ったマリスは一拍置いて口を開いた。

「僕は、目立つことが嫌いです」

「目立つことが嫌い……か。まあ確かに世界で一番有名な魔導師になることは確実であろうな」

「静かに悠々自適に生きることが僕の望みです。もしこんなことが広まってしまえばたぶん筆頭魔導師として抱え込まれ自由はなくなります。僕はそれが嫌で目立ちたくないんです」

「なるほど、理解した。しかし、目立つことが嫌だからという理由だけで……。本来であれば国を挙げての祝い事なのだがな……。仕方あるまい、この歳で伝説を見せてもらえたのだ。協力しよう」

「ありがとうございます！」

学園長からは伯爵らしい貴族の圧を感じとれるが、話せばわかってくれるタイプらしい。

貴族によくある、格下の言葉は耳に入れる価値なしというタイプではないようだ。

「それで、テレーズ子爵。なにかしら策があるのだろう？」

「ええ、彼には入学時三色魔導師として入ってもらいます。三色ならばエリートには違いありませんが、首席で卒業し平民から貴族へと成り上がったレオンハート男爵の息子だとわかればまわりも納得するでしょう」

「ふむ、確かに不自然ではないな、それでいこう。後は属性を決めておかねばならん」

「属性は汎用性の高い赤と青。火と水属性は入れておいた方がいいでしょう。もう一つは、マリス君、どの属性を選ぶ？」

「えっと確か黄色が雷属性でしたよね？　黄色にします」

「赤青黄色か、攻守のバランスが整った色合いだな。間違っても他の色は見せるでないぞ？」

「はい、わかっています」

　極稀に後から色が出現する後発性魔色症というのがある。本来生まれ持った色の数は変わらないが、本当に極稀に後から色が増える者もいる。学園長はマリスが間違えて他色を使ってしまうような事態になれば、後発性だったということにするつもりのようだ。もちろんその場合は四色魔導師になるわけで三色とはまた違った人生を歩むことになってしまうが、全属性使えることがバレるよりはずいぶんとマシである。

「であれば、レイにこの話を聞かせておいてよかったかもしれんな。バレそうになった時同期でフォローできる者がいれば心強いだろう」

　いきなり自分の名前が出たからかずっと固まっていたレイがハッとし呆然としていた顔などしていなかったと言わんばかりにスンと澄ました顔になる。

「あ、はいそうですね お祖父様。私が責任を持ってかならず彼の正体がバレないようにします」

「うむ、頼んだぞ我が孫よ」

しっかりとマリスの目を見つめそう言ったレイの顔は真面目な顔付きだったが、美しい少女に見つめられたマリスは目を逸らしてしまった。それを気にしたのかレイはマリスの目の前まで歩いてくる。

「マリスだったわね、レイ・グランバードよ。よろしく」

そう言いながら手を差し出してくるとマリスは片膝を付き、自己紹介をする。

「マリス・レオンハートです。よろしくお願いしますレイ様」

念のため爵位の高い生まれのレイには様を付けたようないい気がして彼はそう口にしたが、どこか気に障ったのかレイは顔を顰めた。

「レイでいいわ。爵位は上でもあなたとは同期になるでしょう？ 様なんて付けられたら友達と言えるかしら？」

「ああ、そう言われれば確かに……。じゃあレイ、さんでいいですか？ まだその呼び捨ては慣れないので」

「まあいいでしょう」

友達になったと言えるのか？ 今のやり取りだけで？ しかし、こんな美少女と友人関係になってしまえばそれはそれで目立つのではないか？ とマリスの頭の中で目まぐるしく思考が渦巻く。最終的に、あまり親しくしすぎないほうがよさそうだと結論づけた。

「よし、これで話は付いたな。試験に合格できなければここでの会話も意味がなくなってしまうからな」

入学試験は明日だ。問題はないと思うが筆記で落ちないでくれたまえよマリス君。

魔導師養成学校に通うのは魔導師の義務だが、試験に落ちればその限りではない。

試験に落ちるような落ちこぼれは国にとって必要のない人材という扱いになり、魔導師以外の仕事を探す羽目になる。

「はい、明日の試験。全力で臨みます」

「うむ、その意気だ。頑張ってくれたまえ」

最後に学園長と握手を交わしマリスとテレーズは学園を後にした。

「よかったじゃないかマリス君。あんな美少女と仲良くなれる機会なんてそうないよ」

帰り道テレーズさんはからかうようにそう言う。

「いやーあんな美少女と仲良くなんてしてたら目立つじゃないですか……僕の学園生活は平穏でいいんです」

「はあ、変わらないな君は。私だったら喜んで仲良くなるというのに……」

テレーズはそう言うが、あんな美の化身みたいなレイと仲良くなんてなれば、同性からの嫉妬されてしまう。殺されてもおかしくはないのではないかとマリスはありもしない未来を想像し身震いする。

「まあなんにせよ学園長が話のわかる方でよかったよ。これで平穏な学園生活が送れるね」

「そうですね、僕がミスしなければですが」

「間違っても赤青黄色以外の魔法は使わないようにね。さすがに自らバラしてしまえば私たちでも庇えないよ」

「もちろんです。気を付けて学園生活を送るつもりですよ」

後は明日の試験に受かればいいだけだ。他にはどんな生徒がいるのだろうか。

少し楽しみになってきたとマリスの表情には柔らかな笑みが浮かんでいた。


——試験当日。

マリスは受付を済ませて、待機所の椅子に腰かける。

「おまたー！」

元気のいい明るい声をかけてきたのはマリスの友人である、ミア・テンセントだった。

テンセント男爵の令嬢に当たるが男爵が集まるパーティで知り合い仲良くなった。

気さくで歳も同じだったことも仲良くなるきっかけになったのは言うまでもない。

ショートの髪がよく似合うミアも美少女と言っていいだろう。

「受付が混んでてさー、ボク途中で寝そうになったよ」

「寝るなよ」

「試験勉強はどう？ ボクは一夜漬けしちゃった」

「まあそれなりには勉強してきたよ」

いつも通りのやり取りを交わしていると、一人の男が近づいて来た。金髪で眼付きの鋭い男だ。

「わりぃ!! 待たせたな!!」

「いや、ミアも今来たとこだしそんな待ってない」

「まじか！ 受付めちゃめちゃ混みだしてよー、やっぱマリスの言った通り早めに来といてよかったぜ！」

少し口の悪いこの男もマリスの友人である。名をジン・カッツバルク。彼も男爵家の一人息子でありミアと同様パーティで知り合い仲良くなった。マリスとは真逆の性格をしており、仲良くなれたのが奇跡と言えるくらいには目立ちたがりである。金髪で逆立った髪が不良を彷彿(ほうふつ)とさせるが、根は真面目で熱い男だ。

「はい、遅刻でーす。ジンは罰としてジュースを買ってきなさーい」

「は!? いやいやマリスが言ってたじゃねえか！ ミアも今来たんだろ!?」

「気にしない気にしない。さっさとジュースを買ってきなさい！」

「ちっ、わかったわかった！　買ってくればいいんだろ！」

ブツブツ言いながらもしっかりジュースを買いに行くジンはやはり根が優しい。

ミアも遅刻したくせによくそんなことが言える、とマリスは呆れた顔をする。だがこれが彼らの関係性であり軽口を言い合ったりできる、信頼できる仲間であった。そしてマリスの秘密を知っている数少ない者たちでもある。

「そういや、マリス。試験の時はどうするの？」

「ああ、それなら大丈夫。三色だけ使うって学園長とも決めてるから」

「あーそゆことね！　バレそうになったらボクらがごまかしてあげるよ！」

「助かるよ」

二人がごまかしたところで追及は免れないだろう。

試験は単純。実技と学科だけでありこれから行うのは実技試験。

大きな闘技場の真ん中で、試験官の言う通りに自分の使える魔法を披露する。

「次！　ミア・テンセント！」

「あ、ボク呼ばれた！　行ってくる！」

ミアが前に出ると試験官と二度三度会話を交わす。試験の指示を受けておりしばらくすると試験官がゴーレムを召喚した。あれに向かって魔法を撃つわけかとマリスも自分の番が来るまでに流れを見て覚えていく。ミアが魔力を練り始めると滲（にじ）み出すように身体から青と緑の魔力線が浮き出てきた。

「水の暴風（アクアウィンディ）！」

ミアの掌から湧き出た水が風によって巻き上げられ水分を纏った台風となる。観覧席まで届くわずかな風がその風圧を物語っている。すさまじい勢いでゴーレムへと向かう暴風。

風が止んだ後には粉々になったゴーレムが地面に崩れ落ちていた。

「ふむ、二色魔導師だな。それなりに威力もあるようだ。よし、戻っていいぞ」

「はーい」

マリスらの元へと戻ってきたミアは満足そうな顔を浮かべている。

「お疲れミア」

「全力でやってきちゃった！」

試験の成績によって振り分けられるクラスが決まる。一級、二級、三級とあり、言わずもがな一級は特に優れた者だけで構成されるクラスだ。二級は二色以上であれば入れるクラス。三級は一色かあまり魔法が得意ではない二色魔導師が入るクラスとなる。待遇や授業の質も変わり、みな二級以上を目指すのが普通である。当然だがエリートと呼ばれる三色以上は強制的に一級クラスだ。

「あれだけ派手にやれば実技はいい点出るだろ」

「だったらいいけどねぇ、あ、次ジンの番だよ」

「お、ほんとだ。行ってくるわ！」

ジンもミア同様、試験官と一通りやり取りをした後ゴーレムと対峙（たいじ）し魔力を練り始める。

ジンの身体からは赤と橙の魔力線が浮き出てきた。

「火炎岩弾（ファイアブリッツ）！」

炎を纏った岩石が前に突き出した手の中で生み出され次第に大きくなっていく。直径四十センチほどまで大きくなるとそのまま撃ち出された。弾丸のような速度で撃ち出された炎を纏った岩石はゴーレムに当たると鈍い衝突音とともに身体の一部が砕け散った。ゴーレムは完全にバラバラとまではいかなかったが、上下が分離するほどのダメージを受けたようだ。

戻ってきたジンは少し悔しそうな顔をしていた。

「へっへーー！　ざんねーん！　ボクはバラバラにできましたけどー？」

「う、うるせぇな‼　おれのはそこまで豪快な技じゃねぇんだ、繊細な技なんだよ！」

「はー⁉　ボクも繊細な技ですけどー‼」

「お互い十分実力は発揮できたと思うよ。喧嘩しない喧嘩しない」

何かあるとすぐに競おうとするのは二人の悪い癖である。

「次！　マリス・レオンハート！」

「呼ばれたから行ってくる」

「「頑張れよ‼」」

二人からの声援を背に受けながらマリスは試験官のところまで歩いて行く。

「おお、アモンの息子か」

「え？」

「あ、いやな。俺がまだ新任の教官だった時にアモンが通っていたんだ。首席で卒業していったやつだしな、覚えているぞ」

試験官はマリスの父親をよく知っているような口ぶりだった。

「よくそんな昔のこと覚えていますね」

「そりゃそうだ！　アイツは平民から貴族へと成り上がった世にも珍しい例だからな！　実力で爵位を手に入れたやつだぞ。すごいんだからな」

期待しているのか試験官は目を輝かせてマリスを見る。

期待するのはいいがあまりハードルは上げてほしくないとマリスは眉を顰める。彼は三色だけでやるつもりだった。ゴーレムが召喚され試験官が離れると、マリスは魔力を練り始める。赤と青、そして黄色の魔力線が浮かび上がると観覧席はざわめき立つ。

「おい、あいつ三色魔導師か!?」

「ちっエリートかよ」

「どこの家の方かしら?」

三色の魔力を見た感想はさまざまなようだ。少し目立っている気がしたマリスは手早く終わらせる為すぐに魔法を詠唱する。

「炎雷水王牙(フレアボルトアクワイア)」

右手に炎、左手に雷を纏わせ身体の前には水球を生成する。炎と雷は水球に触れると水蒸気爆発を起こし、その推進力を得た水は薄い刃となり、ゴーレムへと飛翔する。

パシュッ

気の抜けたような音だけが聞こえ、ゴーレムは綺麗に真っ二つとなった。地味で威力もそれなりでかつ馬鹿にされない程度の魔法を創った昔の自分は天才だったのではとマリスはほくそ笑む。

「断面が……こんなツルツルに……」

試験官はゴーレムに近づき真っ二つにされた断面を手で触り呟く。

「おい、なんだよ今の魔法……」

「見たことねぇよあんなの……」

「聞いたこともない魔法名だったわね……」

観覧席から聞こえてくる声はどれも悪いものではない。それどころか驚かれているようだ。よく見たのか？　三色魔導師だという証明にもなったし、ド派手に爆発もしなかっただろとマリスは心の中でぼやく。地味すぎて逆に目立った可能性が高いかもしれないとマリスは困り顔を見せた。

「マリス……オリジナル魔法なんて使ったら駄目じゃない……」

「だよな、ミア。あれオリジナルだよな。俺見たことねぇもんあんな魔法」

ジンとミアの声は聞き慣れているだけにマリスの耳にも聞こえてきた。できるだけ地味な魔法を創った彼に対してなかなかの言いようである。

「マリス、これは君のオリジナル魔法か？」

「あ、はいそうです」

「な、なるほど……。アモンの息子はやはり別格だったか……」

試験官からよくわからないことを言われマリスは観覧席に戻された。戻る際にたくさんの受験生から奇異な目を向けられたが、地味すぎたからだろうと考えたのはマリスだけである。

「なんかめっちゃ見られてるんだけど」

「な、なんだよ」

席に戻りミアとジンに困ったポーズで話しかけると、ジトッとした目付きがマリスに向けられた。

「いや、隠す気あるマリス？」

「当たり前だろ、目立つのは嫌いなんだから」

「アホなのかテメーは！　誰がオリジナル魔法を使えって言ったよ！」

「オリジナル魔法だけど、できるだけ地味そうな魔法を創ったんだ。これなら目立たなくていいだろ？」

「馬鹿だなーマリスは。そもそもオリジナル魔法を創るってこと自体、普通はできないからね」

「なんだって！　そう、なのか……」

「テメーさてはテレーズさんの魔法講義真面目に聞いてなかったな？」

ジンにそう言われたマリスはテレーズから講義を受けていた時を思い出す。

あれは確か十二歳の時だったか？　とマリスは記憶をたどった。

――今から四年前。

「では、今日から魔法講義を始めます。私テレーズが教師を務めますのでよろしくお願いしますねマリス君、ミアさん、ジン君」

魔導師養成学校に入学するのは十六歳になってからだが、それまでにある程度魔法の知識は付けておかねばならない。

わざわざ彼らのためにテレーズは神殿魔導師の仕事の合間を縫って教えてくれることとなった。

「まず覚えておかないといけないことは個人個人により使える属性は違います。さらに魔力量が違うので覚える魔法も違ったものになってきます」

「はい！　せんせい！」

「ミアさん、どうぞ」

「自分で魔法を創ることはできるんですか！」

「なるほど、オリジナル魔法ですね。結論から言えば可能です。ただしたぐい稀なる才能がなければ創ることは難しいでしょう。ちなみに私は創れません」

「俺いつか自分だけの魔法創るの夢なんだ‼」

「ジン君、それは素晴らしいことです、もしもオリジナル魔法を創れたら宮廷魔導師にスカウトされますよ」

二色にして神殿魔導師にまで登り詰めたテレーズでも簡単に創れるものではない。

「もしもオリジナル魔法を創れたら教えて下さいね」

昔の記憶が蘇りジンとミアの態度にも納得がいったマリスは落ち込んだ。オリジナル魔法を創った時点で目立つ行為なのだから。

「んー困ったなぁ、目立ちたくないのに……」

「いや、困ったのはこっちだよ！　せっかくフォローしようと思ってもこれはフォローしきれないよ！」

マリスが魔法披露をやり直したいと後悔していると、急にあたりが騒がしくなった。

「ねえ、マリスあれ見て」

ミアが指差す方向は闘技場のド真ん中。今まさに騒ぎの中心にいる者だった。

「また三色だ！」

「なんだよ今期はすげぇやつばっかりか⁉」

「美しい……あの人の妹になりたい……」

さまざまな声が上がっているが、その人物とはマリスが直近で知り合った者であった。

「あーレイさんだ。あの人学園長のお孫さんだよ」

「あ、そっか、マリスは昨日会ったたって言ってたっけ。すっごい綺麗な人だね！」

「三色魔導師で伯爵令嬢で容姿端麗……神は三物を与えたのかっ‼」

ジンはなぜか悔しそうだが、放って置いていいだろうとマリスは反応を示さなかった。

「さすがは才女って言われるだけあるよね。魔力量も多いんだろうな」

「いやいや、マリスよりは少ないでしょ……」

その通りなのだが表向きマリスは三色魔導師でいくつもりである。マリスの発言は三色魔導師の中ではかなり魔力量が多いのではという意味合いで放った言葉であった。

「あ、試験終わったみたいだぜ。ってこっち向かってきてないか？」

「嘘！　なになに！　マリスなんかやったの⁉」

「なんでもかんでもやらかすと思ったら大間違いだぞ。僕は静かに生きていきたいんだから」

レイはどんどん近づいて来るとマリスの前で止まった。

「マリス、あなたにそのオリジナル魔法を教えたお祖父様がよくやったと言ってたわ」

レイはまわりに聞こえる声量で、マリスが創ったと思わせないよう彼にそう声をかけた。

「そ、そうだったの！　マリス！　てっきりマリスが創ったのかと思っちゃったよー！（棒読み）」

「お、おおー！　さすがはグランバード伯爵様だな‼」

ジンとミアも察したのかうまく乗ってくる。

「おい、アイツがオリジナル魔法創ったわけじゃなさそうだな」

「あーびっくりした。入学前からとんでもないのがあらわれたと思っちゃったじゃない」

「いいなー！　伯爵様直々にオリジナル魔法を教えてもらえるなんて！」

マリスたちの会話を盗み聞いていた他の生徒もうまく信じてくれたようでレイのフォローはうまく刺さっていた。自分のミスをうまい具合にごまかしてくれたとマリスはレイに心の中で感謝する。

「ああ、そんなこと言ってたんですね。じゃあレイさん、伯爵様によろしく伝えておいてくれますか」

「ええ、かまわないわ。（この男はホントに……）」

「あ、でもレイさんに聞きたいことができました」

「な、何かしら？」

レイは考えなしに行動する目の前の男からさっさと離れておきたかったが、呼び止められれば無視するわけにもいかない。いらぬことを口走るなよとレイは心の中で祈りながらマリスの発言を待った。

「自分の持っていない属性の魔法って創れるんですね」

「「「…………………………」」」

「マリス……あなたは……」

「え？ いや何となく気になりまして」

ミアとジンは憐れな者を見るかのような目でマリスを真っすぐ見つめる。

「な、なんだよ」

「目立ちたくないってのは、嘘なのかなぁ？ マリスくぅん？」

ミアは笑っているように見えて目が笑っていない。怒らせたようだが、マリスには何のことかわからず首を傾げた。そんなマリスの耳を引っ張りミアが小声で怒鳴る。

「バカなの⁉ せっかくレイ様がごまかしてくれたのにアンタがそんなこと言い出したら意味がなくなるでしょ！」

「え？」

「だから！ 持っていない属性の魔法って創れるの、って聞いたでしょ！ 創れるわけないじゃない。そもそも自分の属性以外は使うことすらできないんだから！」

「あ……」

「やっと気づいた？ アンタはそれは嘘です、自分で創りましたって言ってるようなものよ」

マリスは純粋な気持ちで伯爵が持たない雷属性を取り入れたオリジナル魔法を創れるのかとレイに質問を投げかけただけだったのだが、その質問はここでするべきではなかったといまさらながら気づく。

察しのいい者であれば気づいていてもおかしくはない。

「あー、レイさん。今のは聞かなかったことに……」

「あなたは私の好意を無駄にするのがお好きなのかしらね」

「いえ……そんなことは……ないです」

レイは呆れたような顔で溜息をつく。

「どういうことだ？　伯爵様って属性違っても魔法創れるのかよ」

「ありえないわ！　でも……伯爵様ならありえるかもっ」

「そんな人に師事してぇ！」

幸か不幸か聞き耳を立てていた生徒たちはうまい具合に勘違いしてくれていた。

「はあ、なんとかなりそうね。マリス、あなたは今後喋る前に一度考えてから言葉を発するように」

「はい……」

それだけ言うと、レイは自分の席に戻って行った。

「はーよかった。勘違いしてくれて助かったねマリス」

「そうみたいだ、世の中うまくいくもんだよ」

「アンタが変なこと口走らなければよかっただけの話だけどね」

「そうだぜマリス。さすがの俺でもヒヤッとしたぜ」

馬鹿筆頭のジンにまで呆れられたのに納得いかない様子の顔を浮かべていたマリスだったが、今回は全面的に自分が悪い。今後は喋る前に一度考えてから口を開こうとマリスは誓いを立てた。

「「「おおおお‼」」」

マリスが反省しているといきなり試験会場が沸いた。何事かと彼が顔を上げると、金髪のすごい高そうな服を着たイケメンが試験を受けるようであった。

「誰？」

「知らないの、マリス。あの人は四大公爵家の一人、ワーグナー家の次男、フェイル・ワーグナー様。大物だよ」

「へー」

知るわけがない。だって僕らは男爵家生まれなんだもの。公爵なんて雲の上すぎて知ってるわけがないと、もはや開き直った顔でマリスは相槌を打った。

「おいおい、俺でも知ってるぞ」

ジンも知っていた。当然ながら自国の公爵家を知らないなど常識外れである。

「では、フェイル・ワーグナー！　実技試験を始める！」

試験官の声と同時にゴーレムが召喚される。フェイルは手をゴーレムに向け魔力を練り始めた。

青、緑、黄色の魔力線がフェイルの体に纏わり付く。

「俺が、最強だと覚えておくがいい！　颪炎雷撃‼」

炎が渦を巻きながらゴーレムへと真っすぐ飛ぶ。当たるか当たらないかの瞬間雷鳴が響き渡り炎の渦の中を直進する電撃。三属性を纏った一撃はゴーレムをバラバラにしその威力を思い知らせた。

「ほお、さすがはワーグナー公爵家の次男だけはある。三色魔導師か。よし、席に戻っていいぞ」

「ふっ、俺があんなよくわからない男に負けるはずがない！」

そう言いフェイルは観覧席をにらみつけた。心なしか視線を感じたマリスは目を逸らした。

「マリスのこと見てるよあの人」

気のせいではなかったようでフェイルはマリスを目の敵にしているようであった。

目立ちたくないのに勘弁してほしいとマリスは項垂れた。その後も何度か三色魔導師があらわれていたが、途中から眠くなってきて居眠りしてしまったマリスの記憶にはほとんど残っていない。

「よし、これで実技試験を終了する！　次は学科試験だ！　一時間後指定の教室に向かえ！」

マリスは試験官の大きな声で目を覚ました。みな立ち上がりおのおの指定された教室に行くため動き始める。

「ミアとジンはどこの教室？」

「ボクはBクラスの教室だってさ」

「俺はCだ」

「じゃあみんなバラバラか、僕はAだし」

後で合流すると約束した三人は、指定された教室を目指す。この学園は想像以上に敷地が広い。アステリア帝国最大の学園と言われるだけのことはあった。マリスが地図を片手にウロウロしていると、見知った人を発見した。レイ・グランバードだ。しかしまわりには貴族令嬢が集まっている。近寄れば自分のような男爵家程度の男はボコボコにされてしまいそうだと少し離れて歩いていると不意に背後から声が聞こえた。

「おい‼　オリジナル魔法を披露した男！」

どう考えてもマリスのことである。振り返ると、あの金髪イケメンが立っていた。

「えと、なんでしょうか」

「なんでしょうか、ではない。合格していればお前と俺は同期だろう。敬語は必要ない」

「いえ、しかし公爵に不敬があっては……」

「俺がかまわんといっているのだ。知っているだろうが名乗っておく。俺はフェイル・ワーグナー。それと俺は公爵ではない、あくまで公爵家次男というだけだ。」

知ってる。などと口走りそうになったマリスだが、とりあえず無言で頭を下げた。

「いや、名乗れ‼ 俺が名乗ったんだぞ！ お前の名前は⁉」

「あ、そういう意味でしたか。僕はマリス・レオンハートです」

「ん？ レオンハート？ あのレオンハート男爵の息子か！」

「どのレオンハート男爵かは知りませんが、たぶんそのレオンハート男爵であってると思います」

「イライラする会話だな。まあいい、納得できた。お前が優秀な魔導師だということが」

レオンハート男爵の息子であれば優秀だと、何を根拠に言ってるのだろうかとマリスは首を傾げた。

「お前は実の父親がどれほど有名かも知らんのか？」

「はあ……」

「レオンハート男爵は平民にして爵位を得た。平民ではじめて皇帝に謁見した男だぞ」

「なるほど」

「な、なんだ温度差があるな……」

温度差と言われても、マリスにしてみれば生まれてからほぼ毎日一緒にいる父親である。そんな会う人みんなに君の父親はすごいすごいと言われてもあまり実感がないのは当然であった。

「よくわかっていないようだな。いいか！ 平民が初めて爵位を得たのだぞ⁉ それも皇帝への謁見付きでな‼ 謁見など普通の男爵子爵程度では叶(かな)わんというのにだぞ」

熱くなっているフェイルを見ていると逆に冷静になってきたマリス。皇帝への謁見は確かにすごいことだが、フェイルがあまりに興奮しすぎていて対極的に冷めた態度になっていた。

「ふう、すまない興奮してしまった。まあ何が言いたいかというとだな、お前の優秀さはレオンハート男爵の息子だというのなら納得できるということだ」

「いえ、僕は優秀ではないです。なんか生まれた時から三色魔導師だったってだけで」

「それもすごいことなのだがな、俺が言っているのはオリジナル魔法を創ったことだ。それといつまで敬語で話している。かまわんと言ったはずだ」

「そこまで言うのなら普通に話すよフェイル」

「フェイル⁉　お、おお。呼び捨てされるというのもよいものだな……友達……とはこういうものなのか」

フェイルがブツブツ言い出したため、マリスはそっと目の前から消え、教室へ向かうことにした。

「ん？　ここかな？」

Aと書かれた教室のドアを開けると中にいた者たちはいっせいにマリスを見た。フェイルのせいで遅くなってしまい彼が最後のようである。すでにマリス以外の受験者は全員自分の席に着いていた。

あまりの目線の多さに教室を出たくなったマリスだが試験を受ける以上そういうわけにはいかずフードを深く被り可能な限り顔を隠しながら自分の席へと着く。

「ねえ」

自分の席に座れたが、まだ視線はマリスへと向いており俯（うつむ）いて気づいていないフリをした。

「ねえ」

うるさいな、僕は今影だ。誰にも見えない影になっているのだと自分に言い聞かせ無言を貫く。

「ねえってば‼」

「どわぁ‼」

肩を殴られ何事かとマリスが横を見ると、目が釣り上がった女の子がいた。

「あの、なんでしょうか……」

「さっきからなんっかいも呼んだのに無視してたの⁉」

「あ、いや気づきませんでした」

「はあ⁉ アタシの声が聞こえなかったとでも⁉」

マリスはすごい形相で怒る女の子にビクついた。

「ふう、まあいいわ。あなた名前は？」

「え？ 名前を聞く時はまず自分から名乗るらしいですよ？」

「アタシのこと知らないの⁉」

「知らないも何も初対面ではないですか」

「そ、そうだけどホントにアタシのこと知らないの？」

「はい」

明らかに初対面であるにもかかわらずしつこい女の子にマリスは面倒くさそうな態度を取る。

「まさかアタシのこと知らないやつがこの学園の試験を受けているとはね……。アタシはロゼッタ・クルーエル。クルーエル公爵家を知らないの？」

「あー、その、えーとはい、知ってました」

「嘘つけ‼」

ロゼッタはまた怒りを露わにする。しかし赤い髪にキツネ目で怒っていてもかなりの美少女だった。

「で？」

「で？ とは？」

「名乗ったでしょうが‼ あなたの名前を教えなさいよ‼」

高位貴族に名前を覚えられたくはなったが、ここで難色を示せばまた怒り狂うだろうとマリスは仕方なく名を名乗った。

「僕はマリス・レオンハートです」

「へえ、レオンハート男爵の……。なるほどね、魔法創造も納得いったわ」

またもレオンハートの名前がでてきたことでやはり父はすごい人物なのだと認識を改める。

いやそれよりもどうして僕が魔法を創ったと確定して話を進めているのかとマリスは眉を顰めた。

「それで、あの魔法はどうやって創ったのよ」

「あ、先生来ましたよ。後にしましょう」

「こ、こいつ……！」

無駄にくっちゃべっていたせいで試験官が教室に入って来る。試験官が来るとさすがにロゼッタも黙った。学科試験は滞りなく終わりマリスもそれなりのできだったのではないかと満足そうな表情を浮かべていた。

試験が終わりそそくさと教室を出たマリスは校門付近で友人と待ち合わせをしていたためそこへ向かう。わりと早く教室を出たからかジンとミアはまだ来ていなかった。

「ちょっと‼」

ミアが来たのかと声がした方にマリスが視線を向けると、赤髪の女の子が腰に両手を当て仁王立ちしている。

「あ、ロ、ロジータさん？　でしたっけ」

「ロゼッタよ‼　公爵家に対してその態度‼　本来であれば不敬罪よ？」

「すみません。じゃあ」

「じゃあじゃない！」

マリスの態度に血管切れるのではないか？　といった調子で怒りを露わにするロゼッタだったが、今回ばかりは彼女が怒る理由もあるというものだ。

「なんで先に教室を出るのよ‼　後で話をするって言ったじゃないの！」

「そうでしたっけ？　まあそれはまた今度ということでお願いします」

「ああ言えばこう言う‼　とにかく！　オリジナル魔法について聞きたいことがあったからあなたに話しかけたの！」

マリスにとってそれは早く忘れてほしい出来事だったのだが、ロゼッタはしっかり覚えていた。

「あ！　見つけたぞマリス！」

今度はフェイルがどこからか駆けつけて来ると声を大にする。

「あーフェイルか。さっきぶりだね」

「さっきぶりだね、じゃない。なぜさっさと俺を置いていくんだ」

「いやぁ何かブツブツ言ってたから先に行っちゃったよ」

話しかけられてそれに付き合っているとフェイルがブツブツ呟き始めたため先に教室に行ってしまったマリスだが、それを根に持っているらしくフェイルは少し怒った様子だった。

「そ、それはだな。いやもうそれはいい。とにかく！　俺とお前は友達になっただろう‼　魔法談義に花を咲かせようじゃないか、友達らしく」

友達と魔法談義をするというのはいささか子どもっぽいが、フェイルには友人が一人もおらず普通の友人同士の会話というものを知らない。

「ちょっとフェイル‼　今アタシが話してたでしょうが！　何横から割り込んできてるのよ！」

「ん？　ああロゼッタか。何でこんなところにいる？」

「アタシがマリスに話しかけていたのよ‼」

　ロゼッタの怒りはフェイルへと向けられる。それに公爵家の二人が揃ったせいで目立ちやすくなってしまいこんなところを他の生徒に見られたら変な噂が立つのではとマリスは逃走するタイミングを見計らう。ちょうど二人が何やら言い合いを始めたタイミングでマリスはそそくさとその場から去り校門から出た。ミア、ジン先に帰る、と心の中で伝えたマリスだったが遠くからそんな様子を二人は見ていた。

「何してんのよマリス……」

「あそこに俺らいなくてよかったな。公爵家二人相手にまともに会話ができる気がしねぇぜ」

　フェイルとロゼッタが大声で言い合ってるうちにちょっとした騒ぎになりかけていたが、マリスはスッと逃げるようにして帰ったおかげでミアとジン以外に見られることはなかった。

　そんな試験当日から数日がたった。

「マリス‼ 学園の合否が届いているわよ！」

　母の声で目を覚ましたマリスはリビングへと足を運ぶ。母から受け取った封筒には、合格、の文字が記載されていた。

「よかったなマリス！　それでどうだ、他の生徒を見た感じは」

「んー三色魔導師は何人かいたよ。そんなに目立たなくて済むかも」

「それはよかった！　友達はできそうか？」

「なんか友達だって一方的に言われた人はいるかな」

「おお、なんてやつだ？　もしかしたら父さんの知り合いの息子さんかもしれないからな！　挨拶しておかねば！」

「フェイルっていうイケメンだったよ」

「フ、フェイル……？　そ、それってワーグナー公爵家の……か？」

「あーなんかそんな家名だった気がする。途中で逃げて来たからよくわかんないけど」

アモンは顔面蒼白、母であるレイアはすでに白目を剥いていた。

「に、逃げたってのは……どういうことなんだ？　もう少し詳しく教えてくれ」

「ん？　いやなんかうるさかったから。目立つの嫌だし」

「ま、待て待て。うるさかった？　ワーグナー公爵家だぞ？　うるさかったから逃げたのか？」

何度もしつこく聞いてくる父にウンザリするマリスに正気に戻ったらしい母まで問い詰めてくる。

「マリス！　ホントにワーグナー公爵家なのね⁉　逃げたってどういうことなの⁉」

「僕昔から目立つのが嫌いだって言ってたでしょ。あんな金髪イケメンと一緒にいたら目立って仕方がないから逃げたんだよ」

「なんてことを……」

「あ、でもフェイルが父さんのこと知ってたよ」

「知ってた⁉　ちょっと待ってくれ詳しく、もっと詳しく一から説明してくれ‼」

あまりのしつこさに嫌気が差すが、ここは説明しておかないと後から面倒だと思ったマリスは出会ったところから全部を話した。

「なるほど……と、とにかく無礼なことはしていないんだな？」

「フェイルにはね。でももっとうるさいロジータ？　みたいな名前の子は無視したけど」

「ロジータ？　まさかロゼッタ様のことか？」

「あ、そうそう、そんな名前だった」

「待ってくれ、もう父さんは頭が追いつかない……」

「ロゼッタ・クルーエル様のことを言ってるのかしら？」

「そうそう、そんな名前。赤髪でずっとプリプリしてた子だったなー。あの子もうるさいから近づかない方がいいなと思って無視して帰ってきたんだ」

「おおおお前はなんてことを……」

「じゃあ僕はジンとミアと遊びに行くから」

「待て待て待て‼　おーい‼」

　これ以上父さん母さんの話に付き合っていると夜までかかりそうだとマリスはサッサと家を出ることにした。家を出て数分。すでに待ち合わせ場所に二人はいた。ジンとミアの泊まっているホテルは近い。だからこうして遊ぶ時はわかりやすい待ち合わせ場所に集合する。噴水広場というありきたりな名前の場所だが、待ち合わせには最適だった。

「遅かったなマリス」

「悪い悪い。なんか父さん母さんがうるさくてさ」

「うるさい？　なんかやらかしたのか？」

　ジンはいつも何かとポカをやらかすマリスを疑うような目で見る。

「昨日の話をしたらもううるさくて堪らないよ」

「そりゃそうでしょうよ。公爵家の次男長女を放置してシレッと帰ってるんだから」

「気にしすぎだよ父さんも母さんも。というか見てたのなら助けてほしかったよ。ま、世の中たいていなんとかなるもんさ」

「アンタのその楽観的思考が虹色魔導師バレにつながらなければいいけどね……」

ミアはそう言うがそんなミスはしない。昨日オリジナル魔法を見せてしまったのは大きなミスだが、あれ以降は気を付けるとマリスは自分に言い聞かせている。

「マリスが大丈夫って言うならいいけど。とりあえずみんな合格だったよね？」

「「もちろん」」

「じゃあ明日から学園の寮生活が始まるんだし、買い出しに行こ！」

今日は生活道具の買い出しのため三人は集まっていた。学園に入学すると全寮制であり生活道具は自分で用意しなければならない。これは、爵位関係なく誰しもが公平に、ということで学園は用意してはくれない。ただ用意する生活道具の質は各家庭により差が出てしまうのは仕方がないことである。

「まず衣類はあるからいいとして、調理器具とか家財道具が必要かな。みんなお金は持ってきてる？」

「当たりめぇだろ、親が用意してくれた金は全部持ってきた」

「僕も。まあそんなに高価なものは買えないけどね」

男爵位は確かに貴族ではあるが、平民よりは裕福といった程度でそこまで豪遊できるほどお金に余裕はない。むしろ大商人の家庭に生まれたほうがよほど裕福だ。さすがに子爵ともなれば生活は一変するのだろうが、そこら辺はテレーズにも聞いたことはなくマリスもよく知らなかった。

しかしテレーズの私服を見る限りそれなりに高そうな服であったことはマリスの記憶に新しい。

生活道具をあらかた買い揃えた彼らは一度昼食をとることにした。

「後はなんか買う物あったっけ？」

「生活を楽にする魔道具とかどうよ？」

「あーそれはありね！　ボクはまだお金に余裕があるけどみんなはどう？」

「俺もまだ大丈夫だぜ」

「ボクも大丈夫だよ。魔道具かぁ、どこの店に行くのが一番いいかな」

魔道具にはさまざまなものがある。衣類を一瞬で洗い乾燥まで行う瞬間洗濯機だったり、飲み水が無限に湧き出る無限水筒だったりと便利なものから浮遊することができたりとお遊び用みたいな代物もある。とにかくあれば便利なものだがなくても困らない、といった感じだ。

「あら、あなたたちは……確かマリスの友人だったかしら？」

昼食を楽しんでいると、後ろの席から聞き慣れた声がしてマリスが振り返ると、案の定レイがいた。

「あ、どーも」

マリスは頭を軽く下げるとすぐに向き直り昼食を再開した。そんなマリスを見てか小声でミアが耳打ちする。

「ちょっと……マリス……あの人伯爵令嬢でしょ？　そんな対応しててていいの？」

「大丈夫だよ。あまり接点を持つと面倒なことになりそうだし」

「あらそう、面倒なやつでごめんなさいね」

聞こえていたのか真後ろに立ったレイの目は冷たくマリスだけを見つめていた。

「「あ……」」

ミアとジンも気づいたらしく食事を口に運ぶ動作のまま固まってしまった。

「マリス……やばいって‼　レイ様怒ってるよ‼」

「うちのマリスが無礼な態度で申し訳ございません‼　よく言って聞かせておきますので！」

ジンに頭を抑えつけられたマリスは強制的に頭を下げさせられる。

「まあ、いいわ。あなたのそのフワッとした態度はすでに何度も見ているから」

「ほら、許してくれただろ？」

「うるせぇ！　てめぇは黙ってろ‼」

ジンが声を荒げる。最近みんなプリプリしている。カルシウムが足りてないんじゃないだろうかと
は口には出さなかったがマリスは心の中で毒づく。

「それより、魔道具がなんとかって聞こえたけれど何か買いに行く予定でもあるのかしら？」

「ああそうです、この後魔道具を見に行こうかなと思っていまして。あ、ちょうどいいや、レイさん
どこか魔道具売っててオススメの店ってありますか？」

せっかく会えたのだからとマリスはレイに聞くことにした。

「それならいいところがあるわ。私の知り合いがやってる店よ。一緒に行きましょう」

「いえ、場所だけ教えてくれたら僕らだけで行け――」

「ありがとうございます‼　一緒に行ってくれるのであれば心強いです‼」

ミアが大声でマリスの言葉に被せるように発言する。

「マリスは黙っていなさい」

ミアも怒ると怖い。マリスは素直に従った。

「そう。じゃあ食べ終わったら行きましょうか」

昼食を済ませレイを含めた四人で魔道具の店へと向かう。マリスとしては正直三人で行った方が目
立たなくてよかったのだがミアがそれを許してくれなかった。

「馬鹿なの？　マリス。レイ様からのご好意を無駄にする気？　少なくともボクらより上の立場なん
だよ？」

「大丈夫だって。レイさんは優しいから、たぶん」

聞こえていたのか前を歩くレイの耳がピクリと動く。

「そうね、優しいからあなたのその態度も許しているのよ」

「はい、すいませんでした」

顔は笑っているが目が笑っていなかったので、マリスは謝罪する。

魔道具店へと向かう道中レイはマリスに話しかけた。話題は昨日のことについてである。

「聞いたわマリス。あなた昨日フェイル様とロゼッタ様と知り合ったそうね？」

「まあ成り行きといいますか、僕としては知り合いたくなかったですが」

「ちょっと……冗談でもそんなことを言うのは止めて頂戴。まわりに聞こえたらどうするのよ」

「(みんなビクつきすぎだよ。あのフェイルとロゼッタが無礼を罰するような輩に見える？　いや僕は見えないね。そんなたかが男爵家の長男ごときに無駄な時間は使わないとみた）大丈夫ですよ、ロゼッタさんはよく知りませんけどフェイルはそんなことで怒るようなやつじゃないと思います」

「そう、友達にでもなったのかしら？」

「そう言ってはいましたが、僕は認めていませんね」

「いやいや、認めなさいよ！　というかマリスがそんなこと言える立場なわけないでしょ！」

マリスの発言にミアがツッコんだ。

「ま、まあいいわ。フェイル様は尊大な態度に見えるけど実際はとても優しい方よ。ロゼッタ様はまああの感じねいつも」

「レイさんも話したことあるんですか？」

「伯爵家なら公爵様主催のパーティーに呼ばれることがあるの。その時に話す程度だけれど」

マリスも貴族主催のパーティーの存在は知っていた。しかしマリスは呼ばれても行くつもりはなかった。そんなところに行けば面倒事に巻き込まれそうで怖い、というのが本音である。

「フェイル様と仲良くなったのであればいずれあなたもパーティーに呼ばれるわよ。多少の所作は覚えておいた方がいいと思うわ」

レイの言葉にマリスは目を見開く。その可能性は考えていなかったため、フェイルと友達になるくらいならまあいいかと思っていたマリスだが、考えを改めた。

「それにロゼッタ様に興味を持たれたのならそっちのパーティーにも呼ばれるでしょうね。言っておくけど私にする態度は止めておいた方がいいわよ。まわりが黙っていないから」

すでに無礼な態度は何度もとっているマリスだったが、レイはそれを知らない。

しかしマリスはあまり深くは考えていなかった。あくまで試験の時同じ教室だっただけと軽く考えている。入学してからも一緒になるとは限らずこれからうまく避けて学園生活を謳歌(おうか)すればいいだけだなどとも考えていた。

「さあ着いたわ、ここが私の知り合いがやってる店よ」

話し込んでいるといつの間にか目的地にたどり着いていた。ドアを開けて入ると、棚という棚すべてに所狭しと魔道具が置かれてある。はじめて魔道具店に入ったマリスは少し楽しそうに口角を上げる。

「あれ～レイちゃん友達連れてきたの？　珍しいねぇ？」

店の奥から気怠げにあらわれたのは魔女というに相応しい格好をした女性だった。

とんがり帽子に黒色のローブ。妖艶な雰囲気を纏った大人の女性でありとても美しい。

美女という言葉以外見当たらないくらいの女性だった。

「久しぶりね、マリネさん。紹介するわ、この人はマリネ・フォンディーヌ。四色魔導師兼魔道具職人よ」

「はあい、あなたたち。よろしくね」

彼らに向けて手をヒラヒラさせて挨拶してくる。

「えええ!? フォンディーヌ!? それって！ 創造の魔女じゃないですか！」

ミアは珍しいものでも見たかのように興奮している。

「なにそれ？」

「ええ!? マリス知らないの!? ホントにアンタは常識知らずね!!」

「そうは言われても知らないものは知らない。ジン知ってる？」

「おお、知ってるぞ。創造の魔女、珍しい藍色の魔力を持っていてどんな魔道具も作り出すこの国最高峰の魔道具職人でありながら、実力は宮廷魔導師級。ってなんでお前が知らないんだ」

みんな知ってる常識だが、マリスには一般常識というものが欠けており知らないのは彼だけである。

「で？ 友達連れてきてどうしたの？」

「この三人が魔道具を見たいって言ってたからあなたのところに連れてきたのよ」

「あーお客さんってことね！ いいよいいよ好きに見てって！」

マリネに促され各自見たい魔道具を手に取る。マリスはその中で一つ興味を惹（ひ）かれるものがあった。

「んー？ それが気になるの？」

「はい、この腕輪ってどんな魔道具なんですか？」

「それはただ一つだけの魔法（アインスマジック）ってやつね。その腕輪に一つだけ魔法を入れることができるの。たとえそれが自分の属性じゃなくてもね」

「ただ一つだけの魔法（アインスマジック）ですか」

「そ！ 誰でもその腕輪に魔法を入れられるからね。たとえば私が入れてあげれば自分じゃ使えない魔法だってたった一度だけど使うことができるのよ」

「レイさん、これ何かあったときに使えますよね？」

「そうね、私もそう思ったわ」

「？　何の話？」

これがあれば、咄嗟（とっさ）に公表していない属性を使ってしまってもこの腕輪の魔法でした、で誤魔化すことができるとレイはマリスの言いたいことを察した。

「マリス、マリネさんはかならずあなたの役に立ってくれるわ。だからあなたの秘密を教えてもいいかもしれないわよ。決めるのはあなただけれどね」

「何の話よ？　その子の秘密？」

四色魔導師であり有名な魔導師ならば秘密がバレそうになってもうまくフォローしてくれるかもしれない。そう考えレイはマリスへと提案する。

「そうですね、教えます。あのマリネさん」

「なぁに？　何か教えてくれるって？」

「実は僕虹色魔導師なんです」

「は？」

当然言葉だけで信じてもらえるわけもなく、マリネは意味がわからないといった顔をする。誰だってマリネの立場なら頭の上に？を浮かべていただろう。

「マリス、見せたほうが早いわ」

「そうみたいですね。ジン、ミア誰か入ってこないか見張っててくれる？」

「わかった、もし誰か近づいてきたら止めるよ」

念のため人目につかないよう彼らに見張ってもらうことにした。

こんなところで店へ入って来た人にバレましたでは笑えないのだ。

「マリネさん、これが証拠じゃだめですか？」

そう言いながらマリスは身体から七色の魔力線を浮かび上がらせた。フワフワと色とりどりの魔力が踊る。マリネは口を開けて呆然としている。マリスの想像通りの反応であった。

「嘘でしょ？　え？　待って待って、どゆこと？　レイちゃん！　説明しなさい！」

「マリスは七色の魔力を持っているわ。ただそれが公になれば相当な騒ぎになる。彼は目立つのが嫌で隠しているのよ。表向きは三色魔導師ってことにしてね」

「え⁉　なんでなんで⁉　虹色魔導師なんて富も権力も思いのままなのに⁉」

「僕はそんなものより静かに生きていければいいんです。目立つのはあまり好きじゃないので」

「もったいなー‼　ええー⁉　虹色だよ？　どんな魔法だって使えるんだよ？　まあ相当な騒ぎで済まないけど」

「まあそうなんですけどね。国のお抱えとかになるくらいなら今のままの生活がいいんです」

富、権力、女、何もかも手に入るだろう。しかし、それで平穏な生活が得られるかといえば否だ。国に縛られ自由はなくなる。そんなことになるくらいなら一生バレないほうがいい。

「それでこのただ一つだけの魔法(アインスマジック)があればちょっとしたミスならごまかせるかなと思いまして」

「確かにそうだけど……まあ魔道具の目の付けどころはいいかも。どうするの？　買う？」

「買おうと思います。いくらですか？」

「十金貨よ」

十金貨は決して安くない。マリスの手持ちすべて払えば買える値段だ。この世界の金銭的な部分を説明すると、平民の月給が二十金貨前後。マリスのような男爵家であれば月給にして五十金貨程。毎月貰うお小遣いと今日のために持たせてくれた金貨は十五枚。すでに五枚使ってしまったから残りは十枚だけだった。他の魔道具は買えなくなるがこれを買えるならいい買い物だといえるだろう。

「買います」

「毎度あり〜、じゃあ秘密を教えてくれたお礼に魔法は私が入れてあげるよ。私の魔色は赤、青、紫、藍色。どれがいい？」

「いいんですか？　じゃあ赤と青は公に使えることにしてるので、紫色の闇属性をお願いします」

「おっけー、じゃあそうだなぁ……どの魔法にしよっかなぁ。よし！　これにしよ」

マリネは腕輪に手を当て何やら呪文を詠唱（えいしょう）する。

掌から出た紫色の魔力は腕輪へと吸い込まれていき、やがて光は消えた。

「これでおっけー！　はい、どうぞ」

「ありがとうございます。ちなみに何の魔法を入れてくれたんですか？」

「フッフッフ、よくぞ聞いてくれました！　入れたのは闇属性最上級魔法、暗き深淵（ダークアビス）！　強力な魔法だから使いどころに気をつけてよ？」

マリネの有難迷惑にマリスとレイは苦笑する。ごまかしに使うには若干使い勝手の悪い魔法を入れてくれたものだ。まあ善意でやってくれているし文句は言えないとマリスは礼をした。

「使い方は簡単。腕輪を着けた方の手を前に突き出してアインスマジックって唱えるだけ。ただし一回使えばなくなるからもう一度入れないといけないけどね」

マリスであれば自分でどんな魔法でも入れておくこともでき、とても有用な魔道具だった。

「マリネさん、強力すぎよ。そんなのどこで使うのよ」

「まあいいじゃん。虹色魔導師を目の前に連れてきてくれたお礼ってことで！」

これでマリスの持ち金はなくなった。後はミアとジンの買い物が終わるまで魔道具を見ていようと店の中をうろつき始める。

「マリネさん、この腕輪もさっきのと同じかしら？」

どうやらレイはマリスの買った腕輪と似たものを見つけたらしい。

しかし、レイの手に取った腕輪は装飾が煌(きら)びやかで明らかに高級そうな見た目だ。

「ん？　それは違う腕輪よ。永遠に続く夢(ドリームオブエタニティ)ってやつね。さっきの腕輪と違うところは一度入れた魔法は尽きることのない永遠の魔法になる。要は入れた魔法はその人の魔力が続く限り無限に使えるの」

「すごいわね、マリスの腕輪よりなぜこっちを勧めなかったの？」

「君たちじゃ買えないからね～。それ白金貨一枚はするよ」

白金貨……一白金貨で千金貨と同等の価値となる。白金貨を実際に見ることができるのは伯爵以上となるだろう。男爵家程度の貴族が見られる硬貨ではない。

「高いわね……、じゃあこの店で一番高いものなのかしら？」

「それが違うんだなぁ、これよこれ！」

マリネがニヤニヤした顔付きで奥から出してきたのは宝箱のような箱だった。

手袋を着けて開けると中には一つの指輪が入っている。

「これがうちの店で一番高いものね～」

「何なのかしらこれ？」

シンプルに見えるけど、よく見れば細かな装飾が施されている。手の込んだ一品のようであった。

「私の最高傑作‼　儚き刹那の幻想郷(ファンタジア)！　これはね、魔力の消費が大きいんだけど転移魔法が使えるようになるの。距離に関係なくね」

転移魔法。それは誰しもが求め、いまだほとんどの者が習得できずに人生を終えていくほどの最高難易度魔法であった。

「転移魔法って……マリネさん、使えるの？」

「いや、私は使えないよ。でも私には魔道具創造の力がある。だから一週間分の魔力を注ぎ込んで創ったのよ。魔道具を創る際はどんな魔法だって組み込めるからね。あ、もちろん藍色の魔力を持ってる者にしかできない技術だけど」

マリネは簡単に言っているが、これはすごいことだ。自分の使えない魔法すらも魔道具に付与する形であれば、理論上この世に存在するすべての魔法を使用できるということである。

藍色の魔力を持つ者が少なく重宝されるのはこういうところであった。

「そんな魔道具誰もがほしがるでしょう」

「そうなんだけどねぇ、かなり作るの苦労したからさ金額も高く設定してるのよ」

「いくらなの？」

「虹金貨一枚」

「は？」

レイが間の抜けた返事になったのもよくわかる。虹金貨一枚は白金貨千枚と同等の価値があるからだ。伯爵家の財力をもってしてもそうそう見ることすら叶わない硬貨といえる。硬貨が虹色に輝いて見える特殊な金属を使っていることから虹金貨と名付けられたそうだが、もちろん見たことはない。もしそれを手にできるとすれば、公爵家レベル。いや、公爵家ですら気軽に出せる額ではない。それがこの指輪一つの値段だと言われればマリスも開いた口が塞（ふさ）がらない。家が余裕で建つ金額なのだから。

「転移魔法が使えるのよ？　そりゃこれだけ高くてもいいでしょうよ。ま、今のところ買った人はいないけどね」

「高すぎよ……公爵家ですらその虹金貨は簡単に出せるものではないわ。国庫レベルの金額よ？」

「転移魔法だからね。誰も使えない究極の魔法。かの伝説と呼ばれた初代皇帝だけが使えたと言われる魔法だよ。虹金貨出してもほしいって人はかならずいると思うけどなぁ」

初代皇帝は虹色魔導師だったという伝説が残っている。だとすれば、僕も訓練すれば使えるようになるのではないか？と脳裏をよぎったマリスだったが、それは彼だけではなかったようだ。

全員の視線がマリスを捉えていたからである。

「マリス……あなたももしかしたら使えるかもしれないってことよね……」

「あーそうですね、僕もそんな気がします。今はまだ無理ですけど」

「マリス君は虹色ってことは藍色も持ってるのよね？じゃあ私と同じように魔導具作れるわけじゃない！転移魔法の魔導具作って大安売りとかやめてよ!?商売上がったりだわ‼」

「し、しませんよそんなこと。だいたいそんなことしたら誰が作ったんだって制作者探しが始まっちゃいますから」

マリネは目の色を変えてマリスの肩を揺さぶるが、目立つことを嫌うマリスがそんなことをするわけがなかった。

「ま、それもそうか。いやぁ虹色の魔力を持つ者がマリス君でよかったぁ、これがもし権力や富に固執するやつならその力を思う存分振るっていたでしょうしね」

「マリスのいいところね。すごい力を持っているのにそれでいて横暴に振舞うことのない人格者。そういうところは私好きよ。たまにイライラさせられるけれど」

レイはいい感じに締めるのかと思ったら最後の一言はよけいだった。ジンとミアも最後の部分を聞いた途端激しくうなずいていた。あらかた見終わり全員の買い物が済むと店を出ることにした。

「また来てよ三人とも。私はいつもここにいるから何かあったらこのお姉さんを頼りなさい。四色魔導師で創造の魔女の名はだてではないわ」

「ありがとうございました。レイさんもこんなすごい方を紹介してくれてありがとうございます」

「ま！　どっちかといえば私が感謝したいくらいだけどね。虹色魔導師と生きてるうちに出会えてよかった～ってね！」

魔道具の種類も豊富で、マリネの説明もわかりやすい。それに自分の秘密を共有する仲間が増えたことは嬉しいことだ。何かあればすぐに頼ろうとマリスは店を紹介してくれたレイに感謝した。

「さあ帰りましょうか」

店を出て帰路を四人で歩く。ジンとミアもそれぞれ自分に合った魔道具を買っていた。

「そういえば言い忘れていたわ。ジンとミアだったわね、あなたたちも私に様付けしなくていいわ」

「え⁉　いやそういうわけには……」

「マリスとは友達よ。その友達が信頼する二人なら私とも友達になりましょう。それに秘密を共有する仲間でしょ？」

「そういうことなら！　よろしくお願いしますね、レイさん！」

「よろしくっすレイさん！」

「敬語もほんとはなくていいんだけど、マリスが何回言っても止めてくれないしね。ま、それは追々でいいかしら」

入学前に同性の友達ができて嬉しかったのかミアはずっとレイの隣で話に花を咲かせている。

ジンはというと、美少女に対して照れているのかもじもじ君になってしまっていた。

どうせならこの四人で同じクラスになれればいいなと考えたマリスだったが、たぶん無理だろう。

マリスとレイはおそらく一級に割り振られるだろうがジンとミアは二色魔導師だ。かならず別クラスに振り分けられてしまう。しかし同クラスになる可能性があるのはあと二人いる。フェイルとロゼッタだ。あの二人も確実に一級クラスに入ることになりそうだ。

明日からの学園生活が心なしか楽しみになったマリスは珍しくにこやかな笑顔を浮かべていた。

学園でも目立ちたく無い

本日快晴。

「じゃあ行ってくるよ父さん母さん」

「気をつけろよ！ 年に一回は顔を見せろ、寂しいからな」

「そうよ、長期休暇には必ず帰ってきなさい」

「わかってるよ、行ってきます」

両親に別れを告げ、待ち合わせ場所へと足を進める。レイアはやはり寂しかったのか少し涙目だった。今生の別れではないのだからとマリスはそこまで悲しくはならなかった。

「おはよう、ミア、ジン」

「おはよー！ 昨日ぶりー！」

「今日から学園生活だぜ、楽しみだな‼」

先に着いていた彼らと挨拶を交わし三人で学園へと向かう。

「ボク家から出てくる時大変だったよ〜、お父さんが泣いて泣いて……」

「気持ちはわからんでもないけどな、可愛い娘が当分帰って来ないんだから泣くのは普通だろ」

「まあそうだけどさ、もうすごかったんだよ。涙と鼻水で顔面が強烈だった」

三人で他愛もない話をしていると校門が見えてくる。あの門をくぐれば五年間の学園生活が始まる。

秘密がバレないかとの不安と楽しみな気持ちが入り混じってなんともいえない気分のマリスだったが、今はとりあえず楽しむことを優先するつもりであった。校門を一歩超えると、学園に入学したのだと再認識する。クラス分けは紙が張り出されており、三人でそれを見に行くことにした。案の定マリスは一級クラスだった。

「ジンとミアはどこ？」

「俺は二級だな」

「ボクも二級クラスだよ。マリスだけ別になっちゃったね」

「なんだか除け者みたいで寂しいな。どうせなら二色魔導師ってことにしとけばよかった」

「無理でしょ。ただでさえ何かとポカやらかすのに二色なんて二属性しか使えないんだよ？　一瞬で嘘だってバレる気がする」

散々な言いようだがマリスは何も言い返せない。というより三色魔導師でやっていく今ですらすでにポカをやらかしている状態なのだ。

「おお！　マリス‼　こないだぶりだな‼」

聞き覚えのある声だ。マリスが嫌そうに振り向くと金髪イケメンのフェイルが立っていた。

「フェイルおはよう。君は一級だろどうせ」

「なんだどうせとは。喜ばしいことだろう。お前と同じクラスでよかったぞ、友達と学園生活……ふふふ楽しみだな」

不敵に笑うフェイルは気持ち悪かったが、彼も彼で学園生活に期待しているのだろう。

「はじめまして、ミア・テンセントです」

「は、はじめまして、ジン・カッツバルクです！」

すると二人が丁寧な所作で挨拶しだした。そういえばフェイルは公爵家の人間だったなとマリスはいまさらながら思い出す。

「む、君たちはマリスの友人か？　俺はフェイル・ワーグナーだ。知っているだろうが公爵家の次男だ」

「存じております、では私たちは二級クラスですのでこのあたりで失礼いたします」

「何？　えらく他人行儀ではないか。俺とマリスは友達。君たちとマリスは友達。つまりそういうことだろう？」

何がそういうことかわからずミアとジンは困った顔でマリスに視線でどうにかしろと合図してくる。

しかし、残念ながらマリスもよくわかっていなかった。

「フェイル、意味がわからないけど」

「む、なんだと。友達の友達は友達と言うではないか」

「いや、聞いたことがないな」

「そうなのか⁉　俺のメイドがそう言っていたのだがな……」

それは適当にあしらわれただけだと言いかけたがほんの少しの良心が顔を出しマリスは口を閉ざす。

「要はミアとジンも友達だって言いたいんだろ？」

「そうだ‼」

「いえ、ボクらは男爵家の者ですし、二色魔導師です。友達など怖れ多いことです。ではこれで失礼します」

ジンとミアはめんどくさくなりサッサと逃げて行った。

「マ、マリス……俺は友人と呼べる者がお前しかいないのだ」

「だろうね」

「だろうね⁉」

それはそうだろう、公爵家の者から友達になれと言われて素直に受け取るバカはいない。

フェイルのことをよく知らないマリスみたいなやつか同格の相手だけだろう。

「ミアとジンからすれば友達になるメリットがフェイルにはないと思ったんだよ。僕だったらオリジナル魔法がどうのっていう目につきやすいものがあるから納得するけど、普通の人なら公爵家の人間から声をかけられたら何事かと思うんじゃないの？」

「むむ、友達にメリットなぞ求めんだろう」

「いるんだよ、中にはね。格下の者を奴隷のように扱う貴族ってやつが」

「なんだと⁉ 誰だそれは！ 貴族の風上にもおけん‼ 俺が裁いてくれるわ‼」

フェイルがどうしようもなくよい人であると理解したマリスは納得したような表情を見せる。普通の貴族は男爵のような下の者を同等に扱わない。むしろ使い勝手のいい駒扱いだ。

「君はいい人だからそういうふうに考えるけど、わりとほとんどの貴族がクズだ。平民からは特にそう思われてるだろうね」

「民のために力を使うのが貴族だろう、意味がわからぬな」

純粋でまともな家庭で育てばフェイルみたいなやつが生まれてくるのだろう。すべての貴族がこうであればこの国はもっとよくなるだろうとはさすがにマリスも口が裂けても言えなかった。

「とにかくジンとミアと友達になるのは諦めた方がいい」

「しかし、マリスの友達なのだろう？ ならば俺とも友達になってもらわねば困る‼」

腰に両手を当て胸を反らせる様は堂々としている。

「何が困るんだよ」

「お前と遊びに行くとかならず気まずいことになるではないか‼」

フェイルの頭の中ではすでに友達と遊ぶ光景が浮かんでいるようであった。

「大丈夫だって、その時はジンもミアも呼ばないし」

「むむ、それはそれで困るな。俺には友達を百人作るという野望があるのだ」

「なんで？」

「父上から言われている、この学園生活で気心許せる友人の百人すら作れぬ者などワーグナー家の一員とは言えん、もし無理だった場合はワーグナーの名を名乗ることを許さんと」

普通であれば五年も学園に通うんだし、帝国一大きい学園だ。人も多い。百人の友達を作るのはまあ頑張ればできるだろう。しかし彼は公爵家。どうしてもその肩書きが邪魔をする。彼自身はすごくいいやつなのはマリスもわかったが、それとこれは別だ。普通の人が公爵家から友達になろうと言われてまともに取り合うはずがない。せめて伯爵以上であればなんとか会話はできるだろう。ただ子爵や男爵、騎士爵となればもはや会話も難しい。どうしたものかと考えていると、また聞き覚えのある声がマリスの思考を遮った。

「見つけたわよ！　マリス‼」

赤髪が風に揺れている。走って来たのだろうか。キツネ目の少女がマリスを見ていた。いつ見てもプリプリしている様子に少し笑いそうになっていた。

「あ、ロゼッタさん。おはようございます」

「ええ、ごきげんよう。じゃないわ‼　なぜ試験の日アタシを無視して帰ったのよ！」

「何かフェイルと仲良さそうにしてたので邪魔かなーって」

「む？　マリス、俺はこの女と仲がよいわけではないぞ。むしろライバルとも言える関係だ」

「そうなのか？　でもなんか仲良さそうに見えたけど」

「ちょっと！　アタシを無視して会話しないで頂戴！　それに聞き捨てならないわね、ワーグナー公爵家と仲がいいですって？　ありえないわね！」

「な？　こういうことだ」

　フェイルのわかっただろ？　とでも言いたげな顔にイラっときたマリスだが確かに四大公爵家同士ならそれなりの確執があってもおかしくはないと納得していた。

「まあいいわ。それでマリスあなたのクラスは？」

「人のクラスを聞く時はまず自分から……」

　言い終わるが早いが、ロゼッタが癇癪を起こしだした。

「きぃぃぃぃぃ‼　またそれなの⁉　アタシは一級よ‼　これでいいでしょ！　あなたは⁉」

「一級です」

「それでいいのよ！　いちいちこんな短いやり取りも時間かけさせないでくれるかしら！」

「はは、ありがとうございます」

「褒めてないわよ‼」

　そのやり取りを見ていたフェイルが寂しそうに呟く。

「む、なんだお前たち。仲良さそうだな。俺も混ぜてくれ」

「仲良くはないだろどう見ても。一方的にこの人が突っかかって来るだけだよ」

「言い方‼　あなたとやり取りしてるとストレスになるわ……先に教室行ってるわよ。行きましょシーラ」

「はいお姉様」

　マリスはロゼッタと話しながらもなぜか何も喋らずロゼッタの斜め後方でたたずんでる女の子がいるなぁと気になっていた。見た目だけは姉であるロゼッタにすごく似ており姉をお淑やかにして可愛い雰囲気を纏わせたような女の子だ。しかしマリスの横を通り過ぎる時、それはただの幻想でしかなかったことをわからされてしまった。

「マリス……と言ったわね。次お姉様にふざけた態度を取れば殺す……」

それだけ小声で呟くとロゼッタの真横に寄り添いながら教室へと向かって行った。

「なあフェイル」

「なんだ？」

「あの女の子って？」

「む、あれはロゼッタの双子の妹だ。ロゼッタに比べれば何倍もお淑やかで可愛げのある子だぞ。噂ではロゼッタよりお見合いの手紙が多く届いているらしい」

「へぇぇ。女の子は見かけによらないのかもな」

さっきの殺意高めの呟きと言い、やっぱり中身は姉妹だなと認識を改めた。見た目に騙(だま)されてはいけない。マリスはそう自分に言い聞かせた。

教室に入るとちらほらと人がいる。まだみんな揃っていないのだろう。マリスも自分の席を探して座る。運よくフェイルとは席が離れており目立つことは避けられそうであった。

「おい、お前」

座って間もなくしてマリスの頭上から声がかかる。記憶にない男がそこにはいた。

「はい？」

「お前、試験の時オリジナル魔法を披露したやつだろ？」

「そんなこともあったようななかったような……」

「いやあったじゃねぇか。それどうやったか教えてくれよ」

「あー申し訳ないですけど、あれはグランバード伯爵に教えてもらった魔法で……」

「嘘つけよ。知ってるぞ、お前がポロッと自分が創ったと言わんばかりのこと口走っちまったって。わりと広まってるぜこの話」

あの時の自分を殴りたい。もうどうやっても言い逃れできなそうだとマリスは頭を悩ませる。

「あーそのですね、えーと……」

マリスがしどろもどろになっていると思わぬ助け舟が出て来た。

「少しうるさいですわね、もうじき先生もやってくるのですよ、もう少し慎ましさを覚えたほうがよろしくて？ オルランド伯爵家の方」

「なっ！ なんだてめぇ……リスティア様!? いえ何でもないです。静かにします」

マリスに絡んでいた男を一蹴した女の子があらわれるとマリスへと振り向き微笑んだ。

「どうもはじめまして。魔法創造の知識を持つマリス・レオンハートさん」

「どうも……」

ああ、粉になりたい。また新たな人から目を付けられマリスは溜息をつく。

「申し遅れましたわ、私リスティア・アルバートと申します。まあ四大公爵家ですのであなたも知ってはおられるでしょうが、一応ご挨拶ということで」

四大公爵家の者が三人目。緑の長髪に長身の女の子でクールな雰囲気を纏っていた。

「さきほどは面倒な方に絡まれておりましたので、手助けしただけですわ。そんなに警戒なさらないで？」

「警戒なんてそんな……」

「フフフ、態度でわかりましてよ？」

(お嬢様だ、この人こそ本物のお嬢様な気がする。ロゼッタも見習っていただきたい。すぐ怒らずに)

「せっかくのご縁ですわ、少しお話ししませんか？」

「いえ、大丈夫です」

「まあそんな邪険にしないで？　あなたのことをもっと知りたいのですよ」

マリスはこんなことなら試験の時普通の魔法使っておけばよかったと後悔したがもう遅い。

「あなたはまだ何か秘密がありそうな気がしますわ、これは私の勘ですけれど」

「あのそろそろ先生来ますし、ご自身の席に戻られた方がよいのでは？」

「それもそうですわね、ではまた後でお話ししましょう、マリス君」

鋭くマリスに突っ込んでくるが、のらりくらりと躱していく。マリスは授業が終わったら速攻逃げるつもりであった。

「ふーんあなたリスティアにも興味持たれてるのね。まあそれもそっか同じ歳でオリジナル魔法が創れるやつなんてあなた以外見たことないし」

そんな様子を見ていたのかマリスの横に座っていたロゼッタが話しかけた。

「げっ」

「何よ、げっ！って。アタシの隣になれるなんてこんな光栄なことないわよ？　ほらまわりを見てみなさい。羨ましそうにしている男子生徒がみんなこっちを見てるわ」

ロゼッタに促されまわりに目を向けると、確かにほとんどの男子生徒がマリスを見ていた。

入学初日から目立つ行為は避けたかったなぁと何度目かもわからない後悔の波が押し寄せる。

「ロゼッタさんって人気なんですね」

「そりゃあそうでしょ。こんな美少女でなおかつ公爵令嬢よ。あわよくばお近づきになりたい、なんてやつばっかりよ。あなたくらいね避けようとするやつは」

マリスはロゼッタと会話を交わしながらも早く先生が来てくれることを祈った。

仕方なくロゼッタと適当に雑談していると先生が教室へと入って来た。

「お、全員揃っているな。とりあえず自己紹介といこうか。俺はここの担任を務めるオルバ・クリストファーだ。ま、知ってるやつも多いかもしれんが宮廷魔導師も兼任している。お前たち一級クラスともなればなかなか担任を務められるやつがいなくてな、必然的に俺になった」

オルバ・クリストファー伯爵。マリスでも知っている。宮廷魔導師には序列が存在するがその中でも飛び抜けた実力を持つ四色魔導師で宮廷魔導師序列三位。またの名を十二神。宮廷魔導師上位十二名だけに与えられる特別な肩書き。十二神が一人オルバ・クリストファー伯爵。こんなところで先生をやるような人物ではない。どんな権力があって国を守る最後の砦(とりで)とも呼ばれる十二神の一人を雇っているのだろうかと誰もが疑問符を浮かべる。

「なぜ俺が担任なんだとそんな顔をみなしてるな。それはな、今年は黄金世代と呼ばれているからだ。四大公爵家の子どもたちと皇子皇女が全員入学した。わかるだろ? 今年の学園は歴代最高の人材が集まっている。ちなみに全員一級クラスだ」

どういうことかマリスが入学する年に限って不運は重なっていた。

「ま、そういうわけで仲良く頼むぞみんな。じゃあ最初の授業は全員自己紹介しようか! よしそこの一番端から頼む」

自己紹介は確実に避けたかったマリスの顔色は悪くなっていた。全員がマリスを認識してしまう。目立つことは必至。なんとかならないものか……。マリスのそんな思いも虚しくどんどん自己紹介は進んでいく。その中で歓声が上がる自己紹介があった。

「ルーザー・アステリアです。皇子ですがみなさん気軽に接していただくと嬉しいです」

「エリザ・アステリアですわ。皇女だからといって遠慮は無用です。お気軽にお話下さい」

なぜか二人ともマリスをチラ見したが、当の本人は気のせいだったことにして素知らぬ顔でやり過ごした。

「私はカイル・アストレイだ。優秀な者以外は私に近づくな。私の価値が下がる」

四大公爵の最後の一人。アストレイ公爵家の子息でありなかなかの美男子である。貴族らしい物言いにマリスは苦笑を漏らした。

「ロゼッタ・クルーエルよ。よろしく」

ついに自分の番が回って来たマリスはストレスで痛くなるお腹を手で押さえながら立ち上がる。

「マリス・レオンハートです」

気持ち小さめに発言したのにもかかわらず視線が刺さる。さきほど騒ぎになっていた皇子皇女にも見られているのがわかりマリスは若干顔を俯かせた。

「あれが、試験の時に……」

「オリジナル魔法の……」

ボソボソとマリスの話題を出す声がそこかしこで聞こえてくるが、マリスは全部聞こえていないフリをして座ると無表情で前だけを見つめ人違いだと思わせる作戦を実行した。

「俺はフェイル・ワーグナーだ！　さきほどのマリスは俺の友人でもある！　ゆえに！　彼の友人がここにいるのなら俺とも仲良くしてくれ！　頼むぞ！」

いらぬことを言い出したフェイルのせいでさらにマリスの注目度が上がっていく。

「フェイル様と友達らしいぜあいつ」

「仲良くしておいたほうがいいんじゃないか？」

「うまく取り入れば公爵家からよくしてもらえるかも……」

フェイルはマリスの方を見て親指を上に向けるグッドの合図を送るがマリスは完全に無視した。

「よーし、これで全員自己紹介は終わったな！　次の時間はおのおのの実力を見たい。休憩時間が終わったら訓練場に集合してくれ。では解散」

オルバが教室を出ると同時にみな立ち上がる。真っ先に人が集まっているのは皇子皇女のところだ。

次に人が集まるのは公爵家の者たちになる。マリスの横はロゼッタがいる以上ここにいれば、目立つことは必至。すなわちサッサと訓練場に行った方がいいと結論づけてマリスが立ち上がると、それを見ていたのかフェイルも立ち上がりマリスの方へと歩いてきた。

「おいマリス。もう行くのか？　俺も一緒に行くぞ！」

「あ、ああ。でもフェイルはほらまわりの人とも仲良くした方がいいんじゃないか？」

「いやかまわん！　初日だしな。そんなに焦る必要はないだろう。ゆえに今の友達を大事にしたいのだ！」

何を言っても無駄だろう。マリスは仕方ないと割り切りフェイルとともに教室を出ようとするとどこからか待ったがかかった。

「待ちたまえ君たち」

「え？」

「君が……レオンハートの息子か」

カイルである。一番面倒くさそうな貴族だ。

「なんだカイル。今から俺たちは訓練場に行くのだが？」

「フェイル、お前いつの間に友達なんてできたんだ？　こないだまで友達なんて一人もいなかっただろう」

「やかましい！　俺とマリスはすでに親友に近しいのだぞ！」

それはフェイルが思っているだけです。とは言えず、マリスは黙って二人のやり取りを見守る。

「彼と話がしたい。フェイルは先に行っててくれるか」

「それは無理な相談だな。俺とマリスは一緒に行くと約束したのだ。それを違えるわけにはいかん」

「オリジナル魔法を教えてもらうためか？　クックック、独り占めとはズルいではないか。私にも一枚噛ませろ」

「ならんぞ！　カイル！　貴様はそもそも男爵など平民と大して変わらんと口酸っぱく言っていたではないか！　マリスは男爵家の者だ。お前と話はさせられん！」

カイルから守ってくれているようで、ここは素直にフェイルに感謝しておこうとマリスは心の中で感謝を述べる。

「まあいい。マリス、先に公爵家の者を味方に付けるとはなかなか手が早い。しかし私は諦めんぞ」

それだけ言うとカイルは二人の前から去っていった。

「なんだったのだやつは。すまぬなマリス。あれとかかわるのは止めておいた方がいい。やつは性格に難がある貴族だ。男爵など顎で使うような人間だぞ」

「ああ、なんとなくそんな気はしていた。正直助かったよフェイル」

「むむ！　そうであろう‼　俺がいれば安心だぞ‼　さあゆくぞ！　訓練場に！」

フェイルは熱い男ではあるが、根はいいやつだ。厄介な相手に絡まれないよう守ってくれるのであれば、友達になっても悪くないかもしれないとマリスは少しだけ考えを改めた。

「あのマリスってやつ、相当フェイル様と仲良いのか？」

「おいおい、なおさら俺らもお近づきになった方がいいじゃねぇか」

「私もフェイル様と仲良くなりたーい」

他の生徒の声が耳に入ってくる。前言撤回。フェイルと仲良くするのは危険だとやはり元の考えに戻った。

場所は変わって訓練場。何をさせられるのかは想像につくが今度こそポカはやらかさない、という強い意志を持ったマリスの顔は真剣そのものだ。

「よーし、じゃあ入学初日の実力を見ていくからなー、ただ俺一人で全員見るのは大変だからよ、もう一人連れてきた。ハッハッハ！」

オルバの横には女性がいる。それも眼付きは悪く明らかに面倒くさそうな顔を見せていた。

「ちょっと……なあんでウチが呼ばれたのかと思ったら、ガキの面倒みろってことかよ！　だるい帰っていい？」

さまざまな貴族の子息令嬢もいる生徒の前でガキ扱いはなかなか肝が据わっていた。

それだけではない。ここには四大公爵の子どもたちや皇子皇女もいるにもかかわらずだ。

「いいからここにいろって！　今年は面白いやつが多いからよ！」

「面白い～？　ガキの未熟な魔法見て何が面白いんだか……」

「まあまあ、とりあえずお前あれ持ってきてるだろ、着けとけよ」

「はいはい」

女性が懐から取り出したのはメガネだ。目が悪いからしっかり見ろということでオルバはメガネを着けるよう促したようであった。

「俺の横にいるのは知ってるやつもいるかもしれんが紹介しておく。今後たまに俺の手伝いで来てもらうことになるからしっかり覚えとけよ。ジリアン・スティアード伯爵だ」

「ジリアンでーす、よろしくーってウチ今後も来させせられんの⁉」

また知らない名前が出てくるんだろうなと思っていた生徒たちはみな目を疑っていた。

ジリアン・スティアード。二色魔導師でありながら、十二神の末席に名を連ねる異色の魔導師。

藍色と紫色の魔力しかないが、その二つをこれでもかというほどに極めた結果だ。たった二属性でも極めれば三色や四色にすら追いつける、というのを実際に体現したすごい人である。ただ十二神まで上り詰めたのはその魔色が藍色だったというのも大きい。彼女は巷（ちまた）でこう呼ばれている。死神の鎌と。魔道具を創造し、いろんな属性を使い分けながら戦う。そして隙を見せたが最後、得意の闇属性で殺すといった戦い方から死神の鎌と呼ばれるようになった。

「おいおい、十二神が二人だぜ……」

「すげぇな今年は」

「黄金世代か……ってことは俺らもだよな！」

「ちげぇよどう考えても皇子様たちだけだろ」

十二神が二人も揃うのは異例であり、生徒の反応は驚きが勝っているようであった。

「じゃあ適当に二班に分かれろ。俺かジリアンか。どっちでもいいぞ」

実力のチェックを二人で分かれてすることになり、マリスは迷いなく十二神最弱のジリアンの方へと向かう。オルバは序列三位の化け物で万が一があればバレる可能性があったからだ。

「はーい、じゃあ五人ずつ実力を見るから並んでくれる？　的に向かって得意の魔法を見せてくれたらいいわよ～。はい始め～」

それだけ言うとジリアンは持っていた鉄のボトルを開け飲み始めた。生徒の元へと匂ってくるのは酒の香り。酒が相当好きらしい。五人ずつ魔法を披露しているが、ジリアンは黙って見ていた。

オルバがジリアンを呼んだのには理由がある。試験の時にオリジナル魔法を見せた生徒がいたとのことでそれが本当かどうか確かめるためにジリアンが呼ばれた。藍色の魔力を持つジリアンは魔道具の製作に長けている。着用しているメガネは対象の魔色を見る能力を付与したとっておきの魔道具だ。もし、オリジナル魔法を使ったことが本当であればその者はなぜかは知らないが能力を隠している。普通オリジナル魔法を創れた段階で帝城に足を運び皇帝への謁見を申し出る。

それなのに、一度も帝城にはそんな人物はあらわれなかった。ゆえにジリアンが派遣されてきたのだ。十二神に命令権を持つのは皇帝ただ一人。これは皇帝からの指示だ。オリジナル魔法を創り出せる人材を帝国は放置しない。ただ、ジリアンはもしそんな人物がこの学生の中にいた場合、報告はしても濁すつもりでいた。……よく考えてほしい。今まで秘密にしているということは、何か理由がある。もしもこれで皇帝に報告し城に連れて行かれでもしたら学生生活は終わりを迎える。

それが嫌だから学生の内は秘密にしておこうという算段かもしれない。

それに、それが嫌でもしも転移魔法で他国に逃げられでもしたら帝国は大損害だ。その辺の理由も含めて公にしないと皇帝が言うのであれば報告してもいいかもしれないとジリアンは考えていた。

「ん？　あと五人か。早いもんだねー。はい、どうぞーぉぉオォッ⁉」

ジリアンの語尾がいきなり大きくなったせいでマリス含めて生徒の動きが止まった。

「あ、ご、ごめんごめん虫がいてさぁ、さ、つ、続けて？」

虫か、なら仕方ない。僕も虫が嫌いだからあの驚きようはわかるとマリスは納得したが他の生徒は首を傾げていた。

「こーれはとんでもないのがいたもんだねぇ、どうしたものか……」

ずっとジリアンはぶつぶつ呟いていてあまり生徒の魔法を見ていない。その後魔法披露は滞りなく終わりオルバ班ジリアン班ともども再度一か所に集められた。

「なかなかみんな筋がいい！　この中から将来一緒に働く人材が出てくるかもしれないな！　ジリアンの方はどうだった？」

「伝説が存在した」

「なんだって？　伝説？」

「あーいや何でもない。まあこっちもわりと筋がいいのばかりいたよ。来て正解だったね」

　今年は黄金世代などと呼ばれており、実力もすでに備わった者が多いこのクラスは正直言って化け物の集まりみたいなものだ。筋がいいのは当然であった。

「よし、あとは座学があるからな、昼休みが終わったら教室で待っているように。では解散‼」

　食堂でお昼を食べるのも学園生活らしくて憧れていたマリスは浮足気味に食堂へと向かう。

　ただ、ずっとジリアンはマリスを見続けていた。

「で、どうだったジリアン」

「そうだね、来て正解だよ」

「ということはいたんだな？」

「ええ、伝説がいたわ」

「伝説？　なんだそりゃ」

「オルバ、あんたは口が堅いかしらね？　皇帝にも報告するのは躊躇（ためら）うって言ったらどうする？」

「どういうことだ？　何を見たんだ。まあお前が見たものだしな、俺が報告すんのはおかしいだろ。誰にも言うつもりはないぜ」

　少し間を置いてからジリアンは重々しく口を開いた。

「あの中にいたわ、七色の魔力を持つ虹色魔導師が」

食堂はかなり混み合っていた。マリスは人混みを掻き分けながら適当に食事を選ぶ。この食事に関してだけは学園が用意してくれるのだ。食事は体調にかかわることだからこそ公平に誰もが必要最低限栄養を取れるように、ということで昼夜と夕ダで食べられる。もちろんそれで満足できない者もいるが、そういった者は追加でお金を払ってより豪華な食事を摂る。マリスは食事を配る給仕受付からもっとも遠い窓際に座った。やはり受付から遠い場所は空いており、人もまばらにしかいない。

「あーやっぱりここにいた!」

マリスが食事に手を付けようとすると待ったがかかり顔を上げるとミアとジンがいた。

「探してたらさ、窓際の一番遠いところにいるかもしれないってジンが言うから来てみたらホントにいてびっくりしたよ」

「マリスのことは俺だいたいわかっちまうようになったからな」

マリスのことをよく知る二人はすぐに見つけた。三人で食事をとり始めるとジンが話題を切り出した。

「どうよ、そっちの授業は」

「十二神のオルバって人知ってる? あの人が担任だった」

「えええ⁉ そんな有名人が担任なの⁉ なにそれ一級クラスずるくない⁉」

「あと、手伝いとしてジリアンって人も来たよ」

「十二神が二人も⁉ ありえねぇ! サインほしかったなぁ‼」

二人の反応は当然といえる。本来十二神は帝城にいるか特別な任務を請け負い世界を飛び回っている。会えるだけでも奇跡的なのに、担任だなんてありえない待遇だとミアは言う。

「そっちはどうだった？」

「まあ普通かな？　みんな同じくらいのレベルだから話しやすいし友達もできたよ」

「友達できたのにこんなところにいていいのか二人とも」

「いやあやっぱマリスが友達できてないだろうなと思ってさ、一緒に飯くらいは食おうってことで来たわけよ」

「ジン、いいやつだなお前は。ありがとう、なんか一人で食事は寂しいなって思ってたんだ」

マリスは目立ちたくないだけで友達がほしくないとは思っていない。むしろほしいとさえ思っている。食事も終え、残りの昼休みの時間はここで雑談でもしようということになったが、まさかの乱入者があらわれた。そう、あの熱い男だ。

「む‼　ここにいたのかマリス‼」

フェイルが満面の笑みで三人の元へと走り寄って来た。

「ああ、フェイル。ご飯は食べたのか？」

「食べたぞ、一人でな‼　お前を探していたんだがなかなか見つからなくてな、まさかこんな端っこにいるとは思わなかったぞ‼」

目立ちたくないから端っこにいたんだよ、とはフェイルの笑顔を見るとマリスも言えなかった。

「あ、じゃあボクらはお暇しようかな」

ミアとジンはスッと立ち上がり逃げようとするがフェイルがそれを許さなかった。

「む、待ちたまえ。君たちもまだここにいるつもりだったのだろう？　ならともに雑談でもしようではないか」

「あ、そ、そうですねははは」

引きつった笑みを浮かべる二人はやはり公爵家次男との距離の掴み方に戸惑っているようだ。

「フェイル、ジンとミアは僕の一番の友達なんだ。フェイルも仲良くできるかもよ？」

「何⁉ 一番の友達だと⁉ ならば俺とも仲良くしてもらわねばならんぞ‼ ジンとミアだったな、よろしく頼む」

ミアたちに手を差し出したフェイルはいい笑顔をしている。

おそるおそる手を握り返したミアとジンはいまだ固いままだ。

「フェイル、僕らは全員男爵家生まれだ。君は公爵家だけど、友達になってもいいのか？」

「むむ、爵位など関係あるものか。仲良くなるのになぜ爵位が関係するのだ、ジンとミアと呼ばせてもらうが二人もマリスのように様付けなどいらんぞ」

「あ、じゃあフェイルさん、でいいですか？」

「よくない‼」

その叫び方は怒ってるように見えるから止めたほうがいいと思うがマリスは口を出さない。

「フェイルと呼べ。そして敬語もいらん‼」

意を決したのかミアは自分の頬を叩きフェイルの顔をしっかり見る。

「わかった、フェイル。マリスに対しての態度になるかもだけどいいの？」

「‼ かまわんぞ！ 一向にかまわん‼ ふふふこれで友達が二人目か」

「じゃあよろしくねフェイル‼」

適応力の高いミアはすぐに仲良くなれそうであった。しかしジンはというと、なかなか一歩を踏み出せないでいる。フェイルはそんなジンをチラッと見る。フェイルからはあまり強く言うことはない。こればかりは自分から歩み寄ってほしいと考えているからだろう。

「わ、わかったよ‼　俺あんまり丁寧な喋り方じゃねぇけどそれでもいいってんならよろしく頼む‼　フェイル！」

「むむ！　かまわぬ‼　友達同士口が悪くなるのはよくあることだと聞く‼　よろしく頼む！」

フェイルは満足そうな顔で喜びを露わにした。

「これで三人も友達ができてしまったな。ふふふ、学園初日にしてはなかなか好調ではないか……」

たまにこうして自分の世界に入ってしまうのが玉に瑕だが放っておいたらまた戻ってくる。

「ホントによかったのか？　フェイルと友達なんて」

「いいよ、全然。むしろこっちからよろしくって感じだよ。だって普通は公爵家の人と友達になんてなれないからね？」

「まあ確かに。でもフェイルは普通の公爵家生まれとは違う」

「俺は今まで友達がいなかったからな……感謝するぞジンにミア」

「まあボクもこんなイケメン身近にいなかったし、おあいこってことで！」

「ふっふっふ」

自然に笑うことができないのか、なぜかフェイルが笑うと不敵な笑みになって不気味だった。それから昼休みが終わるまで四人で雑談した。今日の授業のこと、家で休みの日は何をしているか、得意な魔法のことだとか。マリスにとってわりと充実した昼休みになった。

教室に戻るとすでにオルバがいた。まだ授業の時間までは少しあるはずだが、なぜかいる。

「ん？　フェイルとマリスか。俺がなんでいるか不思議そうな顔してるな。一応こんなんでも担任なんだぜ？　お前らの顔と名前を覚えようと思ってな」

見た目によらず意外と真面目なオルバ。ただ席に着いてもずっとマリスを見ていた。しばらくすると鐘が学園中に響き渡る。授業開始五分前の合図だ。

「はぁい、お待たせ～」

ジリアンがまたもや教室に来た。

「ウチもお手伝いっていうか副担任として就任したからよろしくねぇ～。それに闇属性を極めているウチがいた方が君たちのためにもなるしね」

オルバとジリアンを合わせれば、赤、緑、黄、藍、紫色と五属性を教えることができる。

特に紫色の保持者は少なく、ジリアンが副担任になったのは僥倖であった。

しかし座学はつまらなかった。最初の十分で夢の中へと入ってしまったマリスだったが、すでにテレーズから習ったことばかりで、事前にけっこうな知識を詰め込まれていたのだ。

「よし、今日の授業は終わりだ‼ 当分座学メインになると思ってくれ。その代わり一週間後にはみんな楽しみなあれがあるぞ！ それまでに班は決めとけよ。では解散！」

あれとはなんだ？ 誰か知ってるかな？ とマリスはまわりをキョロキョロするがフェイルのまわりには案の定女子が集まっているし話しかけにくい。誰かいないものかと目線を彷徨わせていると目が合ってしまった。隣にいるロゼッタと。

「何よ？ やっとアンタから歩み寄る姿を見せたわね。はぁ、待っていたのよアタシは。アタシから近づけば逃げるし、かと言って全然話しかけてもこないし。隣なのにね‼」

マリスがただ見ただけなのによく喋る女の子だ。しかもまたプリプリしている。

この子に聞くのもなぁと気は進まなかったが聞く相手が他にいないので仕方なくマリスは質問する。

「えーと、ロゼッタ様、聞きたいことがありまして」

「何よ、というか様なんて付けなくていいわ。アンタ、フェイルと普通に喋ってるじゃない。同じでいいわよ」

「あ、そう。じゃあロゼッタあのさ」

「はや！　切り替えが早いわね！」

「え、だって普通に話していいっていうから」

「いいんだけれどね！　ただアンタって公爵令嬢相手に物怖じしないのね……」

「いやするよ。ただロゼッタはすぐプリプリするから慣れただけ」

「何よ！　プリプリって!!　はじめて言われたわそんな言葉!!」

全然本題に入れず会話の主導権をこちらが握らねばとマリスから本題へと移る。

「あのー聞きたいことがあったんだけど」

「何？　アタシがわかることなら何でも聞きなさい」

「さっき先生が言ってた楽しみなあれって何？」

「アンタそんなことも知らないの？　あれっていうのは一泊二日の野営キャンプよ！　泊まりよ泊まり！　学園が所有する山で野営するはずよ」

「へー。ソレの何が楽しいの？」

「楽しいに決まってるでしょうが!!　キャンプよ!?　アタシはじめてだから楽しみで仕方ないわ！」

マリスは家族でのキャンプ経験があるが、ロゼッタは公爵家の娘だ。お嬢様をキャンプなんて連れて行くわけがなく、行くなら高級ホテルだろう。だからこそロゼッタはウキウキなのである。

「ふーん、僕やったことあるからそんな楽しみでもないかな」

「ええ!?　キャンプしたことあるの!?　どんな感じだったのよ!?」

「普通にテント張って適当にその辺の動物狩って食べる。それだけ」

「楽しそうじゃないの！」

　動物を狩るなんて経験もないお嬢様を見てマリスが笑っていると、どこから聞きつけたのかロゼッタの後ろにはシーラが立っていた。

「あ、シーラ様」

「ご機嫌ようマリスさん。何やら楽しそうな会話をしてましたわね、ワタクシも混ぜていただけるかしら」

「いいですけど、キャンプの話ですよ」

「あら、ワタクシもはじめてですわ、楽しみですわねお姉様」

「シーラもはじめてよね！　楽しみよねぇ空気が綺麗なんでしょ？」

「まあそうとも言う」

「な、なんだか煮え切らない返事ね……」

「マリスさんはキャンプのご経験が？」

「そうですね、僕はやったことがあります。男爵家なんて平民に近い生活ですから」

「あら、それは頼もしいですわ。ワタクシたちにもテントの張り方など教えていただけるかしら？」

「いいですけど……シーラ様とロゼッタとは同じ班にはなりませんよ？」

「何でよ？」

　不思議そうな目で見つめるロゼッタ。しかしマリスにはお嬢様と同じ班になるつもりはいっさいない。

「いや、目立つじゃないか……僕はあまり目立つのが好きじゃないんだ」

「いいじゃない。アタシがこうして誘ってあげてるのに断るやつなんてはじめてだわ」

「そうですよマリスさん。それとワタクシにも普通の対応でかまいませんわ」

シーラの笑顔が怖いマリスは簡単にうなずけない。何を隠そう彼女の目が笑っていないのだ。

「いえ、その～シーラさんでもいいですか……？」

「お姉様は呼び捨てですのに？」

シーラはしつこく食い下がる。

「いやまあそのロゼッタは呼び捨てが似合うといいますか……」

「ワタクシも呼び捨てで敬語はいりませんわ」

「いえですから」

「ワタクシも呼び捨てで敬語はいりませんわ」

「わかったよ……シーラ」

まったく同じ言葉を繰り返すのが怖くなりマリスが折れた。

「それで、目立つからワタクシたちと一緒の班は嫌だと言うのですか？」

「そう。だから別の人と組んでくれ」

「ではあなたは誰と組むのですか？」

「まあそれは同じ格の家柄の人と組むよ」

「別にいいじゃないの‼」

どうしても嫌がるマリスをよそにロゼッタは声を荒げる。

「む、マリス。野営キャンプの話か？」

声が聞こえたのかフェイルが取り巻きの女の子を放ってマリスたちの元へと近寄って来た。

「野営キャンプ楽しみであるな。そうだ、マリス！　俺と同じ班になろうじゃないか‼」

「ええ～お前もかよ……」

どうすればここから逃げられるかとマリスはあたりを見回すが逃げ場はない。

「ちょっとフェイル！　今アタシが誘ってるでしょうが！　後から出しゃばるのは止めなさいよ！」

「何！　ロゼッタ！　君もマリスを誘っているのか‼　くっ、なんてやつだ‼　マリスを奴隷のように働かせるつもりだろう‼」

「そ、そんなことするわけないでしょうが‼　アタシを何だと思っているのよ！」

ロゼッタとフェイルが言い合いを始めると、それを宥めるようにシーラが口を挟む。

「では全員一緒の班はどうでしょうか？」

いずれ誰かが言いそうだとは思っていたがこいつ……とマリスはシーラを恨めしそうな目で見た。

「シーラいいこと言うじゃない。そうしましょ！　フェイルがいるのはムカつくけどそれなら揉めなくても済むしね！」

「む、シーラ嬢。それはいい考えかもしれんな」

マリスの意見など聞く余地もなくトントン拍子に話が進んでいく。

「むむ、まあマリスがいるならロゼッタが同じ班になることを許容しよう」

「ふふふ、よかったですねマリスさん」

「は、はい……」

シーラの笑顔が無性におそろしく感じたマリスは肯定する以外に選択肢はなかった。ただ今の班決めで他の生徒は誰も入れてくれと頼みにくくなった。それもそのはず四大公爵家の三人が集まっているのだから畏れ多くて入れてくれなんて言えるはずがない。

「そ、そう言えば野営キャンプの班って何人でやるんだろうな」

「む？　確か毎年五、六人でやっていると聞いたが」

「誰に？」

「数年前ここを卒業した俺の家のメイドだ」

フェイルに適当吹き込んでいるであろうメイドがここでも噛んできていた。

「じゃあああと二人どうしましょう」

全員誰を誘うか考えていると、二人の男女が近づいてきた。

「ちょっといいかな」

「え！　殿下！」

皇子が口を挟んだことにより生徒たちの視線はいっせいにマリスらへと向く。目立ちたくないと何度も言っているだろうとは言えないマリスはもう諦めの境地にあった。

「ルーザー皇子！　何か我々にご用でしょうか？」

「いや、君たちが野営キャンプの班決めをしていると聞こえてきてね。それなら私たちも入れてもらおうかとエリザと話していたところなんだ」

「私たちは皇族でしょう？　だから同じ班になることを躊躇ってか誰も誘ってくれないのです……」

寂しそうな顔を見せるエリザ皇女だが、マリスは当然だろといわんばかりの表情を見せる。

もし同じ班になって何か不敬でも働けばどうなることか考えるだけでも恐ろしいからだ。

「我々もちょうど後二人ほど探していたのですよ！　皇子皇女様がよろしければ是非に」

「華やかになりますわね」

マリスを無視して皇子らを入れることが決まりそうで、どうせなら君たちだけで組めばよいのではと考えるようになってきたマリスはすでに目が死んでいる。

「もちろんワタクシも歓迎いたしますわ。エリザ皇女とはいつもお茶をする仲ですし」

「ふふ、シーラとはよくお茶会を開いていますの。お兄様、ではここの班に入れていただきましょう」

「いえ、少々お待ち下さい。我々はもちろん歓迎ですがマリスにも聞かないと」

そう言いながらフェイルはマリスを見た。それに釣られ全員がマリスを見る。ここで嫌ですなんて言えるはずもなく致し方なく同意を示した。

「も、もちろん僕も歓迎いたします……殿下」

マリスは片膝を付き、左腕を胸の前に持ってくる最上位の礼をする。フェイルたちは公爵の身分があり日頃パーティやらで顔を合わせているからかそんな畏まった礼はしていないが、男爵位であればしないわけにはいかない。そもそも男爵家生まれ程度が皇子らと同じ目線で話すことは無礼に当たる。

「マリス君、だったね。そこまで畏まらなくてもいいよ。我々は同じクラスの仲間だろう?」

キラキラした純粋な目がマリスに向けられると申し訳ない気分になり嫌な汗が流れてくる。しかし、はいそうですかと立ち上がる馬鹿ではなくマリスは目線を上げずに会話を続けた。

「いえ、この国の皇子殿下と対等に話せる身分ではございません。ですので僕はこの班から抜けさせていただきますので五人で野営パーティをお楽しみ下さい」

「そんな悲しいことを言ってくれるなマリス君。あくまで君たちの班に入れてもらう立場なのは私の方だよ。君が抜ける必要はない」

「ですが、まわりの目もございますので。では僕はこれにて……」

すっと立ち上がり教室から出ようと彼らから離れた瞬間、何者かがマリスの首根っこを掴んだ。

マリスが振り向くと笑顔のシーラが立っている。

「あら、マリスさん。そんなに照れなくてもよろしくなくて？皇族の方とともに一日過ごせる機会なんてこれを逃せばないかもしれないチャンスですわよ？　男爵家であれば少しでも皇族の方の印象をよくしておいたほうがよいのではないかしら？」

「あ、いやそのシーラ。ちょっと用事が……」

「まあ、皇族の方より大事な用事が⁉　そんな非常事態であればワタクシもお供いたしますわ‼」

ああ言えばこう言うシーラにイラつきながらも何とかこの場を切り抜けようと頭をフル回転させる。

「我々皇族とともに一日過ごすのは嫌だったかな……？」

マリスが頭を悩ませていると皇子から爆弾発言が落とされた。

「いえ！　そんなことはありません！　ただ男爵程度の身分で皇族の方々と一泊をともにするのは失礼に当たります‼　ですので！　僕は別の班に‼」

「マリスさん、私はそうは思いませんわ。こんな機会滅多にないのです。ですから私はマリスさんとともに野営キャンプを楽しみたいですわ」

エリザ皇女の追い打ちがかかりマリスの逃げ場は徐々に失われていく。

「それに、さきほど聞いていると何やらマリスさんは野営キャンプの経験があるとのことで。我々は経験したことがありませんのでよろしければ手ほどきいただきたくございます」

「あーそれであれば、僕以外にも経験したことがある者はいると思います。では」

「いいじゃないマリス。皇子皇女様はすごい気さくで話しやすいわよ？」

「そういう問題ではないんだよロゼッタ。君みたいにプリプリしてる人ならまだしも殿下方はオーラが違う」

「プリプリ⁉　またソレ言う‼　だいたいなんなのよそのプリプリって言葉は！　そんな怒ってばっかいないでしょうが‼」

「ほら、出たプリプリ」

「きいいいいい‼」

ロゼッタが癇癪を起こすがそれを見ていた皇子皇女はにこやかに笑っている。

「ふふふ、仲がよろしいんですね。私たちにもそんなふうに気軽に接していただいてよろしいですのに」

「ははっ」

エリザ皇女はそう言うが、皇族にタメ口など使えるわけもなくマリスは愛想笑いを返した。

「おーい席に着けー。ん？ なんだ班決めでもしてたのか？」

「はい、我々皇族を同じ班に入れてくれるとのことでして」

「ルーザー皇子とエリザ皇女を？ ああなるほどマリスの班か。ふむ、ちょうどいい。じゃあそこの班は決まりだな」

オルバは何を勘違いしたのかシレっとマリスが班長であるかのような発言をした。

「よかったですわ、これからよろしくお願いしますねマリスさん」

「は、はっ。皇子皇女様にご迷惑をおかけしないよう細心の注意を払います」

結局野営キャンプの班は、皇子皇女、ロゼッタ、シーラ、フェイル、そしてマリスという最悪な面子になってしまいマリスにとって憂鬱な一週間を過ごす羽目になった。

学園どこを歩いていてもすでに噂になってるらしく、マリスをチラチラ見ることが多くなった。

話しかけないのは、へたなことして皇子らの耳に入るとまずいと考えているからであった。

「あ、マリス！」

食堂までの道を歩いているとマリスに声をかける者がいた。友人たちである。

「ミアか。ジンは？」

「なんか友達と昼食だってさ。それより聞いたよ⁉ 皇子皇女様と同じ班になったたって！」

二級クラスにも広まっており、もはや手遅れな状態にマリスは肩を落とす。

「まあ成り行きでね……。はぁ……」

「どうすんの？ バレたらやばいよ？ 特に皇族の方にバレたら確実に皇帝陛下の耳に入るよ」

「そうなんだよ……もういっそのこと国外逃亡でもしようかな……」

「ま、まあそれは最終手段にしとこうよ。で、他のメンバーもすごいって聞いたけど？」

「ロゼッタにシーラにフェイルだよ」

「えええええ⁉ 四大公爵家の方々じゃない！ ボクもマリスの近くにいたらヤバそうじゃん」

「おいやめろよ、逃さないぞ」

マリスは逃げようとするミアの腕を捕まえる。

「ボクまで巻き込まれたくない！」

「僕だって嫌なんだよ‼ どうしようかなホント……」

「でも呼び捨てにできるくらいは仲良くなったたんだね」

「強制的にね。シーラがこわいんだよな、あの笑顔の裏側は漆黒しかないよ」

「シーラ様ってすごいお淑やかで有名じゃない」

「騙されるな、あれは腹黒だぞ。たぶんシスコンだな、お姉様に近づくやつは殺すって目をしてる」

「うそー？ 絶対気のせいだよ。あ、噂をすればこっちに歩いてきてるよ？」

ミアに言われマリスが顔を向けると、シーラが笑顔で近づいて来ていた。

「あら、マリスさん。ご機嫌よう」

「ご、ご機嫌よう」

「ふふ、真似しなくてもよろしいですのに。そちらの女性は？」

「ミ、ミア・テンセントです！　マリスの友達です」

「そう、ミアさんね、可愛らしい方ですわ」

「いえ、シーラ様の方が美しいです！」

「ふふふ、ありがとう。それで二人でどうされたのですか？」

「あ、マリスの班の話をしていました」

「あの豪華な班ですね。ミアさんも同じクラスであればお誘いできましたのに残念ですわ……」

「いいい、いえいえ！　滅相もないです！　あ、ボクちょっと用事があったので失礼します！」

ミアは適当な理由を付けてその場から逃げ出した。

「で？」

「で？　とは？」

「あの方はあなたの何なんですの？」

シーラは急に真顔になるとマリスに詰め寄った。

「いや、友達だって言ってたろ。それ以上でもそれ以下でもない」

「そう、まあいいわ。お姉様に手を出さないのであれば」

やっぱりそれか。二人の時になるのを待っていたな？

「シーラ、言っておくけど僕はロゼッタなんてなんとも思ってないよ」

「あの美しいお姉様をなんとも思っていないと？」

「あ、ああ。だから安心してくれ。君が心配するようなことは何もない」

「へぇ。あなたがお姉さまの害になるなら容赦しないけれど、何もしないのであればいいわ」

なぜか敵視されていたようだが許されたらしくマリスはホッと一息つく。

「ですが。お姉様へのあの態度は改めなさい」

「あーやっぱり。まあそうだよな腐っても公爵令嬢だし」

「腐っても?」

一言多いのはマリスの悪い癖だ。

「いえ、美しい公爵令嬢様です」

「よろしい。今後お姉様を蔑ろにしないようにしなさい」

「蔑ろになんてしてないよ。ただ気軽なノリっていうか」

「もう少しお姉様に対してマトモな態度をとりなさいと言っているの」

「わ、わかった。女性に対して雑に扱いすぎてたなって思ってたから改めるよ、ごめん」

「なら、よろしいですわ。お姉様も一人の女の子。いくらあなたのような男子にでも言われた言葉は気にするものなのです」

ロゼッタは雑に扱っても反応が面白いからやっていたが、よく考えれば傷ついてるかもしれない。これは自分が悪かったなとマリスは反省の意を示した。

今後は女性に対して接するように、優しくしようと心に決める。そもそも今後無意味に会話はしないでおけば大丈夫なのではないかと考え、マリスはロゼッタと距離を置くつもりであった。

「あと、ワタクシは腹黒ではありませんので。では」

シーラは一言マリスに耳打ちするとまたどこかへと去って行った。シーラは姉想いで普通の女の子だ。しかし怖い一面もあり勘が鋭く、特に気を付けておいた方がいい。触らぬ神に祟りなしだなと教室に戻る道中マリスの頭の中はシーラのことでいっぱいであった。

「はぁ」

「どうしたのよため息なんてついて」

「あ、ロゼッタ。いや、何でもない」

「明日から野営キャンプよ？ 楽しみじゃないの？」

「ん？ ああ、楽しみかな。たぶん」

「何よ、なんだか今日は張り合いないわね」

張り合うとあなたの妹が出張（でば）ってくるんだよとは言えず適当にごまかした。

「それより明日は何を持って行こうかしら‼ ティーセットはいるとして、やっぱり侍女は三人までかしら？」

ロゼッタの言葉が理解できずマリスは呆（ほう）けた顔をする。それに侍女などとぬかし、もはや自分で何もするつもりがないロゼッタに何か言いたげなマリスだったが、シーラの笑顔が脳裏をよぎり堪えた。

「そうだね」

「何よ。いつもならいろいろ言って来るくせに今日は珍しく静かね」

「ああ」

「どうしたのよ？ アタシでよければ悩みくらい聞いてあげるわよ」

「いや大丈夫」

シーラに言われたばかりなのに今日はえらく話しかけてくるロゼッタに苛立ちが募る。

わかってくれよ。後ろのシーラがドス黒いオーラを纏っているんだよ。と伝わるはずもないテレパシーを送るマリス。

「マリスさん、ちょっと」

無意味なテレパシーを試みていたマリスはシーラに手を引っ張られ教室から外に連れて行かれた。

「何ですかあれは」

「何ですかとは？」

廊下に出たマリスはシーラに問い詰められていた。さきほどのロゼッタに対しての態度のことを言っているのだろう。しかし、うまく普通に会話していたはずだとマリスは堂々としていた。

「あれではお姉様が可哀想ですわ。もっとちゃんと会話をしなさい」

「ええ……でも今までみたいにするとシーラが怒るし……」

「態度を変えすぎですわ。あれではお姉様を鬱陶しがってるようにしか見えませんでしたわ」

「もっと女の子と会話を楽しむみたいにできないのですかあなたは」

「ミアにはあんな感じだし、他に仲のいい女子の友達はいないし」

「はあ……もういいですわ。ですがせめてもう少しお姉様とまともに会話を交わしなさい。ああ見えてお姉様は繊細な女の子ですの。ワタクシと違って」

「でしょうね」

「でしょうね？」

またもよけいな一言が零(こぼ)れマリスは咄嗟に自分の口を手で押さえた。

「ワタクシみたいに鋼のメンタルではないのですわ。お姉様の心はガラスのよう。ちょっとしたことで傷つくのですからもっと優しく接しなさい」

「はい」

シーラに説教され席に戻るとロゼッタがシーラとマリスを交互に見てくる。

ロゼッタの顔は何とも言えないワクワクした表情だ。

「なになに！　あなたたちそんな関係になってたの!?　教えなさいよ‼」

「いえお姉様。ワタクシがこの男と男女の関係になるなど世界がひっくり返ってもありえませんわ」

「そ、そう」

あまりに塩対応のシーラにロゼッタもすぐに身を引いた。

「まあいいわ！　じゃあ明日何持ってくか話し合いましょ！」

「そうですわねお姉様」

「あ、じゃあ僕はフェイルのところに行ってくるから」

「む？　俺がどうかしたか？」

せっかくこの場から逃げようとフェイルの席まで行くつもりだったマリスは、自らこちらへと歩いて来たフェイルをギロッとにらんだ。

「明日から野営キャンプが始まるからなー、決めた班で明日の準備など話し合ってくれー。班が決まってないやつらはこの時間に決めておくように」

オルバが教室に来ると同時に生徒へそう伝えまたどこかへと去って行った。オルバが去ると生徒たちはいっせいに動き出す。

「やあ、私たちも準備の話に参加させてもらうよ」

皇子皇女を交え、六人で明日について話し合うことになった。

「まず何を用意すればいいのだろうか？　確か今回の野営キャンプは自分たちで用意したもののみで一日過ごすと言っていたね」

「そうですね、ルーザー皇子。後、飲食物は持ち込み禁止と言われておりました。山で採ったもの以外は口にすることを許さないとのことです」

フェイルが丁寧な言葉遣いだと調子狂うのはさておきマリスは、彼らに飲食物の持ち込みを禁止するのはなかなか難しいことではないだろうかと眉を顰める。

「ではティーセットはいるとして、後は何が必要かな？」

お前もかよ皇子！　なんだなんだ、貴族にとってティーセットは必需品なのか？　そんなもん荷物になるだけだから置いて行ってくれ。とは言えず口をむずむずさせるマリス。

「お兄様、私テントが必要になるかと思います」

「侍女は何人まで許可されるのかしら？」

許可されねえよ。侍女連れてキャンプ行くやつ見たことねえよ。とことん準備を人にやらそうと考えているらしいな。と言いたげなマリスはそろそろ我慢の限界が来ていた。

「お姉様、侍女は一人しか連れていけないと思われますわ」

「ええー？　そうなのー？　不便じゃない」

アホばかりの意見についにマリスは口を開いた。

「連れていけないよ侍女は誰一人」

「「「何だって⁉」」」

あまりの驚きぶりにマリスが驚かされ尻すぼみに言い直す。

「あの、誰も侍女は連れていけないと思います」

「そうなのか！　マリス！　じゃあ着替えなどはどうするというのだ‼」

「いや、それくらい自分でやれよ！」

マリスがそう言うと雷が落ちたかのように全員が驚愕の表情を浮かべる。

彼等彼女は全員超大金持ちのボンボンかお嬢様だ。一般常識が通じるわけがない。

「マリス君は経験者だったね。よし、では持っていきたいものをマリス君に聞いて確認していこう」

「それがいいですわお兄様。よろしくお願いしますねマリスさん」

エリザ皇女の微笑みはなんとも穏やかだ。だからといって何でもかんでも許しはしないという固い意志を持つマリス。

「ではティーセットはいくつまで持っていけるだろうか？」

「持っていけないよ！　荷物にしかならん‼」

マリスがそう言うとみな固まった。フェイルとロゼッタは引きつった笑みを浮かべている。

「そ、そうなのか……すまないマリス君」

今のは皇子の発言だった。マリスがそれに声を荒げたせいでみな固まったのだ。

まあでもふざけたことを抜かす方が悪いとマリスは開き直った。

「大変失礼しました。ティーセットはキャンプに持って行くものではございません」

「ふふふ、私を相手にしてそんなふうに喋ってくれる者ははじめてだよ。いいものだね、友達というものは。マリス君、その調子で普通に話してほしい。私に敬語や敬称はいらないよ」

「そ、そういうわけにはいきませんので……」

「フェイルとは普通に話をしていると聞いたが私には無理だろうか……」

しょんぼりした様子の皇子を見ていると悪いことをしたなとマリスは申し訳なさそうな顔をする。

「マリス、殿下がいいと言えばかまわないのだよ。俺やロゼッタのように公爵家であれば皇族とつながりが多いからそんな気軽に接するわけにはいかないが君なら許される」

「は？　男爵家だぞ僕は」

「だからこそだよ。皇族とつながりが少ないだろう？　我々がいつもの態度で慣れてしまい、もし公の場でタメ口なぞ使おうものなら、恐ろしいことになるのだよ。しかし君が皇子に気軽に接していたとして公の場で話すことなどないだろう？」

「わ、わかったよルーザー皇子」

「皇子も必要ない、ルーザーと呼んでくれないか？」

「ル、ルーザー、これからよろしく頼む」

「ああ！ 同い年の友達というのはよいものだな。私もマリスと呼ばせてもらうよ」

皇子はとてもいい笑顔だった。とはいえついにマリスの交友関係に皇族が追加されてしまい、目標としている平穏な生活は遠のいていくばかりであった。

「では私もエリザとお呼びくださいませんか？ マリスさん」

「エ、エリザさん……。ちょっとさすがに女性を呼び捨てにするのはまだ早いかなーと……」

「むう、ではそれで許しましょう」

頬を膨らますのは可愛いが内容は可愛いもんではなくマリスはそれに靡かなかった。

「とりあえず纏めよう。ティーセットはいらない、侍女も不可。テントや調理器具は必要。水はまあ魔法で出せるからいいとして、食器類はいるかな」

「さすがだなマリス‼ お前がいなければこの班は壊滅的な準備になっていただろう」

そもそもこの野営キャンプは一人でも生きていけるようにサバイバル技術を学ぶのが本懐である。

「テントは男女分けるから二ついるかな。火は魔法で起こせるし、虫除けの魔導具とかあれば便利かも。意外と夜は虫が寄ってくるからさ」

「そうなの⁉ シーラ後で執事に頼んでおきましょ、虫なんて見るだけでも寒気が走るわ」

「そうしましょう。他に何が必要ですかマリスさん」

「食料は現地調達しないといけないから狩った動物を捌くナイフとかいるかな。後はまあだいたい現地調達でなんとかなるしそんなものじゃない？」

「なるほど、じゃあテントと食器類は私のところで用意しておこう」

ルーザーがそう言うと、とんでもなく豪勢なテントを想像してしまったマリスの顔が引きつった。

高そうな食器類も勘弁してくれと願うばかりである。

「じゃあ虫除けの魔導具はアタシらが用意するわ」

「む、では俺はナイフと調理器具だな」

「僕は？」

「マリスは現地でいろいろ働いてもらうと思うから何も用意しなくてもいいぞ」

「いいのか？　フェイル。一応お金がかかるんだし、多少は僕も」

「かまわんよ。金ならありあまるほどある」

誰でも言ってみたい台詞ランキング三位には入るであろう言葉をサラッと言えるのはさすが公爵家といったところだ。マリスはフェイルたちで用意してくれるというならそれに甘えるつもりだった。

「ふふふ、明日が楽しみだわー‼」

「お姉様はずっと言ってますわね」

「当たり前でしょ！　野営キャンプなんて今まで一度も連れて行ってもらったことなかったんだから！」

問題が起こらなければいいが皇子皇女がいるとなれば陰から護衛が付いているだろうことは想像にかたくない。それでも万が一があれば、自分の秘密がバレてでも僕がなんとかした方がいいだろうとマリスは覚悟を決めていた。

ふとマリスが窓の方を見るとちょうどレイと目が合った。こんなことなら、レイと組んでいた方がよかったかもしれないといまさらながら後悔していた。

するとレイは立ち上がりマリスたちの元へと近寄ってきた。

「マリス、話をするのは久しぶりね。それにしてもずいぶん豪華な班になったわね……」

「ああ……そうですよね……」

マリスとレイが話しているのを目にしたのかロゼッタが話しかけてくる。

「あれ？　マリス、グランバード伯爵令嬢と知り合いなの？」

「あ、ああそうなんだよ」

「へー、どんなつながりよ。レイだったわよね？」

「はい、ロゼッタ様。マリスは私のお祖父様に師事していた時期がありましたのでそのつながりで」

「へー‼　あんたグランバード伯爵に師事してたんだ‼　なるほどねー！　だからオリジナル魔法も創れるってわけね？」

「ま、まあそうとも言う」

「何よ、煮えきらないわね。あーそれならレイさんもうちの班に入ってもらえばよかったわね。フェイルあんた抜けなさいよ」

「なぜだ⁉　俺とマリスは親友だぞ⁉」

親友ではない。ちなみに友人というのも怪しい浅い関係値であるというのがマリスの本音だ。

「いえ、お気遣いなく。私もすでに班を組んでおりますので。マリスが不敬を働かないことを祈っておりますわ」

「ふふふ、まあ皇子皇女様がいるしねーうちの班は」

「ん？　マリス。君の友達かい？　ってレイさんじゃないか。お祖父様にはいつも世話になっているよ」

「ルーザー殿下、お久しゅうございます」

ルーザーとレイは知り合いであった。レイのお祖父さんはグランバード学園長であり、そのつながりでルーザーとも面識があったのだ。

「マリス、君の交友関係は興味深いね。レイさんはあまり仲を深めず浅い関係でしか人付き合いはしないって有名なのに」

「え？　そうなの？」

「そうよ、あなた以外にこうやって親しく話す仲の者はいないわね」

レイは基本誰に対してもクールに振舞う。浅く広く。それにきゃぴきゃぴするのはあまり柄ではないと考えているからであった。

「ルーザーは知り合いなんだろ？　レイさんと」

「まあそうだね、グランバード伯爵とはよくパーティで話をするからね」

マリスがルーザーに話しかけているのを見てか、レイはたいそう驚いた表情になった。

言葉にするならコイツ正気か？　とでも言いたげである。

「ちょ、ちょっとマリス。殿下にその口のきき方は……」

「いやかまわないよ。私がお願いしたんだ」

「そ、そうですか。殿下がよいというのであれば私が口出すことではありませんね」

そう言ってレイはジロっとマリスを見る。目立ちたくないくせにこれはどういうことなのか、と言いたげな目をしていた。その後レイはずっとマリスに物言いたげな様子だったが、皇子がいる手前何も言えずそのまま自分の班へと戻って行った。

「おーいお前らー話し合いは終わったかー？」

オルバが戻って来るとみな自分の席へと戻って行く。

「明日から野営キャンプが始まるが基本的に今組んでいる班で行動してもらう。まあ万が一魔獣があらわれた際は各自で討伐するように。これも授業の一環だからな。ただし、皇子皇女様の班は監視役としてジリアンを付ける。これは皇帝からの指示だからな、我慢してくれ」

もしも魔獣に襲われて皇子皇女が怪我などしようものなら学園長の首が飛ぶ。それも物理的に。

「でも監視だけだ。危険があれば手を出すが基本的には生徒たちに一任する。他の班にも各先生が一人監視で付いているがたいていのことは自分たちで解決するように。それと今回の野営キャンプは全クラス合同だ、二級や三級もいるからもしこの機会に仲良くしたいやつがいるならキャンプ中に見つけて声かけとけよ。では解散！」

ジンとミアも同じ日にやるらしくどうせならキャンプ中に会えたらいいなと思っているマリスだったが、会ったところでさっさと逃げるだろうという想像も容易にできていた。

キャンプ中も目立ちたく無い

野営キャンプはグランバード学園が所有する山で行う。学園側がある程度安全を確保しているがいかんせん山が大きすぎるため、すべての魔獣を駆逐することはできていない。ゆえに、生徒たちには自衛が求められる。これも授業の一環ということで、危険な時以外は先生方は手を出さないというルールだ。

「ハァハァ、ちょっと……山ってこんなに……しんどいのね……」

山を登り始めてロゼッタがすでに息切れしている。それもそうだろう、お嬢様が山登りなんてまともにできるはずもない。ダンスにお茶会にパーティーなんてしているからだ。

「体力なさすぎじゃない？　ロゼッタ」

「う、うるさいわね……ハァ……」

ロゼッタは返事をするのも一苦労なほど疲弊していた。そんなロゼッタの持つリュックをマリスが背負う。足元も悪く山道に慣れていなければ歩くのも辛いだろうとマリスが珍しく優しさを見せた。

「な、なによ……ハァハァ」

「これで多少は楽になっただろ？」

「よ、よけいな……お世話よ……」

ロゼッタは文句こそ言うがそれでも取り返そうとする体力はない。

「いいよ、僕は慣れてるから」

「あ、ありがとう……。珍しいわね、アンタがそんな気配り見せるなんて……」

「まあ、恩は売っておいて無駄にはならないからな」

「一言よけいよ！……ハァハァ」

それを見ていたシーラがマリスに話しかける。

「フフ、あなたも多少はお姉様に気を遣えるようになったのね」

「シーラか。まあ前に言われたしな君に」

「それでいいのですよ、お姉様には優しくしなさい。ただし、お姉様はワタクシのものよ……」

マリスは別にロゼッタを取ろうなんて気は微塵もない。

「ルーザーは大丈夫かな？」

マリスたちから少し後方にルーザー皇子とエリザ皇女が大粒の汗を垂らしながら歩いている。フェイルはなぜか涼しい顔をしておりそれなりに体を鍛えているようであった。

「フェイル、エリザさんのリュック持ってやれよ」

「む！なぜだ！」

「いや、なぜだ！じゃなくて。大変そうにしてるじゃないか」

「む、確かに」

フェイルはそそくさとエリザの元へと駆け寄りリュックを持つ。

「こ、ここら辺で休憩するのは……どうかしら」

ロゼッタはもう限界が来たらしく休憩を提案する。マリスとフェイルはまだ余裕があるが、他のメンバーは汗だくになっている。ちょうど広がった場所でもあるし、ここで休憩しようとマリスは荷物を置いた。

「みんな、ここで休憩にしようか」

おのおの荷物を置き、肩で息をしている。マリス一人ならさっさと登りすでに頂上まで到着していただろうが全員での登頂に意味があるとロゼッタの提案を受け入れた。

「大丈夫か、ロゼッタ」

「だ、大丈夫よ……。アタシがこの程度で弱音を吐くわけ……ないでしょ。オェ……」

強がるロゼッタだが無理がある。息も絶え絶えで嗚咽(おえつ)まで漏らすほどであった。

「十五分休憩したら登山再開しようか」

「さすがマリスは慣れているね。私は城から出ることなどそうそうないから山登りは大変だよ」

「だろうね。フェイルが特殊なだけでみんなそうだよ」

「む、俺の話をしているのか？」

「フェイルは無駄に体力があるなーと思って」

「それはそうだろう。ワーグナー家といえば魔導騎士で有名なのを知らないのか？」

魔導騎士という言葉に聞き覚えのなかったマリスは首をひねる。

「ワーグナー家の一族は代々魔導師と騎士、両方の才に恵まれて生まれてくるのだ。ゆえに魔法と剣技を合わせ持つ魔導騎士を代々輩出している」

「へー知らなかった。だから体力があるのか」

「そうだ。だから剣技もそれなりにできるぞ。教えてやろうか？」

「いやいいよ。僕そういうの向いてないと思うから」

七色の魔力を持っているマリスとしてはこれ以上何かを得たくはない。それこそ虹色の魔導騎士なんてものが生まれ、もう誰も手を付けられない化け物になってしまうだろう。

それにマリスには剣を振る才能はない。

休憩もほどほどにまた山登りを再開する。なんとか全員無事にキャンプ地へとたどり着いたが、マリスとフェイル以外は虫の息であった。

「じゃあちょっと休んだらテントを張ろうか」

マリスはルーザーが持ってきたテントを見るのが恐ろしいと感じていたが、いまさら別のテントに変えられるわけでもなくどんなのが出てきても諦めるつもりであった。しばらくすると他の班も到着しおのおのキャンプの準備に取りかかり出した。

「マリス、皇子皇女様に怪我などさせてはいないだろうな?」

突如背後から声をかけられたマリスが振り向くと、カイル・アストレイがいた。

「あ、どうも。今のところは何もないですよ」

「ふん、それならいいが。なぜ男爵家の長男風情が皇子から気に入られているか知らんが、あまり調子に乗るなよ」

それだけ言うとカイルは自分の班へと戻って行く。マリスには彼が何を言いたかったのか理解できず去っていくカイルをボケっと見つめていた。

「何よアイツ。カイルは昔からあれだから困るわね。気にしなくていいわマリス。アイツの偉そうな態度は今に限ったことではないし」

「いや、気にしてないよ。なんかよくわからないことしか言ってなかったし」

ロゼッタが何かと目を付けられているマリスを気遣いフォローする。

「そ、そうだったわね。あなたはそういうタイプだったわね」

カイルにああまで言われてもなお、マリスは驚くほど何とも思っていない。

「さあ、俺たちもテントを張ろう! ルーザー皇子、テントを出していただけますか?」

「ああ、わかった」

ルーザーが懐から一つの指輪を出した。魔力を込めるとマリスたちの目の前に組み上がったテントが出現した。当然ポケットに入るサイズではなく異空間系統の魔導具を使用していたことに気づいたマリスは溜息を漏らす。異空間系の魔導具はとても高価なものであり、それを持っているだけでお金持ちだとわかるほどなのだ。

ただ、出現したテントがいけない。張る必要もない組み上がったテント。それも十人は入れるだろうサイズ。それが二つも出て来た。しかも豪勢な装飾付き。

「さすがは皇族の持つ野営用テントですね。中も広いしテントには結界魔法が施されている。これならば夜も安心でしょう」

フェイルはルーザーの持ってきたテントを褒め称えているがマリスは何とも言えない気持ちになっている。学園の安全が約束されたキャンプで結界など必要あるわけがないからである。

「どうかなマリス。これなら全員余裕を持って一日過ごせると思ったんだけど」

「あ、ああいいんじゃないかな」

他の面々が持ってきたものも当然のごとく超高級品ばかりだった。

マリスが持ってくるなと言ったのにもかかわらず、ロゼッタはティーセットを持ってきている。今日はこんな茶葉を持ってきたとかなんとかシーラとエリザは紅茶談義に花を咲かせていた。

残すは食料調達だが一番大変な部分であり自分以外は動物を狩れるのかとマリスの不安は拭えない。

「じゃあ獣を狩りに行こうか。何も狩れなかったら今日は夕飯なしだからね」

「む、それは困るな」

おのおの装備を整えて森の中へ入ると動物の糞や足跡が見つかった。

この山にはそれなりの種類の動物がいるようであった。

「どうする？　二手に分かれて探してもいいし、みんなで探してもいい」

「うーむ、二手に分かれれば効率はよいかもしれんが皇子皇女側に付いた者はそれなりに戦闘ができる者でなければならないな」

どうせ陰から護衛が守っているから大丈夫とは思いつつも、この中ではフェイルが適任ではないかとマリスは思案していた。

「じゃあどうやって分かれる？」

「ロゼッタ、君はシーラとともに動くつもりだろう？　ならば俺がそちらに入ろう。マリスは皇子皇女に付いてくれ」

フェイルの発言にマリスは固まった。

「いや！　ちょっとまってくれ。僕より剣技を得意とするフェイルのほうがいいだろ」

「うーむ、しかしだな。何となくだがマリスは俺より強い気がする」

フェイルの勘は鋭く当たらずとも遠からずといった具合にマリスに秘密があるだろうことを仄(ほの)めかしていた。

「そうね、マリスに任せた方がいいでしょう。フェイルは強いかもしれないけどなんとなくアタシもそう思う」

「じゃあ決まりだな。ではマリス。皇子皇女を頼んだぞ」

そう言ってフェイルはロゼッタたちとともに森の中へと入って行った。残されたマリスと皇子らはそれをただ見送るしかできなかった。

「じ、じゃあ行こうか僕らも。万が一魔獣が出ると危ないから僕から離れないでよ」

「ああそうさせてもらおうかな」

「あの、マリスさん。手をつないでもよろしいでしょうか？　私薄暗いところが苦手で……」

森は木が生い茂っているせいで昼だと言うのに少し薄暗くジメっとしている。皇女と手をつなぐのはいかがなものかと思ったが今は誰も見ていない。マリスはにこやかに答えた。

「いいですよ」

エリザと手をつないだマリスはいつでも魔法を使えるよう手に魔力を纏わせた。

「ん？　何か気配を感じるな」

念のためとマリスが索敵用魔法をコソッと展開すると、何かが引っかかった。動物だが小動物ではない気配に少しだけ笑顔が零れる。

「わかるのかい？」

「まあ、なんとなくですが」

マリスは勘だと言わんばかりに言葉を濁す。すると前方に一匹の猪があらわれた。

人間という餌を前にした猪は涎を垂らしている。今にも突進してきそうな雰囲気だ。

「ちょうどいいですね、今日はぼたん鍋だ」

「わ、私はどうすればいい？」

「ルーザーはエリザさんを頼む。あれは眉間を撃ち抜いた方が血抜きがしやすいんだ」

「わかった！　従おう！」

エリザの手を握るマリスの後ろでルーザーが控える。マリスは手を猪へと向けると魔力を練り始めた。人前で魔法を披露するのは久々であるマリスは少し緊張した面持ちだった。

「雷光一閃」

掌から一筋の電撃が音を置き去りに猪の眉間目がけて飛翔する。

眉間を撃ち抜いた電撃はそのまま後方の木を貫き三本目の木に当たったところで止まった。

「しまった、ちょっと威力強すぎちゃったな」

マリスが想像していたより猪が弱かったせいでオーバーキルになってしまう。

「す、すごいですわ！　マリスさん‼」

マリスに駆け寄るエリザは満面の笑顔を浮かべ両手を握った。

「いや、ちょっと威力調整がうまくできなかっただけだよ」

「それでも初級魔法であの威力はありえませんわ！」

「すごいねマリス。威力もそうだけどあんな正確に魔法を撃てることが驚きだよ」

狩った猪はその場で血抜きし、ルーザーの異空間収納用の指輪の中へとしまう。血抜きしている間、エリザは見たくないのか目を瞑（つむ）っていたがルーザーは興味津々といった具合にジッと血抜き風景を見ていた。しかしこれ以外にも視線を感じたマリスはあたりの木々を見つめた。

マリスが視線を彷徨わせていたからか、ルーザーが察して話しかけた。

「ああ、影の護衛かい？　今はいないよ、ジリアン先生が付いてきているからね」

ルーザーはある方向を指差す。そこには木に隠れきれていないジリアンの帽子が見えていた。

「皇子〜気づいても言わないのがお約束ですよ〜」

「すみません先生。マリスが気にしていたので」

「影の護衛は今いないよマリス君。いたら何か不都合があるのかな？」

「いや、ないですけど気配を感じないなーと思って」

「へぇ影の護衛の気配を感じ取れるんだねぇ、普通はできないと思うけど」

またいらないことを言ってしまったとマリスは口を閉ざす。

「ま、聞かなかったことにしとくよマリス君」

それだけ言うとジリアンはまた隠れきれない木の陰に戻って行った。

「とりあえず猪一匹あれば十分夕飯には足りるし戻ろうか」

「そうだね、さ、行こうエリザ」

「はい、お兄様。ですがマリスさんと手をつないで行きますので」

そう言うとエリザはまたマリスの手を握る。エリザ皇女にだいぶ懐かれたようであった。

平穏で静かな生活が脅かされる気がしてならないとマリスは若干の不安を感じていた。

「そう言えばマリスはその魔法技術をどこで習ったんだい？」

野営地に戻る道すがらルーザーはマリスにさきほどの魔法について聞いた。

「テレーズ子爵っていう神殿魔導師が知り合いにいるんですけど、その人に教えてもらいました」

「神殿魔導師か、よくそんな知り合いがいたもんだね」

「まあ父の知り合いっていってだけですけどね」

他愛もない会話をし、歩いていると不意に不穏な気配を感じマリスは一度立ち止まる。無視できないほどの気配だった。

「ルーザー止まって」

気配察知に集中するとマリスたちの後ろから何かが近づいて来る気配が一つあった。明らかに普通の魔獣とは違う気配であり、このまま逃げてもいいが他の生徒もたくさんいるキャンプ地まで付いて来られたら厄介（やっかい）だとマリスは対峙することを選んだ。

「何かが近づいて来る。ルーザーは防御魔法を。エリザは僕の後ろから離れないように」

「あ、ああわかった！」

「はい、マリスさんの後ろから絶対に動きませんわ！」

ルーザーたちに警告し、何かからの脅威に備える。すると木の陰に隠れて様子を見ていたジリアンがヌッとマリスたちの前に出てきた。

「まずいわね、あなたたちも逃げなさい」

ジリアンの顔には焦りが感じられ、額には汗が滲んでいた。大きな魔力が近づいて来ているが、ジリアンほどの魔導師が動揺することなのだろうかとマリスも警戒を強めた。

「あなたたちじゃあまだわからないかもしれないけど、今近づいて来ている魔力は神獣のものよ」

ジリアンは真剣な眼差しで彼らを見つめそう言った。神獣ならば十二神の出番ということだろう。

しばらくすると重い足音とともに噂の神獣が姿を見せた。白い体毛に人間の腕ほどもある大きな牙。体躯(たいく)は三メートルほど。マリスたちの後ろから追って来ていたのは神狼と呼ばれる神獣であった。神獣は各地に生息しており、魔獣とは比較にならない強さを誇る。本来であれば、十二神が出張(でば)ってくるような異常事態だ。授業ではまだ教えられていない。しかしマリスはテレーズ子爵の講義により神獣とは何たるかを教わっていた。なぜこんな学園所有の山中にいるのかはさておいて、それが今マリスの目の前にいる。とはいえ十二神がそばに控えており、マリスはいくらか安心したかのような表情を浮かべていた。

「し、神獣……なぜこんなところに‼」

ルーザーもはじめて見たのか、驚愕と絶望の顔に染まっている。エリザは恐ろしいものを見たくないのかずっと目を瞑りマリスのローブを引き千切りそうな勢いで掴んでいた。

「ジリアン先生十二神ですよね、一人で勝てそうですか？」

「言ってくれるねぇマリス君。……正直言うとウチ一人じゃ勝てないわね」

十二神の中でも魔道具製作や特殊な魔術に特化している者が戦闘に長けているはずがない。

ジリアンもその一人であった。ここは手伝った方がいいだろうとマリスは戦闘態勢を取った。

「手伝います」

「ふぅん、いいのかな？　その力見せちゃっても」

ジリアンは皇子皇女に聞こえない程度の小声で問いかける。ジリアンはすでに実習訓練の時にマリスの秘密に気づいていた
「皇子たちの命とは比べられませんよ。秘密だなんだと言ってる場合じゃないでしょう」

「そういう考え方、ウチは好きだなぁ。マリス君なら一人で相手できる？」

「まあできないことはないと思いますけど、神獣と戦ったことなんてないんで確証はないです」

「じゃあこうしたら満足に戦える？」

そう言ったジリアンは懐から小さい球体を取り出し皇子らの足元へと投げた。

「殿下！　これはウチが作った結界だから！　その中から動かないで下さいよ！」

黒い膜に覆われた皇子皇女らは外も見えない状態になった。

「マリス君、これで皇子らの視界は塞いだ。全力出してくれてかまわないよ！」

「な、何のことかわかりませんね」

マリスは一応、苦し紛れに知らない振りをする。ジリアンの性格上もしかしたらカマをかけているだけという線もあるとマリスはふんでいた。

「ウチの今つけてる眼鏡は魔導具さ。魔色鑑定を可能にする、ね。だから君が隠している秘密も知ってるよ」

「な、汚いですねジリアン先生」

「どうとでも言うがいいさ。ただウチはまだ誰にも君が虹色魔導師だなんて言ってはいない。ここだけの秘密にしておこうじゃないか、その方がいいんだろ？」

ジリアンはマリスが秘密にしていると知り、誰にも言わないでくれているようであった。

「わかりました。ジリアン先生は念のためルーザーたちの結界まで下がっていて下さい」

「ちょっとちょっと、本気で一人で戦うつもりなの？」

ジリアンは焚き付けておきながら、覚悟を決めたマリスに少し驚く。

「虹色魔導師だとバレているなら力を温存して戦う必要がないですからね」

「ふぅん、いいねぇ。見して頂戴よ虹色魔導師の本気ってやつ」

ジリアンはニヤリと口角を上げ二度ほどマリスの肩を叩いた後、結界まで下がっていった。

ルーザーたちの安全はジリアンがそばにおり気にしなくてもいい。神獣がどれほどの強さかわからない以上、変に力を抑えて戦わないほうがいいだろうとマリスはゆっくりと濃密な七色の魔力を身体に纏わせる。神獣にも種類があり、今目の前にいる神狼は雷属性を宿している。体表に静電気が発せられているのを見れば、一目瞭然だった。

「お、おお、ウチの魔道具を疑ってたわけじゃないけど実際にこうして虹色の魔力を見ると迫力が違うねぇ！」

マリスの背後からジリアンの喜んだ声が聞こえてくる。

「さて、今回はどんな魔法でいこうかな」

マリスは魔力を練りながら神獣に放つ魔法を頭の中で考える。バレるバレないを気にしなくていいマリスが自重することはなかった。

「よし、これでいこう！」

マリスは頭の中で思い描いた魔法を創り出す。そうして出来上がった、彼を中心に広がる巨大な魔法陣。目の前にいる神獣はあまりの濃密な魔力を放つマリスを警戒して動かない。

足元に魔法陣を展開したマリスは、両手を神獣に向け前方にも魔法陣を創り出す。

「グルルゥゥ‼」

濃密な魔力を自分に向けられていることがわかった神獣も対抗するように眼前に魔法陣を展開した。

ジリアンは異常ともいえる一人と一匹の魔力お化けに怖れを抱いた。十二神といえど、これほどの魔力のぶつかり合いはそうそう見ることがない。十二神序列一位に君臨する五色魔導師クレイの魔法も見たことはあるが、これほどまでに脅威と怖れを抱くことはなかった。やはり、虹色魔導師は別格であると目の前の光景が教えてくれる。

「七星爆発（セブンスノヴァ）」

マリスが発した魔法名は誰も聞いたことがない。おそらくオリジナル魔法であるとジリアンは結論づけた。虹色魔導師の実力を見たいと思っていたが、まさかいきなり全属性オリジナル魔法を使うとは思っていなかったジリアンの額にはじんわりと汗が滲む。

「神罰の一撃（ゴッドボルト）」

神獣も対抗して魔法名を口にする。雷属性の最上級魔法だ。最上級魔法とオリジナル魔法がぶつかればただでは済まないと判断したジリアンは自らも結界で守った。ジリアンの判断は正解だったと言うべきだろう。まだ魔法陣から放たれていないにもかかわらず周囲に撒き散らされる濃密な魔力は地面を抉（えぐ）り木々を薙（な）ぎ倒した。暴風とも言えるほどの魔力が周囲を破壊していく。マリスの魔法陣からは七色に輝く光の剣が七本生み出され、神獣へと飛翔する。神獣からはマリスに向かって極太の雷が一直線に伸びた。光の剣と雷はぶつかり合い、爆発音とも言えるほどの音と目が眩む閃光が周囲を埋め尽くす。数秒のせめぎ合いを制したのはマリスの放った光の剣であった。七本の光の剣は雷撃を縦に割き、中を突き進む。次第に雷は四散し、ジリアンの目に映ったのは七本の光の剣が身体に突き刺さった神獣の姿だった。

「ガァァァァ‼」

痛みによるものか、神狼は咆哮する。神獣もまさか打ち負けるとは思っていなかっただろう。

「まだ終わらないよ狼くん」

マリスの言葉通り、突き刺さった剣は次第に強い光を放ちだし最後に爆発した。

耳を劈(つんざ)く爆音。煙が晴れた後に残ったのは神獣と思われる残骸であった。

「ふぅ、なんとか僕一人で倒せてよかったよ。神獣って言われているわりにはそんなに強くないな」

そんな台詞が吐けるのはお前だけだろ、と思ったが口にはしなかったジリアンであった。

「お、終わった……みたいねマリス君……」

「そうですね、弱い神獣で助かりました」

神獣に弱い強いはあまりない。すべての神獣が軒並み強い。十二神数人がかりで倒すような相手であり、十二神と互角以上に渡り合える魔獣という意味も含めて神獣と呼ばれている。

「弱い神獣なんていねぇよ……」

ジリアンの呟きはマリスには聞こえない程度の小さい声であった。

「というか、さっきの七星爆発(セブンスノヴァ)ってなんなのよ、聞いたことないぞ！」

「ああ、あれは今創りました」

「い、今創った？ はあ？」

ジリアンは耳を疑い、恐ろしいものでも見るかのように目を見開く。

「神獣ってどんな魔法が効くかもわからなかったんで効きそうな強い魔法がいいかなーと。それにジリアン先生は僕の虹色の魔力を知ってますしそれなりに本気でやりました」

「いや！　一瞬で魔法創ることができるなんて知らないよ‼　こんな短時間で魔法って創れるもんじゃないだろ！」

「え、そうなんですか？」

虹色の魔力を持っていることを知っているなら魔法を創ることも知っているものだと思ったマリスはまたも失言してしまう。すでにジリアンはマリスを化け物でも見るかのような目付きで見てくる始末であった。

「とりあえず終わりましたし、ジリアン先生が倒したことにしといて下さいよ？」

「まあそうするしかないけど……。優秀な生徒の援護もあってなんとか討伐できたってストーリーでいくしかないね……」

「じゃあ皇子たちの結界解いてあげて下さい」

「待て待て、この状態で結界解除はやばいだろ」

ジリアンに促されマリスがあたりを見回すと、木々はなぎ倒され一部更地になってしまっている。この状態で解除すればどう考えても相当激しい戦闘があったのだと思われてしまう。なのにもかかわらず傷一つない二人を見ればさすがに怪しまれるだろう。

「ちょっと待ってろ、これを使う」

そう言ってジリアンが懐から取り出したのは杖の先に魔石が付けられたもの。その杖を軽く振ると破壊された地形がみるみる元の状態へと戻っていく。

「こいつは幸せだったあの頃に(ハッピーエンド)って魔法が込められた魔道具だ。対象を限りなく元の状態まで時間を巻き戻す。買ったら白金貨レベルだからな？」

素晴らしい魔道具だ。マリスもほしくなった。多少の戦闘跡はわざと残し、そこまでド派手な戦いではなかったと思われる程度まで元に戻った。これならば皇子たちも変に思わない。

どうせならとマリスは自分の服にも汚れを付けておいた。

「何してんだ、ああ汚れ付けしてんのか。そこまでしなくたっていいだろ」

「よくありませんよ。少しでもバレる可能性は潰しておかないと」

皇子たちにバレるということは皇帝の耳にも入るということだ。マリスにとっては死刑宣告に等しい。やりすぎなくらい証拠隠滅はしておくべきなのだ。

「でも正直誰かに話されたって、マリスは虹色魔導師だということを隠していて魔法創造にも長けています。さらに神獣を一人で無傷で倒しました、なんて信じないと思うけどねぇ……」

「すでに入学してからなんとなく怪しまれていて、こいつは何か隠しているって思われてますからね。やりすぎなくらいがちょうどいいんです」

「ほーん。で、君のその秘密は他に何人知ってるんだ」

両親、テレーズ、ジン、ミア、レイ、学園長、そして目の前のジリアン。

マリスの秘密はすでにそれなりの人数に知られている。

「けっこういるんじゃねぇか！　ウチにバレたところで対して変わんねぇよ」

「いやいや、ジリアン先生は十二神の一人じゃないですか。そんな大物にバレたってことはどこから漏れるか……。最悪口封じに魔法で……」

「い、言わねぇって‼　やめろその手に魔力込めて不穏なこと言い出すの‼」

マリスが少し脅しもかけて魔力を練り始めると、ジリアンは焦りだす。

「さ、そろそろ結界解除すんぞ。あんまり遅いともう一方の班が駆け付けちまう」

解除のためジリアンは黒い幕に覆われた半球の結界の前に立ち、黒い球を掲げる。たちまち暗幕により閉ざされていた結界は消えていき、驚愕の顔をして座り込む皇子皇女の姿が見えた。

「ん？ どうしたんですか殿下、そんな恐ろしい者でも見たかのような顔をして」

「あ、あ、いや、その」

皇子たちの様子がおかしいことに気づいたマリスは何となく嫌な予感がよぎる。

さらにマリスが近寄ると、ルーザーとエリザの顔が強張った。

「あ、暗幕の結界？ を使ってくれて感謝しますジリアン先生。でもこれってそういう仕様なのかな？」

「なに言ってんです？ 皇子らに攻撃は当たらないはずですけど」

皇子は困ったような顔を見せた。結界を突き抜けて風圧でも感じたのだろうかとマリスは見当違いの想像をしていた。

「その、ジリアン先生は十二神ですごく強いことは知っているんですけど……えっと、さっきの話、本当なのですか？」

ジリアンはハッとした表情でチラッとマリスを見た。もう何となく察したけど気づいていないフリをしようとマリスは無表情を貫く。

「あの、この結界って私たちを守ってくれたのはすごいんですけど、音は遮断されてなくて……」

エリザは申し訳なさそうに言う。

「て、ことはさっきのウチとマリス君の会話は聞こえてた、ってことですかね？」

ルーザーはうなずく。ジリアンは誰にも言わないと言いつつもしっかり皇子らに会話を聞かれてしまっていたことにマリスは愕然とした。

「えっと、マリス君。この結界、音は遮断できないってこと忘れてた……わ」

「…………………」

皇子皇女もマリスを見つめ次の発言を待っている。数秒の無言が続きマリスが口を開いた。

「ルーザー、君が聞いたのは幻聴だね」

「え？　げ、幻聴？」

「そう、幻聴」

もうここはとぼけるしかないとマリスは適当な言い訳を並べ立てる。

「ルーザーとエリザさんはどうやら幻聴を聞いたらしいね。神獣はそういう能力を持ったやつもいると聞く。たぶんそれだね。ですよねジリアン先生」

マリスは話を合わせろと言わんばかりの目付きでジリアンをにらんだ。

「ああ、そう……だ。幻聴を聞いてしまったのでしょうルーザー皇子にエリザ皇女殿下」

しかし皇族の二人は納得していない表情をしている。幻聴というのも無理があるのだ。

「マリス。私は別に父上に報告したりしないよ。君が隠そうとしているのなら報告するのは間違っているからね」

しかしルーザーはそんなマリスのことを気遣う。エリザは目を輝かせてしまっていた。

「わ、悪いねマリス君。最初に言っておくべきだったよ。音は遮断できないって」

「はあ、まさかこんなことでバレるとは思わなかったよ。ルーザーの聞いた通り、僕が虹色魔導師で魔法創造に長けているということは内緒にしといてほしいんだ」

「もちろん‼　普通は虹色魔導師だなんて隠す必要がないと思うけど君は何か隠さなければいけない理

由があるんだろう？　私も協力する！」

ルーザーの勢いがすごくマリスの両手を握りブンブン振っている。ただ目立ちたくないだけです、なんて言える雰囲気ではなさそうであった。

「それにしてもすごいですわマリスさん。私が生きているうちに虹色魔導師に出会うことができるなんて、伝説を目の当たりにしたら人ってこんなことになるんですね！」

エリザに至っては涙を流し、マリスへと尊敬の眼差しを送る始末。一番バレると厄介だと思っていた二人にバレることとなったが、皇帝陛下には秘密にしてくれるというのでマリスはそれを信じることにした。もしも皇帝に呼び出されるようなことがあればこの二人のうちどちらかが裏切ったことになる。

「それにしても虹色魔導師で魔法創造に長けているなんて、もう敵なしじゃないか！」

「まあ、そうとも言う」

「すごい‼　ほんとにすごいよ！　あのクレイ殿ですら君に勝てないだろう！」

クレイ……帝国最強の五色魔導師。勝てる勝てないかで言えばマリスが負ける。

魔力量や手数の多さでは勝るマリスだが、いかんせん戦闘の経験値が圧倒的に違う。

マリスはしょせん魔物を狩る程度で、クレイは国を相手に戦ったりしているのだ。

「いや、無理だよ。経験値がモノを言うからね。クレイって人は会ったことないけどたぶん傷を負わせれれば御の字ってとこだろ」

「そんなことありませんわ！　マリスさんのほうが絶対に強いです！　あの人は帝国最強と言われていて帝国民から尊敬の眼差しを送られ英雄などと呼ばれていますが、実際はわりと普通のおじさんです‼　マリスさんの方がかっこいいです！」

クレイのあずかり知らぬところで皇女におじさんと言われていた。

「エリザさんも絶対誰にも言わないで下さいよ」

「言いませんわ‼ こんな大きな秘密、誰かに話すだなんてもったいない！ せっかくこうして伝説の魔導師とお近づきになれたのですよ？ 嫌われるようなことはしたくありませんから」

しかし問題はこれからであった。彼らの目の前には神獣の死体がある。

燃やしてなかったことにできないかなとマリスはなかったことにする方向で考え始めた。

「マリス君。もしもウチが一人で倒したことにするつもりならやめた方がいい。よく考えればオルバはウチの実力を知っているからね、絶対に協力者がいるってバレちまう」

「じゃあどうします？」

「ここにいる全員でなんとかギリギリ倒したってことにするしかないだろ」

ジリアンの話もかなり無茶な話だ。神獣は十二神が数人がかりで倒すような化け物であり、それを優秀とはいえたかが生徒三人と十二神一人で倒したというのには無理があった。

「魔法創造に長けていたマリス君が上手く神獣の弱点を突いたことにするのは？」

「それだと僕の秘密が一つバレちゃうじゃないですか」

「いや、こんな場所であんな馬鹿みたいな魔力ぶっ放したやつが言う言葉じゃないだろ……」

「あ、いいこと思い付いた」

マリスがそう言うとジリアンはまた嫌そうな顔をする。

「お前のその思い付きはろくなことにならない気がするんだけどな……」

ひどい言われようであった。

「ルーザーが実は王家の隠された力を使って神獣を倒したということにすればいいんだよ」

「む、無理だよ！　私にそんな力はない‼」

皇族ならそういった秘密の一つや二つ抱えていそうだと考えたマリスだったが、すぐに断られた。

「ま、そんなことだろうとは思ったけどな。期待したウチが馬鹿だったよ。仕方ない、とりあえずウチが秘蔵の魔道具を使って倒したことにするしかないねぇ」

最初からその案出しとけよと思ったマリスだったが一応教師であるため口に出すのは止めておいた。

「おーーーい‼」

遠くからフェイルの声が聞こえてくる。すさまじく大きな魔力を感じたせいでマリスたちの様子を見に来たようだ。ここからは失言しないようにしなければとマリスはできるだけ口を閉ざすことにした。

ロゼッタとシーラも全速力で駆け付けたらしく汗だくになっていた。

「何よさっきの魔力は！　ってナニコレ⁉　神獣⁉」

「お姉さま、これは間違いなく神獣の死骸ですわ。ジリアン先生が？」

駆け付けた者たちが最初に目をつけたのは神獣の死骸。でかい狼の死体が転がっていたら当然真っ先に目を惹くだろう。

「あ、ああ。ウチが魔道具でね。まあ殿下たちやマリス君にも手伝ってもらったが……」

苦笑いで説明しだしたジリアンはチラチラとマリスを見ている。補足説明くらいしろという意味合いのようでそれを察したマリスが仕方なく口を開く。

「そうなんだロゼッタ。いやあ強かったよ神獣。ジリアン先生がいなかったら死んでたね」

「そうなの。ってアンタえらい冷静ね？」

あまりに一瞬で片が付いたせいでマリスの顔は汗一つ掻いていない。

不審に思ったロゼッタはすぐに突っ込んだ。

「あ、ああロゼッタ。私たちを守ってくれたマリスはずっと結界を張ってくれていたからね。動き回ってはいないからそのせいで汗一つ掻いてないんだと思うよ」

ルーザーがいい感じにフォローしてくれていた。皇子にバレてしまったけど案外よかったのかもしれないなとマリスは満足そうな顔をしている。

「ふ～ん？ま、殿下がそうおっしゃるのであればそうなんでしょうけど、どうもマリスって怪しいのよね～。実は手伝っただけじゃなくてほとんどマリスが倒してたりして」

ロゼッタの勘は絶妙に鋭い。マリスが発言するとまた怪しまれてしまう。ここは皇子に任せておこうとマリスはルーザーへと視線を送る。

「な、何を言ってるんだいロゼッタ。さすがに神獣が相手だよ？いくらマリス君が強くてもジリアン先生より強いなんてことはありえないよ」

「まあそうですけど……。でも皇子は見てたんですよね？」

「も、もちろん」

「アタシの目を見て嘘じゃないって言えますか？」

ルーザーの目が泳ぐ。ロゼッタは何かしら確信を持って皇子が嘘を吐いていると踏んでいるみたいだった。純粋なルーザーは嘘を吐くのに慣れていないのだ。

「ま、いいや。いつかその隠してる実力暴いてやるんだから！ちなみにルーザー殿下は嘘をついた時右下を見る癖があるんですよ」

無意識にやっていたルーザーはロゼッタの言葉に驚きあたふたしていた。

「まあでもみんな無事でよかった！俺はとんでもない魔力を感じ取った時、殿下やマリスはもう駄目だと思ったくらいだからな！」

フェイルは相変わらずだが、意外にも心配してくれていたようだ。シーラに関しては何も言うまい。口元を手で隠し、見透かしたような目付き。触れないが吉とみてマリスは彼女から距離を取った。

「とりあえずお互いに採ってきた食料でも見せ合おうよ」

「そうね！　さっさとテントに戻るわよ！」

あまり深入りされても面倒だと、マリスは次の話題へと移した。

ロゼッタがいい具合に乗ってくれたのでそのまま一同はテントへと引き返す。

「僕らが獲ったのはこの猪一匹だけだけど、これだけ大きかったらボタン鍋もできるしまあわりといいんじゃないかな」

ルーザーの指輪から出てきた猪の大きさを見てロゼッタは目を剥く。相当なでかさで人の数倍はあろう大きさである。インパクトは絶大だろう。

「うーむ、これでは俺たちが霞んでしまうな」

そう言ってフェイルがリュックから取り出したのは食べることのできる野草や果物だった。

「いや十分だよフェイル。食後のデザートってのも大事だしね」

「そうよ！　アタシたちはそれを目当てに探していたんだから！」

ロゼッタは嘘をついた。山に慣れておらずその辺の野草とかしか採れなかったのである。

全員が揃うとテントの前で一息つく。猪は血抜きしており果物なども洗った。後は料理するだけだ。

「じゃあ、誰が料理する？」

「「……………………」」

マリスが聞くとみな示し合わせたかのように黙り込む。聞こえていなかったのかと思いマリスはもう一度みなにたずねた。

「じゃあ誰が料理する？」

「「…………………………」」

全員聞こえていないフリであった。するとルーザーが口を開いた。

「すまないマリス。私は料理なんてしたことがなくて……。いつも料理は待ってれば出てくるものだったから。たぶんみんなの家もそうなんじゃないかな？」

そんな堕落した生活、マリスもしたいと金持ちたちを羨ましそうな目で見る。

「てことは誰も料理はできないと？」

「たぶんね。少なくとも私とエリザはできないよ」

「アタシもできないことはないけど、まあ、自信は、ないわね……」

「はぁ、役立たずばっかりということか。じゃあその辺で草でもむしっといて」

「や、役立たずですって⁉」

その通りのことを言っただけなのにロゼッタは急に怒り出す。

「だって料理できないんだろ？　近くにいられても邪魔だし」

「ぐぅぅ……」

何も反論できないと思ったのか、ロゼッタは悔しそうにマリスをにらみながら離れて行った。

「ほら、みんなもさっさと行った行った」

マリスは手でシッシッと野良猫を追い払うがごとく、みなを動かす。

ルーザーもエリザも皇族であろうが料理ができないならここにいても邪魔なのだ。

「ごめんよ、じゃあ私たちは食器とか用意しておくよ」

「頼んだよルーザー」

邪魔者がみんな去りやっと一人になったマリスは猪の下準備に取りかかった。手持ち無沙汰になっていたシーラは、足元の草むしりをさせられていた。食事中足元の草が当たるとムズムズするからだ。ただマリスが草むしりをしておけと伝えた時のシーラの顔は、女の子がしていい顔ではなかった。ボタン鍋の準備も終わり、忙しくマリスがテーブルに運ぶとすでに全員が席に着いていた。手伝えよと思ったが自分から邪魔するなと言っておいた手前何も言えないマリスであった。

「わー‼ すごいじゃない！ これボタン鍋っていうの？ はじめて食べるわ！」

「これは確かに帝都では食べられないね。キャンプの醍醐味ってやつだね！」

「おいしそうですわ！ マリスさん、是非ウチの料理人として働いてはどうですか？」

みなの評価はなかなかのものだった。しかしマリスはエリザの勧誘だけは丁重にお断りした。

しかしよく見るとまだ全員席についていない。

「ジリアン先生、何隠れてるんですか？ さっさと席について下さいよ」

木の陰に隠れて護衛をしている教師にも声をかける。さすがに一人除け者にするのはよろしくないだろうし神獣との戦闘ではルーザーたちを守ってもらった礼も兼ねてだ。

「いいのぉ？ ウチまで食べちゃって」

「一人でも多くいたほうがいいんですよ、猪は大きかったですからね」

「ま、そういうことならいただこうかな」

やっと全員が席について、食事が始まった。ルーザーの持ち込んだ食器は正直触るのが怖いくらいに高そうなものだった。ロゼッタに至っては当たり前のように紅茶を持ってきている。

食事もなかば、シーラがある一言をマリスに投げかける。

「そういえばマリスさん、神獣の攻撃から皇子と皇女殿下をお守りした結界はどんな魔法を使ったんですの？」

どこかで確実に聞いてくるだろうとは思っていたマリスだがこのタイミングかと苦笑いを浮かべる。

結界魔法。数多く存在するが、神獣の攻撃すらも耐えることのできる魔法は限られている。

ジリアンの使っていた黒い結界、黒き断絶した世界(ブラックカーテン)。

神殿魔導師が使用する光の聖域(サンクチュアリ)。

無属性魔法の最上級、絶対守護領域(バーシヴァル)。

この三つが最初に思い付く。ただしこの三つはとても高位の魔導師でなければ使用することのできない魔法だ。もしもマリスが使用できることがわかれば、それだけでも大事になる。だからこそ考える。シーラの質問に対して最適な答えは何か。生半可(なまはんか)な魔法では神獣の攻撃を防ぐことなどとうていできない。ルーザーも不安そうな目でマリスを見つめる。

ジリアンは目を瞑って聞こえていないフリをしていた。

「ああ、それは内緒かな」

魔導師は自分の使える魔法をおいそれと口にするべきではない、というふうに習った気がしたマリスは答えをはぐらかした。

「へぇ、内緒……。殿下方を守った魔法となるとあまりたくさん思い付かないけれど、その中のどれか、ということですわね？」

「……黙秘するよ」

怪しんでいるのか、次はどんな質問をしようかといった表情を見せるシーラ。

「そ、そういえば食後のデザート、楽しみですわ」

エリザの一言がその場の空気を変える。

「そうだねエリザさん。じゃあ果物を取ってくるよ、近くの川で冷やしているから」

シーラからの質問を躱し、その場を離れる口実を作ったエリザに感謝しつつ川へと向かおうとするとシーラは付いていく旨を口にした。

「マリスさん、ワタクシも手伝いますわ」

「い、いいよシーラ」

「とんでもない。料理までしていただいたのに手伝わないなんて礼儀がなっていませんわ」

シーラと二人きりになんてなってしまえば、何を聞いてくるかわかったもんじゃないマリスも断固としてシーラが付いて来ることをよしとしなかった。

「いや、いいんだ。ほらルーザーもエリザさんも座ったままだろ？」

「皇族の方は動かないことが普通ですわ」

「じゃ、じゃあほらロゼッタもフェイルも座ってるじゃないか」

「お姉様の分までワタクシが動きますのよ。フェイルさんは動いても役に立たないでしょうし」

しれっと悪口が混ざっていたがマリスは聞かなかったことにした。

「じゃあみんなの食事が終わったら食器の片付けを手伝ってもらえるかな？」

「それはしませんわ」

（いやしろよ。そこが一番手伝ってほしいところだよ）

川まで向かう道中、無言の時間が続く。マリスからシーラに話すこともなければ、シーラもなぜか何も聞いてくる様子はなかった。結局川で冷やしておいた果物を引き上げるまでずっと無言だった。

「マリスさん、十悪と呼ばれる方々を知っているかしら？」

みんなの待つテントに戻る道中で突然シーラが口を開いた。表情はえらく真面目な顔つきである。

「十悪？　はじめて聞いたよ」

「十悪とは十二神と双角をなす存在です。十二神が善の集団だとすれば十悪は悪の集団。この世界を支配することが目的だそうですわ」

十悪……聞いたこともなかったが世界は広い。マリスにとってはどこかにそんな集団がいるんだろうな、という程度の認識。しかしなぜ今そんなことを急に聞いてきたのだろうかと訝（いぶか）しむ。

「ワタクシはあなたがその十悪に属していないか、それだけが心配なのですわ」

「属してないよ。そもそも十悪って言葉もはじめて聞いたし」

「言うのは誰でもできますわ。本当に十悪ではないと証明することができて？」

そんなことを聞いてどうするんだと思ったマリスだったが、シーラの目は真剣であった。

「証明……か。どうすれば証明できる？」

「あなたが隠している秘密を教えていただければ」

「それは言えない。でももし十悪だったらシーラはどうするつもりなんだ？」

「殺しますわ」

即答だった。あまりの早い回答に一瞬戸惑ったが、マリスはなんとか平静を装う。

「僕の秘密を教えることはできないけど、十悪ではないと信じてほしい」

「知り合ったばかりのあなたを信用する材料が何一つありませんわ」

あまり聞くべきではないとは思うが聞かずにはいられなかった。

「シーラ、君は十悪をなぜそんなに憎んでいるんだ？」

「あんな屑（くず）どもはこの世に存在してはいけませんわ。見つけ次第クルーエル公爵家が総力を挙げて殺しますわ」

シーラは、なぜ、という問いには答えなかったが家が関係するということだけはわかった。

それならこれを天秤にかければ、この場を切り抜けられるかもしれないとマリスは言葉を続ける。

「シーラ、君がなぜ十悪をそこまで憎むのか教えてくれるなら僕も秘密を打ち明けるよ。それなら平等だろ？」

「…………」

だんまりだった。どうしても言いたくないのかシーラは口を噤む。

「君がそこまでして言いたくない秘密があるのと同じで僕にも言いたくない秘密はある。一緒だよ」

「……わかりましたわ。ですがあなたの疑いが晴れたわけではないということは覚えておいて頂戴。監視させていただきますわ」

監視されるという結果に終わったが、この場での秘密バレだけは避けることができた。

シーラはシーラで何かしら重い秘密を持っていそうだったが正直知りたいとは思わない。

知ってしまったら、絶対に厄介事に巻き込まれるだろうからとマリスは深く聞く真似はしなかった。

「おまたせ、果物持ってきたから切り分けるよ」

「遅かったわね、シーラと何かあったの？」

ありましたよ、あなたの妹さんがしつこくてね。とは言わないがマリスは適当にその場を濁す。

その後食べた果物はとても甘くみなの顔に笑顔が浮かぶ。けっこうな量があったがすぐになくなってしまうほどに。後は眠るだけだとマリスがテントに入ろうとすると、ルーザーがキョロキョロ辺りを見回している。

「どうしたんだルーザー」

「その、風呂はどうするんだい？」

野営中に風呂に入るやつなんてどこにいると言うのだとマリスは溜息を漏らす。

「……ないよ」

ルーザーはたいそう驚き魔道具で何かいいものはないか探し始めた。

たいていの者は濡らしたタオルで体を拭くくらいしかしない。皇子ともなればさすがにそれだけで済ませてしまうのは嫌らしい。かといってマリスが何かできることもなくルーザーを置いていそいそとテントへと入っていく。外見の豪華さもさることながら、内装も豪華であった。

フカフカのベットに金の装飾があしらわれたランタン。足元には何の素材でできているかもわからない座り心地のいい絨毯（じゅうたん）が敷かれている。キャンプの醍醐味といえば地面の突起やざらざらした感触を感じる薄さのテントで寝袋に包まって寝ることだろう。

「さすがは皇族の方々が使われるテントだな。俺の家にあるものより素晴らしい！」

フェイルは別の意味で感動している。もしもフェイルが持ってきていたとしてもマリスであれば手が出るような代物ではなく壊したらヤバイ物であることは間違いない。

「マリス、俺はタオルで体を拭いたがさすがに殿下もそれで済ませるのはまずいのではないか？」

「あーやっぱり？　ダメかな」

「何とも言えんがな。ただこれは学園の行事であるわけだし皇族であろうと平等に授業を受ける義務がある。殿下にお任せするしかあるまい」

これは学園の行事だ。マリスが皇子にタオルで済ませろと言ったところで何の問題もない。そうと決まれば、ルーザーに伝えるべくマリスは外に出た。

ルーザーはいまだに懐に入れてある魔道具を探していたが、マリスの声に手を止める。

「ルーザー」

「ん？ なんだい？」

「これは学園の行事だ。タオルで済ませるのもキャンプの醍醐味。ルーザーだけ風呂に入るのはそもそも間違っている」

「はっ‼ そうか‼ 確かに私だけみんなと違うことをするのは間違っているね。わかった、私もタオルで済ませよう‼」

ハッと何かに気づいたような表情を見せ、あたりに散らかした魔道具を片付けだした。

うまい具合にルーザーを丸め込めたようでマリスは満足げな顔を浮かべる。

マリスがもう一度テント内に戻るとすでにフェイルがベットで横になっていた。慣れていない山登りをしたのだ、疲れが溜まったのだろう。ルーザーもしばらくするとテント内へと戻って来てベットで横になる。それを見届けた後、マリスも続いて眠りについた。

「それで、昼間の爆発的な魔力について説明してくれるか」

「さっきから何度も言ってるだろう？ ウチの魔導具が放った魔力だよ」

夜も深まり学生が寝静まった頃に、オルバはジリアンの元へと来ていた。オルバが来たのも何か事故でも起きたのではないか、というほどのすさまじい魔力を感じたからだ。学園所有の山で爆発的な魔力を察知すれば、とうてい無視できることではない。特に国を代表する者の子どもたちが通う学園では可能な限り危険は排除しておかなければならない。

「あの魔力量は異常だぞ？ お前が持っている魔導具でそこまでの魔力を放つものはなかったはずだ」

「そりゃあ秘蔵だからねぇ、全部が全部見せたわけじゃないんだからさ」

「……まあいい。じゃあこれはどう説明する」

オルバは神獣の死体を指さして言う。

「神獣を倒したことかい？　だからそれを倒す時に秘蔵の魔導具を使ったんだってば」

もはや苦しい言い訳でしかないが、ジリアンは貫き通すしかない。万が一ここでマリスの秘密が漏れれば、あの化け物じみた力で殺される。そう考えてしまうほどに、マリスの脅しは効いていた。

「百歩譲って秘蔵の魔導具があったとしよう。だがこれは神狼。神獣の中でも特に厄介と言われる雷属性持ちだ。こんなのを相手に生徒と協力して倒した？　いくらなんでも無理があるぜ」

オルバの言うことは当たり前のことだ。雷属性はどの属性よりも速く相手に届き威力も総じて高い。

それに加えて、痺れさせられるという状態異常まで付与することができる。

「まさか、お前がこないだ言っていた虹色魔導師がやったのか？」

ジリアンは前に虹色魔導師が一級クラスにいることを仄(ほの)めかしてしまっている。

その時の自分を殴ってやりたいと思った。

「それに関しては黙秘させてもらうよ。本人との約束なんでね。破ろうもんなら……恐ろしいことになる」

「なるほどな、その本人とも面識があり言葉を交わすほどの仲にはなれたってわけか」

失言だったといまさらながらジリアンは思う。オルバは粗暴な言葉遣いだが頭の回転は速い。

ジリアンから少しでも情報を得るために矢継ぎ早の質問を止めなかった。

「で、虹色魔導師はお前が護衛してた班にいることは確定ってわけか？」

「……黙秘すると言ったぞ」

「確か、皇子と皇女にワーグナー家の坊っちゃんとクルーエル家の姉妹だったか。あ、あとアイツがいたな、マリス・レオンハート」

何も話さないジリアンとは反対に少しずつ対象を絞っていくオルバ。

ただ班員の誰かまではわからないだろうとジリアンは安堵していた。

「まあさすがに皇子と皇女は違うだろうが、少なくともそれ以外の四人に間違いないんだろ？　それ以上は俺も追求はしねぇよ。だが見張らせてもらうけどな」

「見張るのは好きにしたらいい。ただ虹色魔導師に手を出すのは止めておけよ」

「ほう？　十二神序列三位の俺にそんなこと言うなんてな。そんなにやばかったか？」

ジリアンは黙るのを止めオルバに釘を刺す。

「あの魔力量を見ていないからそんな呑気なことが言えるんだよ、あれはもう……化け物の領域だ」

「へえ、お前がそこまで言うんだ、気をつけておくぜ。ただもう一つの問題は学園所有の山でなんで神獣があらわれたか、ってところだな」

虹色魔導師の存在が明るみになったせいで、学園敷地内に神獣があらわれた事実が薄れていたがオルバはしっかりそこも気にしていたようだった。監視の目が行き届かないほど広大な山とはいえ、神獣ほどの大物があらわれるとなれば魔力感知に引っかかり警備の者がすぐさま駆け付けてもおかしくはなかった。しかし今回は警備の者からは何も連絡がなかった。

方法はわからないが、誰かが持ち込んだとしか思えず、もしそうであれば大問題である。

神獣の件はお互いに調査を進める方向となりオルバは元の場所へと帰って行った。

——鳥のさえずりが朝を迎えたことを知らせる。テントを出たマリスは大きく伸びをし、朝日を拝む。

空は晴れ間が差し、とても気持ちのいい目覚めで気分は爽快だった。

「あら、早いのねマリスさん」

朝目が覚めて最初に顔を合わせるのがシーラとはツイてないなとマリスは顔を顰めた。

昨日秘密がどうのと話をしたせいか微妙に気まずく今は顔を合わせたくなかったのだ。

「あーおはよう」

「おはようございます、よく眠れたかしら？」

「まあほどほどに」

「皇子と同じ部屋で寝てほどほどに眠れるなんて、よほど肝が据わってらっしゃるのね」

シーラの物言いは何かと棘（とげ）がある。

「さすがは皇子があなたの秘密を守ろうとするだけはありますね」

「な、何のことかな」

皇子にマリスの秘密がバレていることをなぜか知っていた。

「昨日の皇子の態度を見ればわかりますわ。明らかにあなたを庇（かば）っているような、そんな雰囲気でしたから」

女の勘は侮れないと言うがまさにその通りだった。シーラの勘は鋭すぎた。挨拶もほどほどに顔を洗うため川へと向かう。あたりに人の気配が昨日より多い気がしてマリスは首を傾げる。朝は静かで神経が研ぎ澄まされるせいか今はジリアン以外にもう一つの気配を感じたのだ。立ち止まり気配察知の魔法を発動すると気配は消えた。昨日秘密がバレたこともあってかちょっとしたことで敏感になっているのは仕方のないことだと納得し顔を洗う。テントへと戻るとみな起きたようで、眠そうな顔をしながら昨日食事をしたテーブルに着いていた。

「あら、マリスおはよう。どこ行ってたのよ」

「川に顔を洗いにね」

「あ、そう。それで朝ごはんはどうするの？」

「どうするのとは？」

ロゼッタがマリスに問いかけるとフェイルや皇子たちも何やら何かを待っているような雰囲気だ。

マリスはまさかと思いたずねる。

「朝ごはん、待ってたら出てくるとでも？」

「違うの？」

マリス以外は自分たちで朝ごはんを用意するという発想ができないらしく、ただ座って待っていた。

「キャンプ中だぞ？　勝手に朝飯が出てくるとでも？」

「あ、そっか。じゃあ何か作ってよマリス」

マリスはいっぺん頬をぶってやろうかと思ったがそれは止めた。

ロゼッタの横に座るシーラの目が怖かったからだ。

「はいはい、用意するよ。そこで大人しく待っててくれよ」

「さすがマリスじゃない。やっぱりあなたと組んでおいて正解だったわね～」

奴隷ができてよかった、としか聞こえない言葉を無視してマリスは調理の準備をする。

昨日の残った猪と大量に持ち込んでいた金持ちらの調味料を使ってシチューを作ることにした。

あまりがっつりしたものは朝ごはんに似合わない。あっさりしたシチューが定番だろう。

手伝いたそうなフェイルも椅子に座らせたままマリスは黙々と料理をする。日頃から料理は母の手伝いで作っていたおかげで慣れたものだった。十五分程で作り終え口を開けて待つ雛どもの元へと持って行く。

「おいしそうですわ！　さすがマリスさんです！」

「褒めても何も出ませんよエリザさん」

みないちように匂いを嗅いでうっとりとした表情になっている。

「さ、食べてくれ。たぶんおいしいはずだから」

マリスが促すとみな一気に食べ始めた。

お腹が空いててがっつくかと思いきや、そこは貴族。テーブルマナーは綺麗なものだった。

「おいしいわマリス‼ あんたウチで雇ってあげようか？ これなら十分料理人としてやっていけるわよ！」

「ふふふ、それがよろしいですわお姉さま」

何もよろしくない。クルーエル家で雇われでもしたらそれこそ奴隷のように働かされるだろう。

「すごい！ これだけおいしいなら城でも毎日食べたいくらいだよマリス！」

「是非今度城へ作りに来てくださいませんか？」

皇子と皇女の元へ遊びに行くということは、すなわち皇帝陛下の居城に行くということ。

そんなリスク冒せるわけもなくマリスは丁重にお断りした。マリス以外なら喜んで城に行きたがるが彼は他とは違う。

朝ごはんも食べ終え、昨日同様ティータイムで朝のひと時を過ごす。こればかりは持ってきたロゼッタや皇子に感謝だった。

そんな至福のひと時を過ごしていると誰かが近づいてくる足音が聞こえマリスが顔を向けると、レイがいた。おいしそうな匂いに釣られたのかと思ったマリスはにこやかな顔を向ける。

「おはようマリス。皆様方もおはようございます」

貴族令嬢らしい一礼をしてマリスのそばまで来ると小声で耳打ちする。

「ちょっとこっちに来なさい」

マリスはみなに一言断りをいれてから席を立ち、レイを連れ立って近くの木の陰へと移動した。

「昨日、とんでもない魔力を感じたけどあなたでしょう？」

「そうです」

「なぜあなたはすぐバレるようなことばかりしでかすのかしら？」

「成り行きで……」

神獣があらわれたこと、ジリアンにはすでにバレていたこと、そしてアホ教師が結界に音の遮断を施していなかったせいで皇子たちにバレたことをマリスが説明するとレイは呆れた顔を見せた。

「神獣があらわれたのは想定外ですが、もっとやりようはあったでしょう？」

「いやそれがねレイさん、神獣なんてはじめて見たしどれだけ強いかもわからなかったから全力でいこうと思いまして」

「あなたの全力は街一つ壊滅させることができるのよ。あれだけ気を付けなさいと前にも言ったはずでしょう」

マリスの魔力は膨大だ。使い方を間違えれば街一つ壊滅してもおかしくないが、マリスはそんなヘマはしないと開き直った顔をする。

「皇子皇女殿下にバレたのであれば、皇帝陛下に報告されるんじゃないかしら……」

「ルーザーとエリザさんはそんなことしないって言ってくれましたよ」

「言うのは簡単よ。それに監視の目が付いていないとでも？」

ジリアンは昨日マリスが少し脅したおかげで滅多なことでは喋らないと考えていた。

「違うわ。ジリアン先生じゃなくて他の監視よ。この国の皇子と皇女よ？ そんな重要人物に十二神が一人だけしかつかないわけがないわ」

「でも気配察知には誰も引っ掛かりませんでしたけど」

今朝、変な気配を感じたマリスが気配察知を行うとすぐにその違和感は消えた。

そんなマリスの能天気な様子を見てレイは真剣な顔付きで恐ろしいことを言い出した。

「十二神には気配遮断に長けたアサシンもいるわ。彼がついていたのであれば皇帝陛下に報告されるのも時間の問題よ」

――マリスたちが寝静まった夜。

皇帝陛下の私室に忍び寄る一つの影があった。

「ふう、こんな真夜中に余の寝室に忍び込むとは……よほどのことがあったらしいなアイン」

ベットから起き上がった皇帝が部屋の隅に目をやり、そう問いかけると黒い影は人の形になった。

「こんな夜更けに申し訳ございません陛下」

「よい。十二神であるお前がこんな時間に来たのだ、他の者に聞かせられないと判断したからだろう」

「左様でございます」

アインと呼ばれたその男の服装は、黒く身体の線が浮き立つボディスーツにマントのようなものを着けており、忍者を思わせるような出で立ちをしている。

「それで？ 何があった？ 確かルーザーとエリザの護衛についていたはずだろう」

「はい。ジリアンが一人で護衛をしていると思わせて拙者は影から監視をしていましたが面白いものを見てしまいました」

「面白いものだと？」

皇帝は面白いもの程度で報告に来るだろうかと考える。アインは冗談を言うような性格ではなくクソが付くほどの真面目よりだ。そんな彼が面白いものと表現したことに強く関心を持った。

「何があった」

アインは少し間を置き口を開く。

「虹色魔導師がこの世界にあらわれました」

「虹色魔導師だと⁉ 詳しく教えよ‼」

虹色魔導師、その言葉を聞いた皇帝は飛び起き反射的に言葉を返す。

「グランバード学園の生徒の一人が七色の魔力を持っておりました」

「なぜそれがわかった」

「彼ら学生がキャンプをしている山で神獣があらわれたのです。その討伐の際、件の学生は力を使いました」

「魔法研究部の者たちが夕方頃、膨大な魔力を検知したと騒いでおったあれか」

「まさにそれでございます。膨大な魔力を放ちついには神狼を一撃で討伐。その後も観察しましたが疲れている様子は見られませんでした」

「見間違いではあるまいな？」

アインは重くうなずく。皇帝は学園所有の山で神獣があらわれたことも大問題だと考えたが、もはやそんなことなどどうでもよくなるほどに頭の中は虹色魔導師のことでいっぱいだった。

伝説と謳われ、初代皇帝以来表舞台にあらわれなかった虹色魔導師があらわれたと聞けば誰もが耳を疑うだろう。百年単位で虹色魔導師は生まれるとされているが真偽は定かではない。

「して、その者の名は？」

「マリス・レオンハートでございます」

「あのレオンハート男爵の息子か……、余以外には言っておるまいな？」

「陛下以外にはまだ報告しておりません」

「正解だ。そのことは誰にも話すな。それとそのマリスとやらを監視せよ。ただし、見つかるようなヘマはするなよ？　もし万が一見つかりそうになった時はすぐに身を引け」

「御意」

それだけ言うとアインは霧のように消え、その場には最初からいなかったかごとく気配もなくなった。

「マリス・レオンハート……まさか余の代で虹色魔導師があらわれるとはな」

皇帝の呟きは暗闇の中へと溶けていった――

アインは皇帝に言われたようにマリスを観察することにし再度持ち場へと戻って行った。朝起きてきたマリスを遠い場所から遠視の魔法で見つめる。目視では確認できないほどの距離におり、あのジリアンすら気づいていない。川へと向かうマリスを見ていたが、不意に足を止めたことを不審に思いアインはさらに気配を遮断する。

這い寄る混沌（クローリングカオス）。

アサシン一族だけが使える特殊魔法。匂いや気配、姿や魔力まで察知されるところをすべて隠すことができるアサシンマジック。その魔法を発動し、完全に己の気配を消して再度遠視の魔法でマリスを眺めた。しかしあたりをキョロキョロし始めついにはアインのいる方角に視線を向ける。

遠視の魔法越しではあるが目が合ったような気がしてすぐさまその場を離れた。

（ありえん‼　拙者の魔法は確実に発動していたはず……なのになぜ拙者の気配をたどれるのだ！）

もはや監視どころではなくなりマリスに恐怖を感じたアインは監視の任務を放棄し皇帝の待つ城へ

と逃げ帰った――。

キャンプが終わると通常の学園生活が戻ってくる。教室ではみなキャンプでの出来事に花を咲かせていた。マリスの頭の中はそれどころではなく、キャンプの最後にレイから言われた言葉がずっと反復っていた。ジリアン以外にも監視していた者がいるかもしれない。

マリスも心当たりはあった。朝方に感じられた気配だ。気配察知を行うとすぐに消えたがあれはもしかするとバレそうになった監視の者がすぐに身を引いたからではないか？

そんな想像がずっと頭の中で消えず、マリスはキャンプに行く前より憂鬱な気分になっていた。

どんよりした気持ちのまま次の授業の教科書を出そうと鞄を漁っているマリスにいきなり影が差した。マリスが顔を上げると見覚えのある男が目の前に立っていた。

誰だか思い出せず、頭を悩ませているとその男から先に言葉を発した。

「マリス、お前えらく調子に乗っているな」

「すみません誰かわからないんですが……」

「ああ!? 俺はガイだ！ ガイ・オルランドだ！ 伯爵家の名前くらい覚えていろや！」

前にマリスへと絡んできた時、リスティアがよかれと思い助けたせいでマリスの記憶にはあまり残っていなかった。

「あ、どうも」

「どうもじゃねぇよ。お前皇子殿下にどうやってすり寄ったんだ」

「いや、成り行きですかね」

「そのふざけた態度を止めろ！」

マリスの言動がいちいち気に障るのか、ガイは苛立ちを露わにする。

「そのふざけた態度も改めさせる必要があるな」

「何のことですか？」

マリスは意味がわからず聞き返す。

「覚えていろよ」

それだけ言うとガイはさっさと自分の席に戻って行った。まあなんか虫の居所が悪かったのだろうと、マリスはまた教科書を探すため鞄を漁る。

しかしそれを見ていたのか横の席のロゼッタが声をかけた。

「アンタ目を付けられてるわね」

「ちょっと今忙しいから」

「聞けよ‼」

すぐぷりぷりするロゼッタには困ったものだとマリスは肩を竦めた。

「アンタ目を付けられてるって言ってんのよ」

「どういう意味？」

ロゼッタはなかば呆れたと言わんばかりにため息をつく。

「男爵の身分でアタシたちや皇子殿下と対等に喋っているでしょ？それを他の貴族が見れば面白くないってことよ」

「えー僕は望んでないのになぁ」

「その不敬な物言いは止めろって言ってんでしょうが！アンタいつか殺されるわよ」

なんだかめんどくさそうな学園生活になりそうだなとマリスは先行きが不安になってきていた。

決闘の時も目立ちたく無い

マリスがガイと名乗った男に目を付けられてから三日たったが何もなかった。それはもう普通の日々であった。昼食の時間になりマリスが食堂へと向かっていると久しぶりに見知った者を見つけ肩を叩く。

「久しぶり、ジン、ミア」

「どぅわぁ‼」

ジンの異様なまでの驚き方に若干不安を覚え、理由を問いただす。

「ただ肩を叩いただけだろ、何をそんなに驚くことがあるんだ」

「……お前知らないのか？」

「ん？」

ジンとミアは顔を見合わせ、何とも言えない表情を見せる。

「まあいい、とりあえず窓際にいるからさっさと飯取って来いよ。そこで話してやるから」

ジンに促され、今日のランチメニューを手に取りハンバーグ定食を見つけた。マリスは受付でほしいメニューを口頭で伝え料理を受け取る。

状態保存の魔法をかけており作ったのは数時間前でも、魔法を解除するとでき立てほやほやの湯気が立ち昇る。魔法はどんな場面でも活用されていた。

ジンとミアの座ってる席を探し座ると、さっそくミアがマリスに小声で話しかけた。

「……ちょっとマリス、噂になってるよ？」

「は？」

マリスは何のことかよくわからず気の抜けた返事をする。

「は？　じゃねぇよ。お前が噂になってるんだ。何やら皇子に対して不遜（ふそん）な物言いをする男爵家の者が一級クラスにいるってな」

「はあ」

「はあって……。これマリスのことでしょ？」

「さあ？」

皇子に対してタメ口で話しているマリスだが不遜な物言いをしているつもりはなかった。

「さあじゃないでしょうが、誰が聞いてもアンタでしょ？　他に男爵家の人いる？　同じクラスで」

マリスは腕を組みよく考える。一級クラスは優秀な者しか所属を許されないため他の級に比べて圧倒的に人数が少なくおおよそ四十人ほどしかいない。一級クラスには教室は一つしかなく、二級クラスであれば三教室に分かれている。一教室に入る人数は五十人が最大でそれが三つもあると考えれば、単純計算でおよそ百五十人だ。一級クラスの三倍はいる計算になる。三級クラスはもっと多いがマリスには知り合いがいないためよくわかっていなかった。そこでマリスは同じ教室にいる生徒たちの顔を思い浮かべる。ぼやっとしか浮かばず、男爵家が他に何人いるかなど全然覚えていなかった。

「同じクラスで喋ったことある人、数人だった」

「でしょうね。アンタ自分から話しにいかないもんね」

自分から行かなくても勝手に寄ってくるんだとは言えずマリスは口を噤む。

「それで？　本当のところはどうなのよ？」

「まあ不遜な言い方はしてないけど、タメ口は使ってるかな」

マリスがそう言うとジンとミアは苦笑いを浮かべる。

「ま、まじで言ってんのかよマリス」

「僕だって最初は敬語使ってたんだ。でもルーザーがいいって言うからさ」

「よ、呼び捨て……」

呼び捨てにするのもルーザー本人がいいと言ったのだ。だから自分は悪くないとマリスは開き直る。

「ここにいたか」

またもや聞き覚えのある声がしたと思いマリスが顔を向けるとガイがいた。教室内では皇子やフェイル、ロゼッタなどの爵位の高い家柄の者たちがいるから何もしてこなかっただけで、ずっと隙を伺っていたようだ。

「なんですか?」

「なかなか殿下や公爵家の方々と離れねぇからイライラしたぜ。これ以上調子に乗るなら俺が相手してやるよ」

取り巻きを二人連れてきたところを見るに、ボコボコにするつもりかとマリスはちらっとジンとミアに視線を向ける。二人はハラハラした様子でマリスとガイのやり取りを見守っているようであった。

生徒同士で争うのは問題になるからである。

「何をそんなイライラしてるかわからないですけど、僕はルーザーに敬語は止めてくれって言われたからタメ口で話してるだけですよ。わざわざ僕から偉そうに話しかけたりしてませんよ、あなたみたいに」

「て、てめぇ……」

またマリスの一言多い悪い癖が出たせいでガイの眉間に皺が寄る。

「ふざけた態度しやがって‼ どうやって殿下に気に入られたか知らねぇがここで潰してやるよ‼」

ガイが身体に魔力を纏わせたタイミングで救世主があらわれた。

「止めないか‼」

ルーザーがエリザと護衛を引き連れてマリスたちの元へと向かってくるところだった。

「ル、ルーザー皇子‼ しかしこの者は男爵家の分際で皇族の方にふざけた態度を取る劣等種です‼」

ガイも引くに引けず、言葉の反撃に出た。

「ガイさん！ さすがに皇子相手はまずいっすよ！」「いったん引きましょう！」

取り巻きの二人はもう顔面が真っ青だった。

少し面白くなってきたとマリスは席に座り直し、紅茶を口に含む。

「君は、確かオルランド伯爵の。そこの彼が何をしたというんだ」

「こいつは、男爵家の身分にもかかわらず皇族の方や公爵家の方々と対等に接していることが間違っているのです‼ なので私が代わりに罰してやろうと！」

「ふむ、しかし彼は私の友人なのだが、それでも罰すると言うのかい？」

ルーザー男らしくマリスを友人だと言い切った。皇子が友人と言えば強く言い返すこともできない。

「ぐっ……」

「もう一度言おうか？ マリスは私の友人だ。もしも手を出すと言うのなら私が相手になろう」

ルーザーの毅然(きぜん)とした態度に黄色い声が飛び交う。ルーザーがそんな発言をしたせいで、今や見世物状態であった。もちろん悪役はガイでかわそうな子羊はマリスである。

「くっ！ 覚えていろマリス！ 必ずお前を潰してやる」

「負け犬の遠吠えとはこういうことか」

(負け犬の遠吠えとはこういうことか。あ、やべ、声に出てた)

　マリスがちらっとガイの顔を覗くと、もうそれはそれはいつ爆発してもおかしくないくらいに青筋が何本も浮き上がっていた。顔色も真っ赤である。

　ガイが去っていくと皇子の元には数えきれない女の子が集まっていた。対してマリスは冷えた紅茶を一口啜(すす)る始末。

「ボク、怖くて泣きそうだったよ」

「俺もめっちゃびびったぜ……伯爵家を相手にしてよくそんな呑気でいられるなお前は」

　ジンとミアにはさっきの出来事は恐怖以外の何物でもなかったらしく顔色が悪かった。

「まあ遠くにルーザーがいたのが見えてたからね。たぶんここで騒いだら助けてくれるだろうなーっていう打算もあった」

「皇子殿下を打算に使うのやめろよ……心臓に悪いわ」

　ルーザーに直接話しかけるとまた大騒ぎになりそうだったため、マリスは目線で挨拶する。ルーザーもそれを察したのか微笑んでまたどこかへと去って行った。

　食堂でのひと悶着も終わり、ジンとミアと別れマリスが一級クラスの教室に戻ると、少し騒がしかった。当然騒がしい原因は食堂での一件である。

「おい！　マリス無事なのか‼」

　マリスが自分の席に座ると同時に真っ先にフェイルがそばまで来る。親友の危機に真っ先に駆け付ける熱い男である。

「ああ、ルーザーが助けてくれたよ」

「俺の親友に罰を下すなどとふざけたことを抜かしたらしいな……オルランド伯爵家のボンクラが」

「何もなかったからいいよ」

「む、そうか。お前がいいと言うのなら止めておこう。せっかく俺の剣技を披露する時が来たかと思ったのだがな」

マリスの返答次第で、フェイルが暴れ回るところであった。

しかし教室にはガイと取り巻きはいなかった。彼らは食堂の一件があったせいで戻りづらく、授業ぎりぎりに帰ってくるつもりであった。

「やっぱりアンタが一人になるのを狙ってたわね」

「知ってたのかロゼッタ」

「見りゃわかるでしょ、どう考えてもアンタに嫉妬してるなって感じしてたしね」

「そのオルランド？伯爵ってけっこうやばい？」

「やばいって何よ。まあ男爵のアンタからすればヤバイ相手ではあるわね。伯爵の力なら男爵家程度簡単に潰せるし」

それなりに悪い状況にマリスの顔は曇る。

「ま、そんなことはしないと思うけどね。まずアンタは皇子殿下に好かれてるんだし、なんか食堂で公言したんでしょ？マリスは友人だーって。そんなこと聞いてからアンタに手を出そうとするやつは本物の馬鹿だけね」

ルーザーはそういう意図もあって食堂で二回もマリスのことを友人だと呼んだようだ。

「安心していいわよ。そもそも皇子殿下が手を下さずとも今ここにはワーグナー公爵家とクルーエル公爵家がいるのよ？伯爵程度簡単に潰せるわ」

ロゼッタが胸を張りどや顔を見せる。フェイルは暴れて物理的に潰しそうだが、ロゼッタとシーラは社会的に潰しそうな、そんな雰囲気があった。そうこうしていると扉が開き教師が入ってくる。

「みなさん席について下さい、授業を始めますよ」

結局先生が来るまでにガイは帰って来なかった。滞りなく授業は終わり、先生が出ていくと入れ違いでガイが帰って来た。食堂での騒ぎがあったせいでガイを見るとみな黙り込み静かになる。ガイは教室に入って来たその足でマリスのところへとまっすぐ向かった。しかしマリスの横に座っている人物が黙っていない。立ち塞がるようにロゼッタがマリスに背を向けて立ち上がった。

「何のつもりかしら、ガイ・オルランド君」

「ロゼッタ様、そこをどいていただけませんか」

「じゃあ理由を教えて頂戴。一応こんなんでも一緒にキャンプをした仲よ。剣呑な雰囲気を放っておきながら近づいて来て、はいそうですかとどくわけにはいかないわね」

言葉を選ばないロゼッタにマリスはムッとする。

「そこの男に大事な話があるからです。お願いします」

「ですってよ？ どうするのマリス。アンタの返事次第ではアタシはここをどくけど？」

食堂でのように青筋立てて怒っている様子はなく極めて冷静に見える。これなら本当に大事な話かもしれないとロゼッタにどいてもらう。マリスの目の前に立ったガイは取り巻きも連れていなかった。誰もが教室内で二人を見守っている。

さすがにルーザーも手出しするのは無粋と考えたのか離れた席から見守るだけだった。

しばらく無言の状態が続き、教室内の温度も心なしか下がったように感じる。そんな無言の状態を破ったのはガイだった。

「拾え」

その言葉とともにマリスへと白い手袋が投げつけられた。ただの嫌がらせにしてはしょぼいなと感じたマリスだが、まわりの視線はさきほど見守っていた時と比べて一層険しくなったように見える。

マリスが足元に落ちた手袋に手を伸ばした瞬間、ロゼッタが叫んだ。

「拾ってはダメよ‼ マリス‼」

「え？」

言うのが遅かったのか拾うのが早かったのか、ロゼッタが叫んだ時にはすでに手袋はマリスの手に握られていた。しかし真っ先に動いたのはフェイルだった。

「オルランド‼ 貴様何を考えている‼」

「フェイル様、これは俺とマリスの問題です。口出しはしないでいただきたい」

「そんなもの知ったものか‼ 貴様はここで切り捨ててくれる‼」

ワーグナー一家は魔導剣士としても有名なため、フェイルにも帯剣が許されていた。その剣を抜くが早いか、今にも斬りかかりそうなフェイルの腕を握り制止したのは尊大な態度で有名なカイル・アストレイであった。

「フェイル‼ すでにマリスは手袋を拾ってしまっている‼ お前が手を出せばややこしくなるぞ‼」

「ぐっ！ 離せカイル‼」

「そのまま動かないで頂戴ね？ さすがにそれ以上の肩入れは見過ごすわけにいきませんわ」

その二人に手をかざし魔法陣を展開したのはリスティア・アルバート。公爵家が全員動いた形となり教室にいる生徒は一歩もその場から動けずにいた。ただマリスは白い手袋を拾っただけなのに、なぜこんなにも騒然となってしまうのかと横にいるロゼッタに聞くことにした。

「ロゼッタ、この手袋って拾っちゃダメだった？」

「……そんなことも知らないの？　あなたも男爵家の一人ならそれくらい知っておきなさいよ……」

ロゼッタは呆れ、何が何やらわからず手袋を握ったまま立ち竦むマリス。

「マリス、お前は何も知らないようだが貴族なら知っていて当然だぞ」

カイルにそう言われるがまだ理解ができていないマリスはのほほんとした表情だ。

「いいわ、教えてあげる。貴族が手袋を投げつけた時。それは決闘の申し込みになるのよ。でもそれを拾わなければ決闘は成立しない。拾ってしまえば決闘を受け入れたことになる。マリス、アンタはそれを拾ってしまったから今こういうことになってんのよ」

「決闘？　別に受けてもいいけど、それがなんでこんな大事に？」

「ほんとに何も知らないの？　呆れた……いい？　決闘は勝った方が生殺与奪権を得るの。負ければ死が待っているのよ。よくてお家取り潰しね」

想像してたより大事だったとマリスの表情は曇った。

「拾わなかったことにすればよくない？　って考えてそうだから一応補足するけど、この場には公爵家四人と皇族の方が二人もいるのよ。そんな真似は絶対にできないわ」

つまりたくさんの人が見ていたからごまかしは効かないとロゼッタは暗にそう言っていた。

（……ロゼッタ、君、言うの遅いよ。拾っちゃったじゃないか）

ガイから投げつけられた手袋を拾ってしまったマリスは今窮地（きゅうち）に立たされていた。剣を抜いていきり立つフェイルを、尊大な態度は崩さずそれを止めるカイル。そしてその二人を牽制（けんせい）するかのようにリスティアが魔法陣を展開。まわりは棒立ち、あるいは座ったまま身動き一つできない生徒たち。

最初に口火を切ったのはガイであった。

「拾ったなマリス。これで俺と決闘が決まった。ルーザー皇子、立ち合いをお願いできますか」

「それはかまわないけど、こんなところでやるのは感心しないな。お互い万全の状態で戦った方が後腐れなくていいだろうし……三日後、訓練場でやるのはどうかな？」

「……わかりました。では三日後よろしくお願いします」

さすがにガイも皇子の言葉には反論できず、承諾し教室から出て行った。

「で？　僕はどうすればいいんだ？　決闘のルールもよく知らないんだけど」

「私が教えて差し上げますわ」

手を挙げたのはリスティアだった。マリスは少し苦手な相手であり微妙に嫌そうな顔をする。

「マリスさん、まず決闘というものから教えましょう」

要約すると、決闘は貴族同士でなければならない。死ぬこともありうるため滅多なことでは決闘は行われない。手袋を拾った時点で死は覚悟したとみなされる。

一昔前まではよく決闘は行われていたが最近はめっきり減って、ちょっとした出し物のような扱いになっている。そうなると当然三日後ほとんどの生徒が訓練場に集まることが予想された。

「そして、もっとも大事なルールがあります。負ければ相手の言いなりとなるか殺されるか、二択ですわ」

だからこそ今では決闘をする者はまずいない。自分から仕掛けておいて負ければただのアホでしかなく代々受け継いできた爵位を失うことになるのだから。

普通の貴族であればそんなリスクを負ってまで決闘をしようとは思わない。

「決闘時には契約魔法も使用されます。いわば逃げることのできない枷(かせ)をつけるのですわ。その契約に背(そむ)けば死あるのみ。そんな恐ろしいことを三日後、あなたは行うのですわよ？」

「大変わかりやすかったです、ありがとうございました。では」

「ですが、私が魔導師としての戦い方を教えて差し上げれば……ってちょっとどこ行くんですの⁉」

話も聞けたしさあ帰るかと教室を出ようとしたマリスの手をリスティアが掴む。

「なんでしょう？」

「ですから、私が魔導師としての戦い方を指南(しなん)してあげようと提案したらすぐにあなたが出て行こうとするから手を掴んだのですわ」

「はあ」

正直もう帰りたい、寮のベッドで横になり永遠に眠りたいと考えるマリス。

「あなた、死を恐れていないのかしら？」

「まあ、僕からはわりと遠い概念ですからね」

よく意味がわからなかったのかリスティアは首をひねる。そのやり取りを見ていたロゼッタがいきなりプリプリしだした。

「はいはい、終わり‼ さっさと離れないさいよリスティア！」

「ちょっと！ 私はまだマリスさんと話しているのですよ？ 横から邪魔しないでほしいですわ！」

「なんですって！」

ロゼッタとリスティアはそのまま言い合いを始めてしまった。注目が二人に移ったところでマリスはしれっと教室から抜け出し校門へと急ぐ。注目が二人に移ってくれたおかげで誰にも見られず抜け出せた。校門あたりまで逃げるとマリスの前方を歩く後ろ姿に見覚えがあり、駆け寄って声をかけた。

「ジン、ミア今から帰るのか？ 僕も一緒に帰るよ」

「おわ‼ お前！ だからいきなり肩を叩くなって！ びっくりするだろうが！」

つい友人たちに遭遇すると嬉しさからか肩を叩いてしまう。マリスの癖である。

「で？ あれからどうなったの？ 食堂で揉めて、その後」

「ああ、なんか決闘することになった」

「「はあ⁉」」

二人ともここ最近で一番大きい声だった。マリスが今さっきあった出来事をかいつまんで話すと、二人ともため息をついた。

「お前さぁ、白い手袋を拾ったら決闘って常識だぞ？ 今じゃ平民ですら知ってるんだからな」

「いやほんとにそう。マリスは一般常識が抜けすぎ。目立ちたくないと言ってたのにどんどん目立っていくじゃん」

そう、ミアの言う通り。由々しき事態である。

「まあでも負けなければいいだけだよ」

「それはそれで目立つけどな……。相手は伯爵家だろ？ マリスが勝ったらその家は終わるんだぜ？ 目立たないわけがねぇ」

負けても地獄、勝っても地獄。安易に受けなければよかったとマリスは憂鬱そうな顔をする。

「で？ どうすんだ？ 圧勝するのか、苦戦したふうに勝つのか」

「僕が負けるとは思ってないんだな」

「負けないだろ……神獣すら一人で倒すやつがただの一貴族に負けるかよ……」

ジンの言う通りガイはキャンプで遭遇した神獣より強いわけがないのだ。

とはいえガイも一級クラスに属しており十分エリートには違いない。

「もし賭け事があるならお前に賭けるからな！ 稼がせてもらうぜ！」

「え～じゃあボクもお小遣い持ってきておこっかな～」

「いいよ、じゃあ僕の分も一緒に賭けといてもらおうかな」

この決闘はマリスにとってもありがたかった。まず、普通の魔導師の力がどれくらいなのかがわかる。マリスには一般常識が欠けており、自分がどれ程規格外なのかを実感できる戦いになるだろう。


――学園長室。

「お爺様、またマリスが……」

「知っとる、風の噂で儂のとこまで聞こえてきとるよ。決闘だろう？」

「はい、バレなければいいのですが」

「はあ、あのマリスという子は本当に落ち着きがないな。キャンプの時といい、今回の決闘騒ぎといい。ああ、そういえば入学時の試験でもやらかしとったな」

レイは毎回マリスが何かをやらかすたびに祖父へと報告しに来ていた。いつもながら先に知っているところを見ると、ディルティアにはお抱えの諜報員のような組織があるのかもしれない。

「それにしてもオルランドのとこの子か。また無謀な挑戦をすることになったな。……これで一つ伯爵家が潰えたか」

「おそらくそうなるかと。神獣ですら一撃で倒すマリスからすれば三色魔導師など赤子の手をひねるようなものです」

「できれば殺さないでいてくれればいいが……殺せばめんどくさいことこの上ないからな。儂の」

学園長室で不穏なことを言い合う二人の言葉は誰にも聞かれることはなかった――

ガイは三日後の決闘を控え、ついにやってやったと歓喜していた。

マリスに痛い目を合わせようと画策していたがことごとくうまくいかなかったからだ。

そもそもマリスのまわりには公爵家やら皇族やらがうろついているせいで、手出しするのが難しかった。しかし、当のマリスは何も知らず手袋を拾った。笑い転げるかと思うほどだった。

無知と言うのは罪というがそれを体現したかのような行動。魔法を創り出しオリジナル魔法が使えるとは聞いているガイだがおそらくそこまで強力な魔法はないだろうと思っている。しかし念には念をということで魔道具と魔法を駆使して戦うつもりだった。伯爵ともなれば手に入る魔道具の種類は多く質も高い。殺傷能力の高い魔道具だって手に入るのだ。とはいえさすがに決闘といえど学生同士。

いきなり殺すのはまずいことくらいガイでもわかっている。いくら腹が立つからといって皇子の友人だと言わしめた彼を殺すことは躊躇われた。だが呪いをかけてじわじわと死に至らせることができればガイにとって一番いい結果になる。それを可能とするのが魔道具だった。ガイには闇属性の適性はなく呪いに関する魔法は使えない。だからこそその魔道具頼りであった。

もちろん勝てそうであれば実力で押し切るつもりだが、念には念をいれるべきだと判断したガイは複数魔道具を用意していた。


——決闘を明日に控えたマリスはジン、ミアと一緒に買い食いしていた。呑気なものだと思うかもしれないが、いまさら何か変わるわけでもない。勝てない実力差があるのならたった数日で変わることもなく、いつも通りの日々を過ごせばいいと考えていた。

「やっぱり賭けはあるみたいだぜ。もちろん学校公認ってわけじゃないから堂々と言いふらすわけにはいかねーがな」

マリスはいったいどこからその情報を仕入れてきたのかとジンを問い詰めたくなったがぐっと堪え

る。自分のお金も預けて一緒に賭けてもらうからだ。

「全財産賭けても面白いかもな！」

プレッシャーをかけてくるジンにマリスはジトッとした目付きを向ける。

「それで、マリスはどんな戦い方をするつもり？　ボクはできるだけ早めに決着は付けた方がいい気がするけど」

「おいおい、観客を沸かせるのも大事だろ」

ミアの言う通りマリスは手っ取り早く終わらせるつもりでいる。長引けば、注目を浴び続けることになり目立つこと必至であるからだ。だがジンはこの決闘を一つの娯楽として考えていた。

「ジン、悪いけどさっさと決着をつけるつもりだ。要は勝てばいいんだから。無駄に長引けば目立つじゃないか」

「いや、いまさらじゃねぇか……？」

当の本人はまだそこまで有名人ではないはずだと思っていた。

「有名人だぜマリス。俺らの二級クラスは少なくとも全員知ってると思うぞ。賭けの話だってクラスの連中から聞いたしな」

「ボクのクラスでも噂になってたよ。よくこうやって一緒にいるのを見られてたからかボクのとこにもいろいろ聞いてきて鬱陶しくて仕方ないよ」

「それは申し訳ない。でも僕を一人にしないでくれよ、寂しいだろ」

二人には申し訳ないと思いつつも絶対に一人になりたくないマリスは離れるつもりはなかった。

「そういや、決闘って何でもありなんだろ？　マリス、魔道具は気を付けた方がいいんじゃないか？」

「大丈夫だ、僕には秘策があるから」

「ちょっと……それホントに大丈夫なんでしょうね〜？」

マリスは自信満々の顔で言う。絶対に目立たない、地味で最高の秘策があるのだ。

「大丈夫だって。この秘策があればさっと終わらせてすっとみなの前から姿を消せるから」

「ないな。マリスの秘策は当てにならない」

二人が声を揃えて言う。

「で、勝った時はどうするんだ？」

「ん？　どうもしないけど」

マリスがそう言うとジンは驚愕の表情を見せる。

「いやいや、決めとけよ‼　勝てば相手の生殺与奪権を握れるんだぜ‼　富でも権力でも奪ってやればいいじゃねぇか！」

「馬鹿だなジンは。そんなことしたらよけいに憎まれるだけだろ。何もしない。それが一番いい結果を生むんだ」

もしジンの言う通り相手の富をすべて得ようものなら、後から何をされるかわかったものではない。後腐れなく終わるのが一番いいのだ。理想としては、決闘が終わってマリスがガイに何もしない。ただこれからは自分のことを認めてくれと言う。そうすると富や命を奪わなかったマリスに感謝し、今後ちょっかいをかけてくることはなくなる。そういうシナリオをマリスは思い描いていた。

「なんか変なこと考えてない？」

「何も。まあうまくやるから安心して見ててくれよ」

怪しいと顔に書いてあるミアにそう言われるが、マリスの自信満々の表情は揺るがない。

「ガイって人も哀れだぜ。喧嘩を売った相手がこんなんだからな」

「確かに。可哀そうに思えちゃうな～、だってマリスからしたら楽勝でしょ？」

「楽勝かどうかはまだわからないけど、苦戦はしないだろうね」

ガイは男爵家の者たちにこんなことを言われているなんて知りもしない。もし知れば烈火のごとく怒るだろう。


――決闘当日。

昨日は楽しみに思えていたマリスだが、実際に訓練場に足を運ぶと腹痛が襲いかかってくる。

観覧席には人人人。どこを見渡しても人がいる。学園の生徒がほとんど集まっているのではなかろうかと言わんばかりの人が観に来ていた。よく目を凝らすとお金のやり取りをしている人たちがちらほら見える。みんなジンたちのように賭けているようだ。

「大丈夫？　マリス」

そんなマリスというと隣にいるレイに背中をさすられていた。

待てよ？　契約魔法をかけられていない今なら逃げられるのでは？　そんなマリスの考えを見透かしたかのようにレイが口を開く。

「いまさら逃げるなんてできないわよ。もしここで逃げようものなら敵前逃亡扱い。敵前逃亡は知っているわね？　この国では死刑になるわ」

死刑という単語を聞いたせいか、マリスは身震いする。逃げたい気持ちはいっさいなくなった。

「私はちなみにあなたに賭けたわ。ふふ、稼がせてもらうわね」

それだけ言うとレイは観覧席の方に戻って行った。訓練場の真ん中には一級クラスの担任オルバが立っている。しばらくするとマリスのいる反対側の入り口からガイが出てきた。

マリスは重い足取りで訓練場の真ん中へと歩を進める。

観客の歓声もよりいっそう大きくなった。

「ふん、逃げずに来たことは褒めてやる」

「どうも」

ガイが腕を組み下賤な者と言わんばかりの目線を送る。偉そうな態度がよく似合うねとは思ったマリスだが何とか堪えた。今すぐにでも攻撃してきそうな雰囲気だが、オルバが横にいる以上ガイも下手なことはできない。

「よし、二人とも契約魔法を施す。立ち合いは皇子殿下がするということで間違いないですね？」

「ああ、私が言い出したことだ。契約魔法は私が行おう」

オルバが入口付近に控えていたルーザーへと声をかけた。ルーザーが訓練場へと姿をあらわすと黄色い歓声が大きくなった。

「じゃあ二人ともいいかい？」

「問題ありません」「問題ないよ」

皇子の手に魔法陣が展開されガイとマリスの足元にも魔法陣が出現する。

死の契約は一度学園長室で見たことがあったおかげかマリスは平然としていた。

逆にガイははじめて見たからか少し動揺した表情を見せた。

「これから行う決闘はお互いの生殺与奪権をかける。二人とも相違ないか？」

「「ありません」」

「では、その契約ルーザー・アステリアが結ぶ！」

その言葉と同時に魔法陣は赤く光り、消えた。契約は結ばれた。

この時点から、逃げ出そうとすれば死に至る。もう逃げ場は失われた。

「審判はこのオルバ・クリストファーが行う。当たり前だが決闘は殺し合いだ。よし、お互い離れろ、死んでも恨みっこなしだぜ」

ガイはすぐに訓練場の中央から離れ位置につく。マリスも自分の位置まで行こうとすると、オルバが小声で話しかけた。

「おい、マリス。俺はお前に賭けてっからな。負けんじゃねぇぞ」

贔屓(ひいき)しているわけではなくただ賭けたとだけ伝えられるが、マリスじゃなければプレッシャーに押し潰されていただろう。お互い定位置に付くとオルバが魔法を発動する。

決闘の際白い壁のようなものでお互いの視界を遮る。

その壁が消え、相手が見えた瞬間が開始の合図だ。

「白き霧の壁(ホワイトカーテン)!」

オルバが魔法名を唱えると、マリスとガイを挟んで白い靄のような壁が築かれた。この壁が消えた瞬間から決闘が始まる。マリスはすぐに魔法を発動できるよう左手を壁に向ける。先に詠唱などを行うのは決闘のルールに反する。相手が見えないからといってこっそり魔力を練るのも禁止だ。

審判からはお互いの魔力が感知できてしまい、すぐにバレる。万が一ルールを破れば、その時点で敗北が決まってしまう。だから誰もルールを破るようなことはしない。

今は静寂が決闘の場を包んでいた。あれだけ騒いでいた観客は誰も口を開かない。

決闘が開始されるその時を今か今かと待っているのだ。審判のオルバが二人から離れたところに移動すると、ガイに目配せをする。その後マリスにも目配せをした。これから始めるぞという最後の合図だ。緊張しない、とは言わないが案外マリスは落ち着いていた。

マリスが一番気をつけなければならないのは、魔法の威力が高すぎて即死させてしまうことだ。それだけは絶対に避けなければならない。できるだけ殺さない程度の威力に抑える必要がある。言うのは簡単だが、実行するのはわりと難しい。

たとえるとするならば、丸太二本使って豆粒を掴んでお椀に入れろと言われるくらい難しい。

箸を使えば簡単なことだが、丸太のような太く大きなもので小さな豆を掴むなんて至難の業だろう。

マリスのような魔力量で殺傷能力を抑えるということはそれだけ難易度の高いことなのだ。

「決闘、始め！」

二人を遮る白い壁は消えお互い相手の姿を視認する。マリスの姿を視認したガイはすでに魔力を練り始めている。しかしマリスは素早く指先をガイに向けた。

「疾走雷撃」

一本の電撃がマリスの手から放たれ一直線に飛翔する。電撃はまだ魔力を練り終わっていないガイの眉間を撃ち抜いた。

「ガッ！」

短い悲鳴を上げ仰向けに倒れピクリとも動かないガイを見て、観覧席にいた者たちは固まる。

死んだのではないか？　そんな嫌な想像が脳裏に浮かんだからだ。すぐさまオルバがガイに駆け寄り身体を調べる。オルバはホッとした表情を見せ、立ち上がると腕を上げ叫んだ。

「勝負あり！　勝者はマリス・レオンハート‼」

あまりの出来事に観客は反応できていなかった。それもそうだろう。

オルバですら呆然としたくらいだ。

――決闘が始まり決着が付くまで、たった二秒であった。

歓声はなかった。まさか二秒で片が付くとは誰も想像していなかったからだ。

マリスの作戦としては、できるだけ決闘を素早く終わらし観衆の目に晒される時間を短くしようといったものであった。そこでマリスが選んだ魔法は疾走雷撃。

雷属性初級魔法であり、黄色の魔力を持っている者なら使えない者などいないほどにポピュラーな魔法である。必要な魔力も少なく魔法発動までの時間が短いことでも有名で、先手を取るには最高の魔法でもあった。ただし威力はいわずもがな、初級らしい威力だ。相手を昏倒させるなど、よほど魔力を込めて威力を極限まで上げなければ不可能である。マリスの場合、魔力量が多く高密度であり少し魔力を練るだけで中級以上の魔力を溜めてしまう。普通の魔導師であれば、百の魔力を溜めるのに十秒かかるとしよう。マリスのような高密度な魔力を持っていた場合、十の魔力を溜めようとするだけで百の魔力を溜めこんでしまう。すなわち普通の魔導師に比べて十分の一の速さで同じ量の魔力を溜められるということになる。だからこそ二秒で魔法を発動することができた。

なおかつ二秒あれば二百の魔力を溜めたということでもあり必然的に、疾走雷撃の威力も上がってしまった。正確に眉間を撃ち抜いたのはマリスのたぐい稀なる魔法の才能であった。

「ふう、想定通りだな」

あたりの静寂など気にもしていないのか、マリスは呑気にそう呟く。

「あれ？ 歓声とかないのかな。あ、そうか。あまりに呆気なく終わったから怒ってるのかもしれないな。さっさと退場した方がよさそうだ」

オルバの勝利宣言を聞いてサッサと退場しようとしたマリスを止めたのは、ルーザーだった。

「待ってくれマリス！」

「ん？」

「今のはなんだったんだい……いやそんなことより、ガイへの沙汰をどうするかここで言っていかないと！」

決闘が終わればその場で相手の沙汰を言い渡す必要がある。しかしマリスはよくわかっておらずこのまま帰るところであった。

「んーじゃあこれからちょっかいかけないでね。じゃ」

「ちょおおおっと待った待った‼」

焦ったようにルーザーはマリスの腕を掴み、その場に引き留める。早くここから逃げたいのに、このままここにいたら目立つじゃないかとマリスは眉を顰めた。

「それだけ⁉ ガイの生殺与奪権はマリスが持っているんだよ⁉」

「生殺与奪権があるってだけだろ？ じゃあ別に殺すも生かすも僕次第なんじゃないの？」

「そ、そうだけど……」

「じゃあそういうことで」

それだけ言うとマリスはサッサと訓練場から出て行ってしまった。

訓練場はいまだ静寂が包んでいる。

オルバもどうしたらいいかわからずただ茫然と退場していくマリスの背中を見つめていた。

「おいおい、やっぱりやらかしやがったじゃねぇかマリスのやつ……」

「なんとなくこうなることは想像できてたけどね……」

ジンとミアも呆れた顔で退場していくマリスの背中を見送る。

「さっきのなにかしら？ わかった？ シーラ」

「お姉様、おそらくあれは疾走雷撃でしょう。速攻をするのであれば外すことのできない魔法です。」

ですが、あそこまでの速さと威力は……異常ですわね」

「む？　ロゼッタにシーラ、こんなとこにいたのか。マリスが勝ったではないか！　やはり俺の親友は強かったな‼」

　ＶＩＰ席のような場所に座っていたロゼッタたちに、嬉しそうな顔で近づいて行くフェイル。

「あんたはホント嬉しそうね」

「当たり前だろう‼　俺の親友が決闘に勝ったのだぞ‼　それも圧倒的な勝利でな！」

「それよ、黄色の魔力を持ってるアンタならどうなのよ、あの速さで魔法撃てる？」

「無理だな、どれだけ早く魔力を練ったとしても最速で五秒以上はかかる」

「そうよね、アタシも雷属性は使えるけどあの速さは無理。やっぱりマリスって何か秘密があるんじゃないの？」

　彼らは決して非凡ではない。三色魔導師という優れた者たちであるが、そんな者たちからしても二秒で魔法発動というのは異常であった。

　威力が低く痺れさせる程度であればまだわからなくもないが、マリスに至っては昏倒させられるほどの威力であった。それほどの威力の魔法をたった二秒で発動しなおかつ眉間を正確に狙える技術を持つ者はそういない。

　マリスの目立ちたくない行動がよけいに目立つ行為となってしまっていた。

「こ、これにて決闘は終了する！」

　オルバの声が訓練場に響き渡り、観戦していた生徒たちはおのおの立ち上がり自分の教室へと戻って行く。生徒たちは何が起きたかよくわからず、首をひねるかまわりにいた他の生徒と今見たのはいったい何なのだと、話し合いながら歩く。

ほとんどの者は、涙を流し両手を空に掲げ叫んでいた。マリスに賭けていた者たちだ。たった二秒で賭けた財産を失ったのだからその反応は当たり前だろう。一部の博打好きだけがマリスに賭けていた。

「あのバカ……」

レイはもはや何も言うまいと席を立った。ルーザーはといえば、マリスの秘密を知っている数少ない一人であり、力を隠していることがバレたのではないかとオロオロしていた。

「マリス……か。ジリアンの言ってたヤツの可能性が高いかもな……」

オルバは虹色魔導師の存在を探している。ジリアンから聞いた話だと、対象は数人に絞られておりその中にマリスはいた。先の戦闘を見る限り一番可能性が高いのがマリスだとオルバは怪しんでいた。

伝説の虹色魔導師は全属性を扱え魔力も総じて高いだけでなく、魔法のセンスも優れていたと記録に残っている。オルバは、マリスだとほぼ確信を持った。

「さきほどの決闘、どう思われますか？」

「面白そうな子が入学したのね。入学早々決闘なんて、血の気の多い子が入ってきたと思ったら……フフフ、あの子のこと調べておきなさい」

金髪ロールの髪型が目立つ女性は、近くにいた別の男子学生にそう指示する。言動からして人の上に立つような人物であるが、マリスはそんな者にすら目を付けられていた。

「今のところわかっているのは、一級クラスに所属していることだけです」

「ふぅん、あのルーザー殿下とエリザ殿下のおられるクラスね。あまり派手に動くのもよろしくないわね、うまく動きなさいな」

「畏まりました」

それだけ言うと男はその場から姿を消した。

「できれば手に入れたいわね……」

金髪の女性は誰もいなくなった部屋で呟く。

マリスの目指す、目立たない平穏な生活は徐々に脅かされてきていた――


教室に戻ったマリスは同じクラスの者から歓待を受けていた。

「やったなマリス！」

「すごいわ！　あのガイを倒すなんて！」

「マリス君、私にもあの魔法どうやったか教えてよ！」

誰もがマリスを認めていた。圧倒的とも言える決着を見れば、認めない者などいない。

マリスは一躍時の人となっていた。

「ああ、ありがとうございます」

誰が誰かわからずマリスはとりあえず敬語でお礼をする。

「おいおい！　マリス！　敬語なんて使うなよ！　同じクラスの仲だろ！」

「そうよマリス君！　別にあなたが男爵家の者だなんて気にしないわ！」

ははあ、なるほど。そう言って僕に無礼な態度を取らせて、後から許してほしければさきほどの魔法の秘密を教えろとでも言うのだろうとマリスは警戒を露わにする。

「いえ、皆様に失礼な態度は取れませんので」

「気にするなって！」

肩をバンバン叩いてくる者もいたがマリスはグッと堪えた。

父親から、元平民から伸し上がった男爵家に嫌がらせする貴族など数えきれないほどいたと聞かされて育ったマリスはそう簡単に心を開きはしなかった。

「マリス！お疲れ様。さすがだね」

そんな中マリスのまわりに集まっていた学生を割って近づいて来たのはルーザーだった。皇子が近づいて来たとなれば、自然と騒いでいたみなの口は閉じられる。

「ルーザー、ガイはどうなった？」

「ガイは医務室に運ばれたよ。気を失ってたからたぶんまだ目が覚めていないだろうね」

「そうか、まあ死んでないならいいや」

マリスは決闘相手のガイについて聞いたが、命に別状はないと聞き胸を撫で下ろす。

「皇子殿下にはタメ口なのに俺らには敬語なのかよ……」

マリスがルーザーと喋っている様子を見ていた生徒の一人が小さく零した。

「それよりルーザー、あれでよかったかな」

「あれでよかったとは？」

「いやほら、僕ってアレじゃん？目立たない戦いができたかなーと思って」

ルーザーは目を見開く。

「マ、マリス……まさかあれが目立たない最良の行動だとでも言うのかい？」

どう見てもさっさと決闘を終わらせて観衆の目に晒される時間を短くした作戦は最良の行動だった

だろうとマリスはドヤ顔で胸を張る。

「そ、そうか。いや、まあ、目立たないかどうかで言えば目立ったよ」

「ええ！　そんなはずはないだろ。だって二秒で終わらせたんだぞ」

「だからだよ」

マリスは首をひねるが、ルーザーも首をひねる。

「正直に言ってやっていいんですよ皇子殿下」

そんな言葉を投げかけながら、近づいて来たのはレイだった。

「君は、レイさんだったね。正直に言うって、まあその」

煮え切らない返事をするルーザー。

「二秒で片を付けたんです、あれで目立たないなんてありえませんから」

「いやまあそうなんだけど」

「マリス、あの行動が目立たないと思ったら大間違いよ」

「え、でも二秒で終わらせましたよ」

「それよ。いったい誰が三色魔導師でもあるガイを二秒で倒すっていうの？　少なくとも私にはできないわ」

「まあ人には向き不向きがありますし、幸い僕には速攻が向いてたんじゃないですかね」

レイは呆れた顔を見せ、マリスの耳に口を近づける。

「あなた本当に隠すつもりあるの？」

小さくマリスにしか聞こえない声量でそう問いかけた。マリスは当たり前だと目で訴えると、レイはもう一度耳に口を近づけ小さく呟く。

「ならば今後大胆な行動は控えるべきね。おそらく今あなたはあの決闘を見ていた有力者から目を付けられているわ」

マリスの考えなしの行動により、すでに多数の者に目を付けられていた。

「さすがにこれ以上はフォローしきれないわ。人の噂も七十五日と言うし、ほとぼりが冷めるまで大人しくしていなさい」

「はい、すみません……」

レイに怒られたマリスはシュンとする。

しかしレイは他人でもあるマリスのためにいろいろ考えアドバイスもしてくれていた。

「いやあそれにしてもやはり俺の親友は強かったのだな‼ はじめて会った時から何か不思議な力を感じていたがこういうことだったとはな‼」

フェイルは意気揚々とマリスに近付き満面の笑みを浮かべ勝利を喜んでいた。

「やるじゃない、マリス。ガイはけっこう嫌われてたからまあよかったんじゃない？ マリスの温情で生かされたって結果には憤慨(ふんがい)してそうだけど」

「嫌なこと言うなよ」

ロゼッタは、ガイが別の意味でマリスを憎むのではないかと心配しているようだ。

「ま、気を付けておくことね。特に夜道なんかは。さすがにアンタでも不意打ちは無理でしょ？」

不意打ちだろうが何だろうが常に体に薄く障壁を張り巡らせているマリスに怪我を負わせることなどほぼ不可能なのだがそんなことを言えばまた面倒なことになるとマリスは黙っていた。

「ああ、確かに夜道は怖いな。不意打ちなんてされたら反撃が遅れるし」

三色魔導師であるガイすら瞬殺できる力を持っていても不意打ちには弱いという印象を与えられる。

小賢しい印象操作を企むマリスだったが、それもまた失言であった。

「え？ 不意打ちされて反撃できるんだ……夜道で不意打ちされたらいくらなんでも致命傷は避けられないって意味だったんだけれど。アンタは大丈夫そうね……」

マリスの言葉にロゼッタの顔は少し引きつっていた。


――ガイは目を覚ました。まず視界に入ったのは見覚えのない天井だった。白を基調とした部屋のようで、天井も白ければ壁も白い。どうやらどこかの部屋に運ばれベットに寝かされていたらしいと気づき、身体を起こしあたりを見回す。薬品の置いてある棚が目に入り、ここは医務室だと確信する。

部屋の中には誰もおらず、自分だけが寝かされていたようだ。額のあたりにズキズキとした痛みを感じ、さすりながらさきほどの決闘を思い出す。白い壁が消え、マリスの姿を視認したと同時に魔力を練り始めた。得意とする火属性魔法でまずは牽制しようと思い、両手に火を纏わせたところで意識を失った。そして気づけばここ、ベットに寝かされている。何が起きたか理解できなかった。

意識を手放す瞬間、マリスが自分に手を向けていたのは見えていたガイだったがそこからの記憶がない。なんとか思い出そうと唸っていると部屋の扉が開いた。ベットのまわりにはカーテンが目隠しされており、誰が入って来たかはわからない。

「誰だ？」

返答はない。ただゆっくり近づいてくる足音だけが聞こえる。

「名を名乗ったらどうだ。さすがに無礼が過ぎるぞ」

言葉で威嚇（いかく）するがやはり返事はない。ガイのところまであと数歩、最後の警告を放つ。

「無視か？ それ以上無言で近づいてみろ、魔法をぶっ放すぞ」

魔力を練り、片手を足音が聞こえる方向に向ける。しばらく待つとようやく返答があった。

「申し訳ございません、あまり身分を明かせる立場ではございませんので無言で近寄らせていただきました」

透き通ったような男性の声だった。しかし自分の知り合いにそんな男はいないはずとガイは訝しむ。

「誰だ、俺はお前の声を聞いたことがない。知り合いでは、ないようだが？」

「もちろん、今この場で言葉を交わしたのがはじめてでございますガイ・オルランド様」

丁寧な口調だが、真意が読めない。顔を見た方がよさそうだと判断し、カーテンを捲るとそこにいたのは黒いタキシードを着た高身長の男だった。やはりガイの記憶にはない人物であった。

「何者だ」

念のため魔法をいつでも発動できる状態で、その男に手を向ける。

「私は、十悪が一人ハスターと申します」

十悪、その言葉を聞いた瞬間魔力を高めた。いつでも殺せると言わんばかりに。

「おっと、ガイ様落ち着いてください。あなたに危害を加えることはありませんよ」

「落ち着いていられるか！　なぜここに十悪がいる‼　ここは学園内だぞ⁉　結界はどうした！　門兵もいたはずだ‼」

ガイは矢継ぎ早にハスターと名乗った男に言葉を投げかける。

「まあ、とにかく落ち着いて下さいガイ様」

ハスターが指を鳴らすと、ガイの手に纏っていた炎が消えた。高めた魔力も霧散してしまった。

「なっ！　何をした！」

「ちょっとした魔法ですよ。火は危険ですので消させていただきました」

にこりと微笑みながら言うが、そんな簡単なことではない。魔法を消す魔法というものは過去に存在していたと聞いてはいたが、実際に使われると狐につままれたような顔になる。これ以上何かしようとすれば身の危険がありそうだと判断し、ガイはその男の話を聞くことにした。

「では本題に。ガイ様、負けたままでよろしいのですか？」

唐突に煽られたと感じ、ガイは眉間にしわを寄せる。

「あのマリスという学生、おそらく何か秘密を隠していると思われますよ」

「秘密だと？」

確かにいろいろ噂が多い男だ。マリスは強く多才であり何か秘密があるとは踏んでいたが、何を隠しているかまではわかっていない。

「今のままでは勝てませんよ」

「なんだと！　俺があの男よりも劣っていると言いたいのか!!」

「いえいえ、そういうわけではありません。ただあの男に勝ちたいのならば今のままではどう足掻いても無理かと」

「……何が言いたい」

今のままでは勝てないだろうことはわかっていた。そもそも何をされたかもわからないほどだ。

普通の鍛錬を積むだけでは絶対に勝てはしないだろう。

「十悪でその力、鍛えてみませんか？」

「……何？」

何となくそんな気はしていた。意味なくこんなところにあらわれるようなやつらではない。

「我々ならあなたをもっと強くすることができるのですよ」

「どうやってだ」

「それは、我々の仲間になってからでないと教えることはできませんね」

強くなる方法があるというなら知りたい。しかし、さすがにガイと言えども十悪に身を寄せることは愚かなことだと理解している。

「無理だ、見なかったことにしてやるからさっさと失せろ」

「ほお、靡(なび)きませんか。仕方ありませんね、この手はあまり使いたくなかったのですが」

そう言うとハスターはポケットから魔道具を取り出した。嫌な予感がしたガイは即座に魔法を展開しようとしたが、また指を鳴らされかき消された。

「くっ！ 何をするつもりだ‼」

「少し大人しくしていただけませんかね、この魔法はそれなりに魔力を使うのであまり多用したくないのですよ」

魔法を消されれば魔導師は何の役にも立たない。せめてフェイルのように剣士として鍛えていれば、この場から逃げ出すこともできたが残念ながらガイには魔法以外の攻撃手段はなかった。

ハスターは魔道具と思われる紫色の玉をガイの目の前に持ってくる。

「さあ、あなたの本性を見せてください」

その玉を見ると、ガイは無性にムカムカしてきた。マリスが憎い、自分より格下の者が皇族と親しいというのが許せない。憎い、憎い、憎い、憎い、憎い、憎い‼

「うっ、ぐうぅぅあぁぁ！」

「ふふふ、いい感じです。ああ、説明してませんでしたね。この玉は特殊な魔道具なんです。対象の感情を増幅させるもの。今あなたはマリスが憎いと思っているでしょう？ その憎しみを増幅させるのですよ」

マリスが憎くて堪らない、殺したい……そんな感情に支配され他のことがどうでもよくなってきた。

ガイは頭を抱え、頭の中から聞こえてくる声に耳を傾ける。

殺せ、殺せ、殺せ、殺せ、殺セ、殺セ、コロセ、コロセ……マリスヲコロセ……

「もうそろそろ大丈夫そうですね」

ハスターはガイの目の前にかざした玉をポケットに入れる。すでにガイは頭を抱え、ブツブツと何やら呟く状態になっていた。

「こうなるから使いたくなかったのですけどね、まあこれでも三色魔導師。それなりに使える駒にはなるでしょう」

医者がガイの様子を見に医務室へと戻った時には、すでに二人の姿は消えていた——。


「ガイがいなくなった？」

決闘後医務室に運ばれたガイだったが、医者が席を外していた間に姿を消していたようだ。

なぜかはわからないが、カーテンに少し焦げ目が付いており魔法を使った形跡が残っていたとルーザーから聞きマリスは首をひねった。

「ふん、まあいいんじゃないの？　アンタも復讐されなくて清々(せいせい)してるでしょ？」

ロゼッタはそう言うが、マリスはいっさい心配していないわけではない。ガイが何のために姿を消したのかわからない以上、今後警戒を怠(おこた)らない方がいいだろう。ガイが姿を消したことで教師陣による捜索が行われたがいっさいの痕跡が見つからなかったそうだ。生徒が一人消えただけなら大して問題にはならないが、ガイの家は伯爵家。それなりの爵位を持った家庭の子息であり、問題にならないわけがなかった。

　万が一不審者に連れ去られたかもしれないと全員寮に帰らされることになり、本日は外出禁止とされた。ガイが消えた原因がわからないことには他の生徒も不安になるとのことで必要な処置であった。


「それで、アンタの部屋はどこよ」

「ん？　あっちだよ」

　ロゼッタに部屋の場所を普通に聞かれたせいでマリスも普通に答えてしまう。

「そう、じゃあ今日は早く授業も終わったことだしアンタの部屋でお茶でもしましょう」

　普通に男の部屋へ行こうと考えているロゼッタに、すかさずマリスはツッコミを入れる。

「いやいや、バカなのか？　よく考えてみろ、公爵家の娘が男爵家の男の部屋に入る？　世間の目が怖すぎるだろ」

「いいじゃないの、そんなの放っておけばいいわ」

　ロゼッタの有無を言わさぬ圧に押され、マリスは助けてもらおうとシーラに視線を向けると、何となく察したのか少しうなずいた。

「お姉様、さすがに一人で男の部屋へ行くのは醜聞が悪いですわ。ここは他の者も誘ってみなでお茶会をするのがよろしいかと」

「シーラいいこと言うじゃない！　そうと決まれば、マリス、さっさと友達に連絡しなさい！」

　シーラは裏切ったようだ。ジトっとした目つきでシーラをにらむと、ニヤリと微笑み返された。シーラはとことんマリスの嫌がることをしたいようであった。

「フェイルと、ルーザーたちも呼ぶか」

「それとアンタ、同じ男爵家の友達がいたでしょ、その子たちも呼びなさい。せっかくだからアタシお気に入りの紅茶を振舞ってあげるわ‼」

ジンとミアのことを言っているのだろう。ただ普通に呼んでもあの二人は絶対に来ない。

しかしマリスの部屋でお茶でもしようと誘えば来る。要はロゼッタたちがいるということを内緒にしておけばいいだけだ。

「わかったよ。じゃあ何時に集合するんだ？」

「ん？今からよ。アタシの部屋から紅茶を持ってくるから、部屋で大人しく待ってなさいよ。あ、それとついでに掃除もしといてね、汚い部屋だと紅茶もおいしくなくなるわ」

それだけ言うとさっさとシーラを連れて自分の部屋へと入って行った。

この学園に寮は全部で三つある。クラスごとに分かれており、マリスやロゼッタのような一級クラスとジン、ミアのような二級クラスとは寮が違う。級によって寮は別で、部屋の広さや豪華さも違う。

三級クラスは二、三人共同の部屋しかないが、二級クラスとなると部屋の中に部屋があり用途別に使ったりシャワーが完備されており便利さを兼ね備えている。

室内設備もまったく違っており、一級クラスの寮となれば風呂まで付いている。部屋の広さは二級クラスの倍ほどになり十人泊まっても余裕があるくらいの広さだ。

一人で住むには持て余すし、当然マリスの実家の自室より豪華である。マリスは連絡用魔道具でジンとミアに声をかけると、着替えたら行くと返答があった。もちろん部屋に来るメンバーのことは言っていない。フェイルも誘うと、すぐに行くと返事がありバタバタしている音が聞こえてきた。素早く着替え始めたようであった。ルーザーとエリザに至っては、まだ連絡先を登録しておらず部屋まで向かうことになりマリスは嫌々ながら最上階へと階段を上って行った。

皇族の部屋は寮の最上階すべてである。ルーザーとエリザで半分ずつだが部屋のデカさはマリスの部屋と比べると数倍、いや下手すれば数十倍だ。ルーザーの部屋の前には侍女らしき人と護衛らしき人が立っていた。マリスが最上階に上がってくると不審な目付きを向け警戒を露わにした。

「マリスです。あの、ルーザーはいますか？」

「皇子に向かって呼び捨てだと？　改めよ」

当然のごとくマリスは怒られた。自分たちが敬い傅く相手に対して、タメ口で話しかけるやつがいたらムカつきもする。

「すみません、ルーザー君はいますか？」

「ルーザー君？」

「……ルーザー様はいますか？」

敬称まで付けないと許さないらしく護衛の目は険しい。

「……部屋におられる。何用だ」

「えっと、僕の部屋でお茶会するんで誘おうと思って」

「……そこで待っていろ、話をしてくる」

護衛の男が侍女に合図し、侍女は部屋の中へと入って行った。マリスはというと、護衛の男に見つめられながら突っ立っている。しばらく待っていると、侍女とともにルーザーが出てきた。

「マリス！　お茶会だって⁉」

ルーザーのテンションは高く目は輝いていた。

「あ、ああ僕の部屋でやることになった。ロゼッタがおいしい紅茶を持ってくるって言ってたからまあ味は保証できるんじゃない？」

「もちろん行くよ‼ あ、エリザも誘っていいかい？」

マリスはうなずく。さすがにルーザーだけ誘ってエリザは誘いませんでしたとなると、泣いてしまうだろう。

「じゃあ何かお菓子でも持って行くよ‼」

「ありがとう、じゃあ部屋で待っとく。あ、それと僕の友達も呼んでるから」

「私とも仲良くしてくれると嬉しいなぁ！」

「……まあそれはルーザー次第、とだけ言っておく」

マリスは君たちも皇族の友達になってしまいそうだとジン、ミアに心の中で謝罪する。ルーザーと話している間は護衛と侍女はいっさい口を開かなかった。ただ、タメ口で話してるのが気に食わないのか目は吊り上がっていた。

マリスが自室で待つこと数分。最初にドアをノックしたのはフェイルだった。

「来たぞマリス‼」

元気よく部屋に入って来たフェイルは部屋の中をキョロキョロしていて落ち着きがない。

「何してるんだ」

「む、俺は今まで友人の部屋に入った経験がないのだ！ だから新鮮な気分を味わっているのだよ‼」

悲しいことを聞いた。なんて悲しい過去なのだ。マリスは彼に質問したのを悔いた。

「まあ暴れないでくれよ、壁とか傷つけたら学園に弁償させられるんだから」

「俺はそんなに馬鹿ではないわ‼ ……ふむふむ、こんな花瓶を置いているのかマリスは」

反論したかと思えばすぐに部屋内散策へと戻るフェイル。しばらく落ち着きがないフェイルと待っていると、またノックの音がする。次に顔を出したのはロゼッタとシーラだった。

「ふぅん、男の部屋ってこんな感じなのね～」

フェイル同様、部屋内を散策し始めるロゼッタ。シーラもはじめてだからか、チラチラあたりに目線を向けている。男の部屋に入ったのが恥ずかしいのか、マリスにばれない程度に。またしばらくするとノックの音が鳴る。

「すまない遅れてしまった！」

「嬉しいですわ‼　殿方の部屋に入るなんてはじめてです‼」

ルーザーとエリザだ。入るなり二人してマリスの部屋を隅々まで見だした。

最近の貴族や皇族は人の部屋をジロジロ見回すのが流行ってるのか？　と思うくらいにはみんな同じ行動を取っていた。数分後、部屋の散策は満足したのか全員が席に着く。ちょうどそのタイミングでレイがやって来た。レイは入るなりルーザーとエリザに綺麗な一礼をする。さすが常識人と言わざるをえなかった。ただレイもみなと同様、部屋の中をチラチラと見ていた。

「で、アンタの友達はまだなの？」

まさかのジンとミアが一番遅くなってしまった。本来であれば、位が下の者が先に来ておかねばならないが今回は仕方ない。というのもマリスがわざと遅めの時間を伝えていたからだ。

お茶を入れる準備をしていると、ドアが開く音がして全員そちらに視線を向ける。

「ごめーん‼　入るよー！　ジンがさー外出禁止だってのにリンカのクレープを買うって聞かなくて！　で、こそっと買いに行っちゃったよー！」

嬉しそうな顔でクレープの入った紙袋を見せ付けながら意気揚々と部屋に入ってくるジンとミア。

ちなみにリンカのクレープとはいつもたくさんの人が並ぶおいしいクレープ屋だ。

いつも並んでいてなかなか買えないことが多いが、今日に限っては学園の者が外出禁止になっている。ここぞとばかりにジンとミアは買いに行ったようであった。

「あっ！　マリスの友達も来てたんだ！　よろしぃぃぃいいいい⁉⁉」

「なんだよミア、変な声だしやがってぇぇぇぇええええ⁉⁉」

二人ともとてつもなくうるさい。笑顔で部屋に入ってくるもんだから、意外と普通なんだなと思っていたらただ顔が見えていなかっただけらしい。

「こここここれは皆様方‼……オェッ」

マリスは緊張のあまり嗚咽をもらしているミアの背中を叩く。

「で、で、殿下‼　ほほ本日はお日柄もよく！」

ジンも何かよくわからない挨拶をする始末。

「落ち着けよ二人とも」

「「落ち着けるかボケェ‼」」

すごい剣幕で二人はマリスへと詰め寄った。

「マリス、私たちに紹介してくれないかい？」

ずっと三人で騒いでいたせいか我慢できなくなったルーザーが割って入る。

「ああ、男の方がジンで女がミア」

あまりの雑な紹介にルーザーは苦笑いを見せる。あまりの雑さにマリスをギロッとにらむとしっかり自分で挨拶したいのかジンとミアは姿勢を正した。

「カッツバルク男爵家のジン・カッツバルクと申します！」

「テンセント男爵家のミア・テンセントと申します！」

二人は膝を突いて礼をしている。マリスがおかしいだけでこれが普通の者の反応である。

「ふむ、ジンとミアだね。私は知ってると思うけど第一皇子ルーザー・アステリアだ。よろしく頼むよ」

「私はエリザ・アステリアですわ。よろしくお願いしますね」

ガチガチになった二人にはもうその声は聞こえていないだろう。救いはシーラとフェイル、そしてレイだ。彼らは一度顔を会わせており、そこまで緊張はしないはずだとマリスは黙って見守る。

「ふぅん、アンタの友達っていうからどんなやばいやつかと思ってたけど案外普通ね」

ロゼッタはマリスのことを普通とは思っておらず、意外とまともな友人があらわれ少しだけマリスのことを見直していた。

「アタシはロゼッタ、ロゼッタ・クルーエルよ。よろしく！」

「「よろしくお願いします‼」」

ロゼッタにそこまで傅く必要はないと思うけどなぁと顔に出ていたのか、マリスはロゼッタににらまれた。

「ワタクシは挨拶を省かせていただきますわ、一度食堂でお会いしておりますし」

「あ、あの時は急ぎの用事があったので失礼いたしました‼ ……はぁ、シーラ様はやっぱり美しいなぁ」

「ふふふ、嬉しいわありがとうミアさん」

ミアもやはりシーラの本性には気づいていない。しかしここでマリスが何か言おうものならシーラに何をされるかわかったものではない。だからかマリスはいっさい口を挟まなかった。

「俺もまあいいだろう。それよりジン‼ 君はなかなかいい身体付きをしているな！ 俺が剣を教えてやろうか‼」

「ええ⁉ フェイル様自らですか⁉ そ、それは願ってもないことですが……」

「む？　かまわん‼　将来有望な者がいるのならば俺が是非ともその才能を開花させてやろう‼　それと前に顔を合わせた時に言ったが、俺に敬語はいらん」

ジンはこの場の空気に飲まれついつい敬語を使っていた。フェイルにそう言われたジンは苦笑する。

「ん？　ミアさんの持ってるそれってリンカのクレープじゃないの‼　買えたの⁉」

ロゼッタが目敏くミアの持っていた紙袋に目をやるとすぐさま反応した。

「はい‼　今日なら買えると思いまして！」

「最高じゃない‼　それアタシも好きなのよね～。よし！　じゃあ紅茶を入れるわ‼」

そう言うとロゼッタがパンパンと手を二回叩く。すると部屋にロゼッタ専属の侍女が入って来た。人の部屋へ勝手に入ってくるのはもう何も言うまいとマリスは無言で侍女を見ていた。

侍女は手際よく人数分の紅茶を入れるとサッサと部屋から出て行ってしまった。

「「「おいしい～～～‼」」」

みな笑顔でクレープを頬張る。やはりここのクレープはたくさん人が並ぶだけあってうまい。それにロゼッタの持ってきた紅茶もかなり上物のようで香りもよく味もあっさりしていてマリス好みの味だった。お茶会が始まると、話題は案の定決闘の話になった。

「それにしても、マリスが一瞬でガイを倒したのは気持ちよかったわ～！」

「そうだな！　さすがは俺の親友だ‼」

「おい、マリス！　あれどうやったんだよ‼」

（あれ、とは。主語がほしい）

マリスが無言でいるとジンは補足する。

「あの素早い電撃だよ！　あんなに速く発動できるなんておかしいだろ‼」

「ああ、あれはただ僕がちょっとだけみんなより魔力が高いからできたことだ」

「ちょっとだけ……？」

レイだけは何を言っているんだこいつと言わんばかりの視線をマリスへと飛ばす。

「ただ、ガイのやつどこ行ったのかしらね～」

「確かに気にはなるな。マリス、心当たりはないのか？」

当然マリスも知るわけがなく首を振る。

「さあ？ ま、いいんじゃない？ そのうちひょっこり帰ってきそうだし」

「それならばいいのですが……私は何か不穏な気配を感じますわ」

エリザがそう言うとみないちように黙り込む。

「私も何か不穏な気配を感じるよ。マリス、できるだけまわりに目を向けていてほしい。何かあってからでは遅いからね」

「安心してくれルーザー。僕が不意打ち程度でやられるわけないだろ」

「その自信はどこからくるんだい？」

「そりゃもちろ……いや、なんとなくかな」

(あぶねー、もうちょっとで障壁を薄く常に張ってますって言うところだった)

レイの人を殺すような目付きがなければぽろっと言っていたことだろう。別にルーザーにはバレてるし言ってもかまわないのだが、ここにはクルーエル姉妹とフェイルがいる。彼らにはまだバレておらず、わざわざマリスからバラす必要もない。

「そういえばアンタ、どうやってグランバード伯爵に師事できたのよ。男爵家の者が弟子にしてくれって言って簡単になれるもんじゃないでしょ」

「は？　師事？」

「いや、アンタ師事してたんでしょ？　何よ、は？　って」

マリスは腕を組み考える。

「ロゼッタ様、それはあのアモン・レオンハートの息子だったからですよ。普通の子どもだったら相手にはしていなかったでしょう」

マリスが完全に師事している設定を忘れていたため、レイがフォローする。

「まあ確かに平民から爵位を得た麒麟児ってアタシのお父様も言ってたしね～。それなら納得か」

「それなら納得ってえらいうちの父親のこと高く買ってるんだな」

「そりゃそうでしょ。アンタは知らないだろうけど貴族界隈ではすごいニュースになってたんだから。平民が貴族になるなどありえない！　ってね」

貴族からしたら面白くない話だろう。

「アンタもいつか帝城に御呼ばれするかもね～」

「嫌だよ。頼むぞルーザー、呼ぶなんてことしないでくれよ」

「うーん、目立ちたくないからだろう？　でもこのまま実力を示していけばいつかかならず父上は目を付けるよ。もっと大人しくしておかないと」

「そうなのか？」

皇帝陛下に目を付けられるなんてとんでもない。マリスは想像しただけで嫌そうな顔を見せた。

「アンタももったいない考え方してるわね～、陛下に目を付けられるって光栄なことよ？」

「はいはい、光栄光栄」

「ぐっ‼　アンタほんと不敬な物言いするわね……」

「ちょっとマリス……さすがにロゼッタ様に対してその言い方は……」

不安になったミアはマリスを窘める。

「いいんだよロゼッタは。やりすぎるとダメだけど」

「やりすぎるって何よ！　別にアタシそこまで沸点低くないでしょうが‼」

「ほら、プリプリしただろ？　気を付けなよミアも。ロゼッタはすぐプリプリするから」

「きぃぃぃぃぃぃ‼」

これ以上からかうとシーラが黙っていないとマリスはこの辺で止めておいた。お茶会も終わり雑談タイムに入ると自然に男子組と女子組で別れだした。女子たちは服の話で盛り上がり話には入れなさそうだ。かといってこっちはこっちでフェイルとジンが筋トレの話に夢中になっている。

「ルーザー、そういえばさ魔道具に連絡先登録するから教えてくれないか」

「あ！　確かにまだだったね！」

マリスとルーザーはお互いの連絡先を登録する。

「それとさ、今も影の護衛って付いてる？」

「え？　今はいないよ。扉の外に護衛がいるからね」

さきほど何気に魔力探知をすると一人引っ掛かったことが気にかかりマリスは怪訝な顔をする。

「でも一人いるみたいだけど」

「そんなはずはないけどなぁ、あ、でも父上が私に内緒で付けているのかもしれないね」

皇子なのだから大いにありえる。秘密に関してルーザーの前であまり話さない方がいいかもしれないとマリスは警戒することにした。

「そういえばクラブはどこに入るか決めた？」

クラブなど知らない単語にマリスはまたも首を傾げた。

「この学園に入ると、必ずどこかのクラブに入らないといけないんだよ。要は放課後にする活動みたいなやつだね」

「ふぅん、そんなのがあるのか。知らなかった」

「なんで知らないんだ……パンフレットに書いてあったよ？」

パンフレットなど最初の一ページを読んで捨てたマリスが知るはずもなかった。

「それで、たくさんのクラブがあるんだけどまだ私も決めてないんだ」

「それって絶対入らないと駄目なやつ？」

「そうだね、学園の規則に書いてあったから。あ、でも例外はあるよ。クラブを自分で作った場合はそこに所属することも可能だって」

既存のクラブに入らず自らクラブを立ち上げるのも一応許可されている。

「確かその場合の規定は五人以上集めて顧問となる教師も自ら声をかけなければならないけど」

「なるほどな。でもそれいいな。よし、決めたぞ。僕はクラブを作る‼」

声が大きかったのか女子組も全員振り返る。フェイルとジンにも聞こえたようで、会話を止めてマリスを見ていた。

「何⁉ マリス！ クラブを作るのか⁉ ならば俺も入るぞ‼ 何しろ親友だからな‼」

「クラブを作るって本気？ あ、でもそれはそれで楽しいかも！ ボクも入るよ！」

これでフェイルとミアは確定した。後三人だ。

「マリスがクラブを作る、か。面白そうねアタシも入れなさい」

「お姉様が入るのでしたらワタクシも入りますわ」

シーラも来るのかと少しげんなりした様子を見せるマリス。

「なら私たちも入れてくれないか！　やっぱり皇族となるとなかなか他のクラブにも入りづらくてね。みな気を使ってくれるのはいいんだけどよそよそしいというか……」

皇族には皇族なりの苦労があるようだ。

「ふう、なら私も入れてもらおうかしら。見ておかないとマリスは何をしでかすかわからないし」

「俺も入るぞマリス!!　そんでフェイルに剣を見てもらうんだ!!」

「じゃあ決まりだな、ここにいる全員でクラブを結成しよう」

その後は雑談を楽しみつつ夜も更けていった。

結局みなが自室に戻って行ったのは日が変わってからであった。


――帝国内のどこかにある地下施設で黒ずくめの格好をした者たちが集まっていた。

「今代の虹色魔導師があらわれた」

そう口にしたのは黒いローブに赤い髪の男だった。頬に傷があり、その目付きは歴戦の魔導師を感じさせる。

「リーダー、それは何か根拠があるのか？」

当然のごとく傷の男の言葉に疑問を持つ者がいた。しかしその反応は予想していたのか、即答する。

「これを見ろ。ハスターが持って帰って来た、映像を記録する水晶だ」

傷の男が魔力を流すと、水晶の中に映像があらわれた。二人の男が映っている。

「このガキは？」

「よく見ておけ」

それはマリスとガイの決闘時の映像であった。決着は一瞬。圧倒的に見える戦いはマリスの勝利で終わった。映像を見せられた者たちはこれが何を意味するのかわからなかった。

「仕方ありませんね、よく見て下さい」

いきなり姿を見せたハスターが水晶に近づき何やら手を翳す。すると、ある場面で映像は止まった。

「ここです、ここ。彼の手元をよく見て下さい。魔力を練った際の映像です」

「ッッッ‼」

全員気づいたのかバッと顔を上げる。

「こいつが今代の虹色魔導師か……」

ほんの一瞬でしかないが映像を止めて見れば手元に複数色の魔力が見える。

肉眼では見ることができないほど一瞬であるためマリスは対策していなかったが、魔力を練り始めた瞬間だけは自分の持つ魔力すべての色が露わになる。ハスターの持つ水晶でその瞬間を切り取れたからこそわかった。

「どうする、リーダー。こいつを十悪に引き込むか？」

口を開いたのは、青い髪の男だ。

「そうだな。戦力増強という意味でも、敵に回さないという意味でも引き込めるならほしい人材だ」

「じゃあアタクシがやろうか？」

眼帯を付けた女がマリスを十悪に引き込むため名乗り出る。

しかしハスターはそんな女に待ったをかけた。

「派手に動くのは止めた方がいいですよ。何しろ彼のまわりには皇族どころか十二神もいますからね」

「ハスターの言う通りだ。その虹色魔導師のまわりには常に一人十二神が付いている」

「じゃあ私がうまくやってあげるわ。帝都で騒ぎを起こしてその隙にその男の子に接触するのよ」

今度は燃えるような赤髪の女が手をひらひらさせ、口角を上げ会話に割り込んできた。

唯一マリスを自身の目で見たことがあるハスターが口を開いた。

「リズリア、あなたのその楽観的な考え方、私は嫌いじゃないですよ。ですが今回はその考えを改めた方がいいでしょう。何しろ彼は神獣を一撃で倒す化け物ですよ。十二神とはわけが違うんです」

ハスターはマリスを正確に脅威と判断していた。それと同時にリズリアには引き込めないだろうとも考えている。リズリアのやり方はだいたいわかる。おおかた女の武器を使って籠絡しようなどと考えているのだろう。

「まあ見てなさいって。帝都を火の海に変えてあげるから！」

趣旨が変わっているがもう何を言っても意味がなさそうなのでハスターは口を閉ざした。

リーダーと呼ばれていた頬に傷がある男、アルビスはいまだに水晶に映ったマリスを眺めていた。

何か思うところがあるのかとハスターが問うと首を振る。

「十悪序列六位、緋色の爆撃リズリア。虹色魔導師を引き入れろ。できないようなら殺せ」

「いいのぉ？　殺しちゃっても」

「殺せるのならな。できればほしい人材だが敵に回るのであれば子どものうちに殺しておきたい」

リズリアは舌舐めずりをし、いやらしい眼つきをする。殺せるわけがない、と思ったハスターだがアルビスの言葉に意見することはせず黙ったままだ。

「すでに二人帝都入りしている仲間がいる。そいつらと対立するような真似はするなよリズ」

「アルビス、私のこと信用しなさすぎじゃないかしら！」

考え方が爆撃頼みのバカっぽいせいだろ、とその場にいる誰もが思ったが、ここで突っ込めばまたリズリアから面倒くさい絡み方をされると思い全員心の中だけで突っ込む。

「え、てか帝都入りしてる仲間って誰なの？」

「灰色の城ノーデンスと白色聖槍（はくしょくせいそう）ロビクスだ」

「うわっ、あの二人かー。ロビクスも面倒だしノーデンスみたいな真面目ちゃんとはソリが合わないのよねぇ」

派手にことを起こすなと言われているがリズリアは派手にやるつもりだ。十悪とはそもそもが世界の支配を目論む者たちの集まりであり、マトモな者などほとんどいない。少しずつ帝国に闇が迫りつつあった。


――皇帝陛下の私室では、また夜な夜な二人の男が言葉を交わしていた。アインと皇帝である。

「どうだった？　そのマリスの様子は」

「虹色魔導師であることはおそらく疑いようがありません」

「ふむ、その根拠は？」

アインは決闘時の様子を語る。三色魔導師であったガイを圧倒し、誰もが目を疑うほどの速攻。相応の魔力量がなければ不可能である戦い方は虹色魔導師であることを結論づけた。

「接触は図ったか？」

「いえ、下手に手を出せば返り討ちに遭うかと」

皇帝は顎に手をやり少し考え込む。帝国の戦力増強という面ではなんとしてもマリスは引き入れたい存在だ。しかしマリスの不興を買えば他国に移ってしまう可能性もあり慎重な行動が求められる。

考えが纏まったのか、皇帝は顔を上げアインを見つめる。

「十二神に彼と同じ歳の子がいたはずだ。その子を使う」

「彼女ですか？……彼女は少し変わり者と言いますかその、拙者はうまくいくとは思えませんが……」

「しかし歳が近いほうがマリスに近寄りやすい。シラヌイを学園に放り込め、ただし失敗は許されぬとも伝えておけ」

アインはうなずき、また霧のように消えていった。

アインは皇城のとある部屋の前に立つ。シラヌイの部屋の前だ。意を決しドアをノックするとすぐに返事は返ってきた。

「はーい、開いてるよー。入ってー」

気の抜けた甘ったるい声だ。アインのような真面目な者からすればあまり好ましいとは思えない相手だった。

「シラヌイ、お前に勅命だ」

「お？てことは十二神としての仕事ってことだね？いいね～最近暇だったからやっとワタシにも仕事が回ってきたか～」

「内容も聞いていないのにすでに乗り気だな。まあいい、今回の仕事先はグランバード学園だ。虹色魔導師に近づいてもらうぞ」

シラヌイは虹色魔導師と聞くと目を見開いた。それもそうだろう、皇帝陛下ですら驚いていたのだから。シラヌイは少し間を置き口を開く。

「それマジ？」

「大マジだ」

アインはその軽い口調にイラッとしたが同じように返してやった。

――決闘が終わって二週間がたった。

さすがにだいぶ日がたったおかげか、マリスのことで騒ぐことは少なくなった。

そんなある日のこと。

オルバがなんとも言えない顔つきで教室へと入ってきた。

「あー、今日からうちのクラスに編入することになった子がいる。紹介しよう、入って来い」

オルバに促され女の子が入って来ると、教室は騒めく。この時期に編入というのも珍しいが何より
その子が見たこともない服装をしていたからだ。

アスカは教室全体に目を向けると大きな声で自己紹介をする。

「どーも！　はじめまして！　ワタシはアスカ・シラヌイです‼　東の国出身でっす‼　あ、もしかしてこの服が気になってる感じ？　これは着物って言って東の国ではみんな着てる服だよ！　よろしく～！」

あまりの勢いと大声のせいで誰もが口を噤む。軽い口調と甘ったるい声。

見た目だけなら大人しそうな女の子なのにギャップが大きいせいでみんな驚いている。

「……よし、もういい。お前の席は、そうだな、マリスの後ろだ。あそこにいるやつの後ろな」

「おっけ～！」

オルバに指を差されたマリスのところまでスキップしてきた彼女は目を合わせニヤッとイヤらしい顔つきで微笑む。マリスの後ろに座るとすぐに彼へと声をかけた。

「マリス君だっけ？　よろしくね～」

「あ、ああよろしく」

挨拶されたマリスもとりあえず挨拶を返しておいた。

「そういえばさ、マリス君って決闘で勝ったんだって？　なんか噂で聞いたよ～」

肩を二度ほど叩かれマリスが振り向くとアスカはニコニコしている。

「そうだね」

マリスは当たり障りのない返事をする。しかしアスカは引かない。

「どんな魔法が使えるの！　教えてよ‼　知りたい知りた～い！」

うざすぎて助け舟を呼ぼうと隣に目をやると、ロゼッタは露骨に顔を逸らした。

(仕方がない、自分でなんとかしよう。とでも言うと思ったか)

「ロゼッタ、君は決闘の時ＶＩＰ席から見てたよね、たぶんその場にいた僕より客観的に見れただろうしシラヌイさんの話を聞いてやってくれ」

「え～‼　聞きたい聞きたい‼　ロゼッタさん！　教えて‼」

今にもマリスに殴りかかりそうな目でにらむロゼッタ。マリスにひと時の平穏が訪れた。

アスカの標的がロゼッタに変わったおかげで。マリスは授業が終わると即座に教室を飛び出した。

アスカに絡まれないために、ロゼッタに殺されないために。


——アスカが転入してくる数日前。

オルバとジリアンは困惑していた。なぜここにアスカがいるのかと。

「オルバー、ジリアーンおひさー！」

元気よく声をかけてきた女の子は二人もよく知っている人物である。

「なんで十二神のお前がこの学園に入ってきてんだよ……」

「んー？　二人もわかってんじゃないのぉ？　皇帝陛下の勅命ってやつよ‼」

「はぁ、てことはマリスのことでしょ……」

「あったりー！　ジリアン大正解！　あ、言っておくけどワタシが十二神だってこと、絶対に内緒だよ」

アスカがここに来た理由はすぐに判明した。そもそも学園に三人も十二神がいることがおかしいのだ。マリスの件としか思えなかった。

「てことは皇帝陛下にはもうバレてるってわけか」

「ていうか！　シレッとアンタも知ってるじゃない‼」

「ジリアン、俺はこう見えて頭がいい。お前が虹色魔導師はこのクラスにいるって言わなければわからなかったが、いると思って見ていたら気づけるってもんだ」

ジリアンはあの時下手なことを呟くのではなかったと後悔する。

「皇帝陛下はどうやって知ったかわからないけど、ワタシのとこに勅命を告げに来たのはアインだったよ」

「そいつだよ……影から見てるっていやぁそいつしかいねぇだろ……」

皇帝陛下が内密にアスカを派遣したということは、まだ虹色魔導師の件について公（おおやけ）にするのは得策ではないと考えているのだろうとオルバは思案する。ジリアンも同じ考えのようであった。

「んで、お前の任務はなんだよ。邪魔しないよう知っておいた方がいいだろ」

「ワタシの任務はなんと‼　虹色魔導師と仲良くなれって任務でーす‼」

皇帝陛下がそんなフワッとした命令出すわけないだろと思ったが口にはしない。

「てことはマリスに近づいてできることなら帝国の戦力に引き込めってことね。それにしてもシラヌイねぇ……うまく行けばいいけど」

「ちょっとジリアン！　ワタシやる時はやるよ！　まあ見てなさいって！　そのマリスって子と同じ歳なのはワタシしかいないでしょ～？　ジリアンみたいな年増にはできない任務でぇす！」

ジリアンのこめかみには青筋が数本浮き出ていたが、アスカは気にも留めていないようだった。

「ま、まあいいわ。とにかく！　マリスの機嫌を損なうようなことはしないでよ？　あれはもはや化け物と同等なんだから」

「うわー可愛い学生を化け物呼ばわりだなんて。マリス君かわいそー。まっ、ワタシたちだって一般人から見れば十分化け物なんだけどねー」

十二神というだけでも十分化け物であり、一般魔導師からは畏怖される存在でもある。

そんな彼らに知らぬところで化け物と呼ばれるマリスであった。

帝国の危機でも目立ちたく無い

帝都の下に広がる巨大な下水道。そこに黒いローブに身を包んだ三人が密談のため集まっていた。

「ちょっとさ、私が動く間ロビクスとノーデンスはじっとしててくれない？」

「どういうつもりだ？」

十悪の一人、リズリアが二人の男に提案を持ちかけた。ロビクスとノーデンスと呼ばれた二人は顔を見合わせ首をひねっている。そもそもリズリアが接触を図ったのも二人は何も知らされていなかった。

「リーダーからの任務でね～、虹色魔導師のスカウトか殺害を頼まれてるのよ」

「何だと⁉」

「何を言っているのですかあなたは」

二人は少し前から帝都に入り込んでいたせいでマリスのことを知らなかった。そのためリズリアの口から虹色魔導師という単語が出てくるなんて思いもしていなかった。

「あーあんたら知らないわよねぇ、実は今帝都には虹色魔導師がいるのよ！　さすがに私も油断できる相手じゃないしね、だから邪魔しないでって言いに来たの」

「邪魔するつもりはありませんが……その話、本当ですか？」

ノーデンスはまだ信じられないようでリズリアに疑わしい目を向けてくる。しかしリズリアとてこの場で証明するのは難しい。

「ハスターがさ、記録水晶で虹色魔導師らしい人物を撮影してたのよ。それを見て確信したってわけ」

「ハスターが、ですか。それならまあ信じましょう」

リズリアは自分の言葉では信用させられなかったのにハスターの名前を出した途端信じたノーデンスに苛つきを覚えたが、今ここで争うことは不毛と考えなんとか我慢した。

「オレもその虹色魔導師会ってみてぇなぁ」

「駄目よ、今回は私がリーダーから指名されたんだから。変なことはしないでよ？」

「わかってるって。んで何やるつもりなんだよ。あんまり派手なことはしねぇほうがいいぜ？　十二神の大半は今国境付近にいるが全員がいなくなったわけじゃねぇ」

「知ってるわ。まあそれなりに楽しませてもらうつもりだけれど、多少は目を瞑ってもらいたいわね」

リーダーからの指名なら仕方ないとしぶしぶながら首を縦に振ったが、正直に言えばリズリアには派手に動いてほしくはなかった。ある計画のために二人は帝都に潜り込んでおり、あまり派手に動かず目立たないように進めている。しかし、リズリアはいつも無計画に動く。

だから二人はあまりいい顔をしていなかった。

「じゃ、よろしくね～」

手を振りながらその場を去っていくリズリアを二人はただ見つめることしかできなかった。

――同時刻、帝城。

「陛下、こちら報告書になります」

文官の男が皇帝に一枚の紙を渡す。これは収支や犯罪のまとめなどではなく、十悪に関する情報であった。十悪については定期的に報告が上げられるようになっている。

「ふむ、目立った動きはないようだな」

「はい、ただ一つ気がかりな点があります」

報告書にはすべて目を通していないが目の前の文官がそんなことを言い出したため耳を傾ける。

「あくまで噂程度ですが、帝都内に十悪が入り込んでいると、街の情報屋が言っておりました」

「何だと？　厄介なことをしてくれなければよいがな……」

「そうですね、今はクレイ様もおりませんし」

ガイウスはタイミングが悪いと唸る。現在帝国最高戦力であるクレイ・グレモリーを国境付近に派遣しているためだ。西に位置する隣国、ハルマスク王国からの侵略行為が最近活発になっている。

そのせいでクレイを国境付近からずっと動かせずにいた。もちろんクレイだけではない。

十二神の内半数が国境守護のため出払っている。

「万が一の際は十二神が一人、ネームレスを動かす。もし十悪に新たな動きがあれば即報告せよ」

「畏まりました」

文官が部屋から出ていくと、部屋の隅の影が動き地面からゆっくりアインがあらわれた。

「あのネームレスを使うのですか？」

「アインか。そうだな、万が一の時はだ」

「ですが、あれは帝国の切り札では？」

ネームレス。彼はたった一つの魔法しか使うことができない無色魔導師と呼ばれる存在。

最強にして最弱。帝国民からはそう呼ばれている。なぜそんな男が十二神であるのか。

理由は簡単である。彼の唯一の魔法、消失する奇跡の技（バニシングマジック）。

これはどんな強力な魔法であってもかき消すことができる最強の魔法であった。

しかし攻撃手段を持たないゆえに最弱とも呼ばれている。それに膨大な魔力を使うらしく、一度使えば一ヶ月は使えないという。だからこそ、帝国の切り札とされていた。

最強の魔導師に最弱の切り札。この二つがあるからこそ帝国は盤石（ばんじゃく）な地位を築いていた。

アインの発言は、その切り札を使うのはリスクが大きいと考えたからだった。

「他の十二神で片が付くのであればよい。だがそれでも止められないのであれば、ヤツを使う」

「……わかりました。オルバ殿が出てくれれば一番よいのですが、今は皇子の護衛……ジリアン殿も同じく。ナターシャ殿は陛下のそばから動かせず、自由に動けるのは拙者とアスカのみ。タイミングが悪いですね」

「もうじき、騎士団長も遠征から帰ってくる。それまで何もなければよいがな……」

帝国皇帝ガイウスは最近ナリを潜めていた十悪が動き出したということに不気味さを感じていた。

虹色魔導師があらわれてからというのも不気味さを加速させている。ネームレスを使うか、マリスという少年に手を貸してもらうべきか、ガイウスは頭を悩ませていた。

「そういえば、アスカはどうだ？ うまくやっているのか？」

ガイウスはふと思い出したかのように、マリスに近づけと命令していた彼女のことを口に出す。

「はい。同じクラスに配属されるよう手を回しました。それ以降彼女から連絡はありません」

「そうか。一応伝えておけ。帝国の危機が迫ればこっちを優先してもらうと」

アインはうなずくと、影に溶け込み消えていった。

「虹色魔導師の誕生と十悪が動き出したことが何も関係なければよいのだがな……」

ガイウスは小さく呟き、カーテンを開けた。窓の外には帝都の街が広がっている。

ここ十年ほど、大きな事件は起きていない。それが今になって、起きうるかもしれない状況になっていた。ガイウスは眼下の街が火の海にならないことを祈るばかりであった。

朝、珍しく早起きしたマリスは制服に着替え寮から出た。生徒もほとんど見かけない。学園の敷地も広くまだマリスが行ったことのない場所など無数にあった。

また今日も新たな場所へと向かうと少しひらけた庭園で足が止まった。朝に会いたいと思わない人がいたからだ。庭園はいくつかのテーブルと椅子が置いてありちょっとしたお茶会なんかができるようになっている。その一席にその人はいた。金髪で縦ロールの美少女が紅茶を飲んでいる様はまさに絵画に出てくるような光景であった。マリスがジッと見つめてしまったからか気づかれてしまったようで、金髪の女性は手招きする。さすがに手招きを無視して行くほど無礼な人間ではないマリスは仕方なく縦ロールの女性のところまで歩いて行く。

「おはようございます、マリスさん。早起きですのね」

「おはようございます、えっと、どうして僕の名前を？」

「おかしなことを言いますのね。あなたあの決闘でどれだけ有名になったか自覚していないのかしら？」

決闘の際とんでもない数の観客がいた。その中に彼女もいた。

マリスの目の前の美少女は明らかに高位貴族だと思える雰囲気を纏っている。

「ああ、失礼。自己紹介が遅れましたわね。ワタクシはキャロル・ドレッドムーン辺境伯当主ですわ。以後お見知りおきを。というよりなぜ逆にワタクシを知らないのか教えてほしいくらいですわね」

「あまり人の名前を覚えるのが得意ではなく……」

「生徒会長のこのワタクシを覚えていないと？」

キャロルは若くして当主になった。彼女の才は素晴らしく生徒会長も任されるほどである。

しどろもどろになるマリスを見てキャロルは少し微笑む。キャロルは毎日この時間に起きてここでお茶をしている。滅多に人など来ない朝に偶然通りがかったマリスへ声をかけるのも当然であった。

「せっかくお会いしたのも何かの縁。あなたもいかがかしら？」

スッとマリスの目の前にキャロルと同じ紅茶が出された。横にいる男性は二人が話している間に紅茶の用意をしてくれていたようだ。相席するつもりなど微塵もなかったマリスだが紅茶を出されれば座らざるをえない。マリスはしぶしぶながら席に着き紅茶を一口啜る。

「ありがとうございます。あ、おいしいですねこれ」

「そうでしょう？　ワタクシこの茶葉を気に入っていますの。それはそうとあなた、いまだクラブには入っていないのかしら？」

誰かから聞いたのか、はたまた生徒会長だから知っているのか。マリスは紅茶を飲みながらうなずく。しかしマリスがクラブを立ち上げようと考えていることまでは知らないようだ。

「どこか入りたいクラブでもありました？」

「まだ考えているところですね。どこにしようかな……」

「それでしたら生徒会はいかがかしら？　生徒会もクラブの一つですわ」

「申し訳ないですが……」

キャロルは目を細めてマリスを見ている。マリスにとって生徒会など一番入りたくないクラブ第一位なのだ。そもそもなぜ生徒会に勧誘してくるのか。

「ちなみに理由を聞いてもよろしくて？」

「えーっと……大変そうだなって思いまして。確か夏になると魔導大会とか言うイベントがありましたよね？　生徒会は運営にも携(たずさ)わってるとか」

後数か月もすれば夏になる。夏の学園一大イベントとして魔導大会というものがある。

といっても内容は簡潔だ。体育祭のようにいろんな競技があり、そこに魔法の要素を足しただけ。

ただ、一番盛り上がるのは魔法対戦だ。腕に自信がある者は魔導大会三日前の予選に参加できる。その予選を突破した少数の者だけが大会当日の魔法対戦に参加できるのだ。この学園は帝国一と言われるだけあって魔法対戦を見に来る人も多い。位の高い人から友好国の人まで。

言わば魔法対戦はスカウト合戦みたいなものだ。目を付けた者に声をかけ卒業後に来てもらう。参加者はただ魔法を披露し相手に勝つことだけを考えればいいだけ。

勝てば豪華な景品もでる。だがマリスは参加する気がいっさいなかった。

参加するだけで目立ち各方面から目を付けられる。それは避けたい。

だからこそマリスは運営としても絶対参加したくなかった。

「まあ確かに運営には携わっておりますが、そこまで大変ではございませんわよ？」

（いやいやいや……嘘をつくな）

「たくさんのお偉い方の相手をする程度ですわ」

「僕は目立つことが好きではないので……」

「あれほど決闘で沸いたというのに？」

それは言ってはいけない。マリスの中では一番地味に終わらせたつもりだったのだ。とはいえさすがに無理強いはよくないと思ったのか、キャロルはそれ以上しつこく勧誘することはしなかった。

「紅茶おいしかったです。ありがとうございました」

「いつでもいらっしゃってもけっこうですわ。ワタクシはいつもここにいますからお茶を飲みたくなったらこの時間ここに来てもかまいませんわよ」

ありがたいことを言ってくれるキャロルだったが、マリスは早起きしてもここを通るのは止めておこうと考えるのであった。

悪い人ではないが、マリスにとってあまり得意な人ではなかった。レイやロゼッタたちもお嬢様ではあるが、あくまで公爵、伯爵の子どもや孫である。しかしキャロルは本人が辺境伯当主だ。纏っているオーラや背負っているものがやはり違うのか緊張する相手だった。

「マリスさん、ワタクシはあなたの噂しか知りませんがその噂が本当だった時……本気で囲い込むかもしれませんわ。……ワタクシを楽しませて下さいまし。オホホホホ！」

マリスがその場を立ち去ろうした時にそう話しかけられたが、一瞬だけ目付きが真剣に見えた。それが何を意味するのかわからなかったが、キャロルも何かしら秘密があるように思えた。

学園内散歩もほどほどにマリスが教室へ戻ってくると、チラホラと生徒が登校してきていた。その中でも待ってましたと言わんばかりの目線を向けてくるやつがいた。アスカ・シラヌイだ。いつまでもドア付近に突っ立ったままというのもそれはそれで目立つ。仕方なくマリスが自分の席へと戻ると案の定アスカは話しかけてきた。

「マリス君！　どこ行ってたの⁉」

「……散歩だよ」

「散歩⁉　学園内⁉　ワタシも案内してほしーなー！　あ！　そういえばさ、一時限の授業魔法実習だって！　楽しみだなーマリス君の魔法見るの‼　ワタシもけっこう得意な魔法あるんだよ！　えっとね！」

うるさすぎる。自分の席という安寧(あんねい)の場所が侵されていくようだとマリスは頭を抱えた。

「実習ならサッサと訓練場に行かないと」

マリスはまだ一言も喋っていないのにもかかわらずアスカは延々喋り続けている。

「待ってたんだよー！　マリス君を！　ねっ、ロゼッタさん！」

「え、ええそうね……」

心なしかロゼッタが疲れているように見える。マリスが散歩していた間ずっとこの調子だったのだ。

訓練場に向かう間もアスカはずっと話し続けていたが何を話していたかマリスは覚えていない。こんなこともあろうかと彼は遮音結界を張っていたのだ。訓練場に着くとすでにオルバが待っていた。

「よーしお前らー、今日は模擬戦をやろうと思う。対人戦は経験しておいて損はないからな。誰でもいいから二人一組でペアを作れー」

(オルバ先生、今そのワードはだめだ。僕の隣にいるのが誰かわかっているのか。歩く騒音、アスカ・シラヌイだぞ)

マリスはすぐにフェイルあたりへ声をかけようとしたが時すでに遅し。

「マリス君！ 一緒にやろうね‼」

悪魔の囁きはマリスの耳元で聞こえた。結局アスカと組まされたマリスは訓練場の端に寄る。できるだけ端に寄って少しでも人の目を躱す作戦だ。

準備運動を終えたアスカはふざけたことを言う。

「マリス君って強いんでしょ？ ワタシもけっこうやるから手加減しないでいいよ！」

「そういうわけにいかないだろ、いくら僕でも女の子に本気で魔法を撃てるわけがない」

「そんな余裕の態度、いつまで保っていられるかなぁ？」

不敵に笑うアスカは少し不気味に思えた。戦闘に自信があるのかもしれないとマリスは念のため全身を覆う結界を二重にしておいた。

「開始の合図はどうする？」

「んー、じゃあこのコインが落ちたら開始にしよっ！」

アスカは着物の袖から一枚のコインを取り出し空高く投げた。よくある勝負事の合図で使われるやり方だ。落ちてくるまで約四秒。その間に魔法を放つかまえを取る。アスカはいっさい微動だにしない。

コインが落ちる音が聞こえた瞬間、魔力を練る。

しかしアスカはいまだに動こうとしない。どうしてもマリスに先手を打たせたいらしい。

そういうことなら仕方ないとマリスは威力は最弱で魔法を撃つ。

「雷光一閃（サンダーボルト）」

アスカに手のひらを向け、初級魔法を放つ。するとアスカは微動だにせず口を開いた。

「マリス君〜さすがにそれは舐めすぎじゃな〜い？」

マリスの手から放たれた電撃を紙一重で躱すとまた元の体勢に戻った。それなりに動けるようだし、それなら複合魔法でもいいかもしれないとマリスは両手に魔力を練り始めた。

アスカはかなり手を抜かれていると感じていた。マリスが決闘の時のように気絶させるわけにいかないと力をセーブしているように見えたからだ。自分から攻撃に出れば多少は本気を出してくれるだろうとも思ったが、十二神であることがバレても厄介だ。しかし同年代で久しぶりに本気で戦える相手でもある。アスカは本気で戦うべきか手加減するべきか、葛藤（かっとう）していた。

身動き一つしないアスカを不気味に思ったマリスだったが次に放つ魔法は二色複合魔法である。

これでもまだその場から一歩も動かないようであれば、多少怪我するかもしれないがマリスは三色複合魔法を使うつもりであった。

「複合魔法展開、水滴る雷（アクアボルト）」

勢いよく噴射される水流に纏う雷がうねりながらアスカへと向かう。紙一重で避けようものなら、静電気のように弾ける電撃が体に触れる。どう躱すか見物であったが、アスカは両手で印を結ぶ。

アスカはマリスの見たこともない動きで魔法を展開した。

「術式展開、水龍蛇突！」

印を結び終わると同時に両腕に纏った魔力が水に変換され龍と蛇を形成する。牙を剥き口を開け、勢いよく迫るマリスの魔法を喰らおうと正面衝突した。

「食い破れ‼」

アスカのかけ声が聞こえたかと思うとマリスの魔法は掻き消える。しかし水の龍と蛇の勢いは衰えずマリスを目指して一直線に駆ける。マリスはすぐに次の魔法の準備に取りかかる。想定以上の威力にマリスがついムキになってしまったのは言うまでもない。

「複合魔法展開、炎雷水王牙（フレアボルトアクワイア）！」

試験の時に披露したオリジナル魔法。

まさかもう一度使うことになるとは思わなかったマリスだが相手にとって不足はない。二つの強大な魔力を纏った魔法はぶつかり合い、激しい音をたてながら拮抗（きっこう）する。周囲には衝撃から生まれた風圧で砂埃が舞う。アスカの魔法はかなり強力なものだ。しかしすでに水滴る雷（アクアボルト）を掻き消しているため少し威力は衰えている。マリスはオリジナル魔法で対抗し、純粋な威力だけで言うのであればまったくの互角であったが、威力の衰えたアスカの魔法が次第に押されていく。

「ぐぅぅぅ‼　もう！　無理だぁぁぁ‼」

アスカの叫びが訓練場に木霊（こだま）すると同時に押し切られマリスの魔法を正面から喰らい吹き飛んだ。

他の生徒は呆然としている。ただの模擬戦のハズが強力な魔法の応酬のせいで誰もその場から動かない。いや動けなかった。アスカを吹き飛ばしてしまったマリスは我に返り介抱（かいほう）のため駆け寄る。

しかし煙が晴れると着物をはたいて埃を払うアスカがいた。無事だったようだ。

「アスカ、ごめん。やり過ぎた」

「いいよいいよ～、いや～やっぱ強いんだねマリス君は！　ワタシけっこう本気だったんだけどなー！」

明らかに手を抜いていたように見えたマリスはツッコむ。

「本気じゃなかっただろ、途中で魔力を弱めたように見えたけど」

するとアスカはまたも不敵に笑う。

「なるほど～マリス君は強いだけじゃなくて目もいいんだね？」

力を隠しているんだろ、と言わんばかりに詰め寄ってくるアスカに違和感を覚えマリスは後退る。

「君こそ力を隠してたように見えたけど？」

「まあお互い様ってことにしておこうよ、今はね」

模擬戦はマリスの勝利に終わったが心にしこりを残す結果となった。

「てめぇら‼　模擬戦ではしゃぎすぎだ‼　こっち来い‼」

オルバから怒られたのは言うまでもない。

オルに呼び出され授業終わり生徒指導室に連れて行かれたアスカとマリスは一時間にも及ぶ説教を受けることとなった。

「はぁ、今度バカな真似をしたら毎日放課後居残りで掃除でもさせるからな。マリスは行っていいぞ。シラヌイお前は残れ」

マリスだけ説教は終わり先に帰される。そもそもの発端であるアスカは説教が続くのかと思うとマリスはほくそ笑んだ。

「えー！　ちょっとー！　ワタシはまだ説教続くのー⁉」

「てめぇが最初にあんな魔法使うからだろうが‼」

指導室を出る時に聞こえたやり取り。マリスは笑いが止まらなかった。

マリスが部屋を出ていくとオルバは真剣な顔つきに戻る。

アスカもふざけた態度を改め席に座りなおす。

「んで、何の真似だあれは？　マリスに近づけって任務なのは知ってるがあれはやりすぎだろ」

「最初にマリス君の実力を知っておきたくてさ。やっぱり自分の目で見ないと噂なんて信用できないじゃない？」

アスカの言うことももっともだった。虹色魔導師だと聞いただけだと普通は疑いから入る。

アスカもそのタイプのようであった。

「それにしてもやり過ぎだ。水龍蛇突を使っただろ。あれお前の得意魔法じゃねぇか」

「だからこそだよ、一応威力は八割程度に抑えたけどまさか押し込まれるとは思わなかったなぁ」

アスカがもっとも得意とする魔法でマリスの実力を測ったらしい。

オルバもまさか相殺どころかそのままアスカを吹っ飛ばすとは思ってもなかったが。

「マリス君、虹色魔導師だってのは本当だったね。ワタシが威力を抑えていたこともバレてたみたいだし。あ～残念だなぁもっと全力で戦いたいよ」

「やぶ蛇を突くような真似はするな。もしやつが本気だったらいくらお前でもやばかったぞ」

「確かにね～、もしマリス君が全力で魔法撃ってきてたら吹っ飛ぶ程度じゃ済まなかったよ」

オルバはマリスに感謝した。もし自分だったらこんなフザケたやつが絡んでくれば全力で潰してたかもしれない。マリスは案外大人な対応ができるのかもしれないと少し評価を改めた。

「というわけで今後はもっとうまく仲を深めていくよ。あの子はかならず宮廷魔導師にスカウトしないとね」

「簡単にいけばいいがな。ついでにアイツのまわりにも気を配っておけ。最近十悪の動きが活発になっ

簡単にマリスに接触できるとは思えないが警戒するに越したことはない。

味方に引き込むかもしくは殺すか。この学園には今や三人の十二神がいる。

その可能性も高いことは確かだった。虹色魔導師は十悪にとっても無視できる存在ではない。

「もしかしたらもうマリス君のことバレてんじゃない？」

てきているって噂だからな」


マリスが教室に戻るとすぐにロゼッタから声をかけられる。

「遅かったわね」

「オルバ先生の説教だよ。疲れた」

呆れた顔をしたロゼッタはアスカのことも聞いてきた。

「あのアスカって子、知り合いなの？」

「そんなわけないだろ。なんでそう思ったんだ」

ロゼッタいわく、マリスのことを事細かく聞いてきていたようだ。どんな魔法を使うのか、魔力量は多いのか、得意魔法は何かなどなど。まだ付き合いも短いロゼッタがわかる範囲で教えてあげたらしいが、異様なまでにマリスのことを聞いてきたことを不審に思ったらしい。

「気を付けた方がいいかもしれないわよ。ああいうのはどこかに属していてアンタのことを調べるよう言われたとか、ありえる話だわ」

マリスも実際のところは何もわからず、首を傾げるしかなかった。

——それはいきなりであった。

マリスたちはいつものように教室で授業を受けていたのだが、校舎が揺れたのだ。揺れたといっても立てなくなるほどではない。少し窓ガラスが揺れカタカタと音がなっただけ。しかしいつもとは違う窓からの景色。それが何なのかはわからなかったが、異常事態であることは一目瞭然であった。

「なっ！　なんだよあれ‼」

生徒の一人が窓の外を指差し叫ぶ。みな釣られて外を見るとそこにはいつもの光景ではないなにかがあった。極太の火柱が帝都の至るところで立ち昇っている。おそらく何らかの魔法であることは間違いない。ただ、上級レベルの魔法であることは明らかであった。帝都が燃えている。誰が発言したかはわからなかったが実際その通りであった。至るところで火柱が上がり街を燃やしている。

「ちっ、テロか。お前ら絶対に教室から出るんじゃねえぞ‼　十悪か？……狙いは何だ……」

オルバは何か考えているのか窓の外から目線を外していない。もしテロならこの騒ぎに乗じてルーザーとエリザを人質に取るかもしれない。それだけは避けなければとマリスも警戒を強める。

「オルバ！　やばいわよ！　外見た⁉」

ジリアンも息を切らしながら教室に入ってきた。十二神である二人にも何が起きているかわからないようであった。

「いいところに来たジリアン！　転移門の魔道具があっただろ！　あれを使って皇子と皇女様を皇城に戻せ！」

「駄目よ！　あれは皇族からの命令でなければ使えないわよ！」

「チッ！　ルーザー皇子殿下！　エリザ皇女殿下！　転移門使用の許可を！」

ジリアンは使えないと言ったがここには二人も皇族がいる。それなら直接命令をもらうまで、とオルバは思ったのか二人に許可を仰いだ。少し間を置きルーザーは椅子から立ち上がった。

「ダメだ。ルーザー・アステリアの名に置いて、転移門の使用は許可できない」

ルーザーの言葉にオルバは目を見開いた。

「なっ！皇子殿下！何を考えているんですか！緊急事態ですよ！早く城に戻らねぇと！」

オルバもまさか許可が下りないとは思わなかったのか若干語尾が荒くなる。

「私も反対ですわ。エリザ・アステリアの名に置いて許可は出せません」

ルーザーだけでなくエリザまでもそんなことを言い出した。もうオルバは大混乱だ。

「私にはもう大切な友人がいる。彼らを見捨てて自分だけ助かろうなどとは思わない」

格好いいことを言うな。聞いてるこっちが恥ずかしくなるだろとマリスは顔を背ける。

「私もですわ。ここにいるみんなは大切な仲間です。もし転移門を使うのでしたらこの学園にいるすべての人を移動させて下さい。それなら許可しますわ」

エリザも無茶苦茶言いだした。転移門は数名しか使えないことは当然知っている。どんな理由があれど許可を出すことは絶対にないつもりで放った発言であった。

「あなたがたは皇族なんですよ！ここにいる他の生徒と比べ物にならねぇくらいに命の価値が違う！」

オルバの言うとおりだった。マリスたちのような一貴族と皇族では釣り合うわけがない。しかしルーザーも譲らなかった。

「ダメだ。許可できない。それにここにいた方が安全かもしれませんよ。もしも父上を狙っているのならわざわざ危険なところに戻る必要はない」

「……わかりました。お前ら、何が何でも皇子と皇女殿下を守れ！命に替えてもだ‼敵は何人かもわからねぇ、俺一人じゃ守りきれねぇかもしれねぇからな」

なぜかマリスはオルバと目が合う。

もっと優秀な人たちがいるのになぜ僕の方を見たのかとマリスは首を傾げた。

「俺はいったん教員室に戻る。他の教師のやつらと話し合いしねぇといけねぇからな。クラス委員長！何かあればお前が指揮を取れ！」

「お任せを。私が責任を持って指揮いたしましょう」

それだけ言うと扉を荒々しく開けてテルバは出て行った。クラス委員長のリスティアはこのクラス唯一の四色魔導師だ。すでに高学年とも張り合える実力がある。みなを率いるには申し分ないだろう。

「ちょっと、マリス。アンタ出しゃばるような真似はしないでよ？アタシたちもだてに三色魔導師を名乗っていないわ。だからアンタより優れているってことを証明してやるわ！」

隣にいたロゼッタがやる気十分な表情でマリスへと話しかける。

「大丈夫だ。よほどのことがない限り動くつもりはないよ」

「それならいいんだけど。でもルーザー様とエリザ様に危険が迫るようだったらアンタも惜しみなく戦いなさい。アンタの本気も見てみたいしね」

「その時が来ないことを祈っておくよ」

さすがに、友人に危機が迫っているのに目立ちたくないからという理由で放置はできない。

まあそれで騒ぎになるようだったら国外に逃げればいいだけだとマリスは考えていた。


——その頃帝都の時計台の頂上では、一人の女が高らかに笑っていた。

「アハハハ！いいわぁ！炎ってなんでこんなにも美しいのかしらねぇ！もっとよ！もっと燃えなさい‼」

緋色の爆撃と呼ばれるリズリアは燃え盛る帝都の街を一望し笑みを浮かべる。彼女の魔法は実に単純。風属性と火属性を合わせた複合魔法を乱発するだけ。それだけで炎は燃え広がり止まらなくなる。

「ド派手にやった方が楽しいじゃないの。ハァ、ホントみんなわかってないんだから。さぁ、待ってなさいマリス君。学園に籠もっているんでしょうが、引きずりだしてあげるわぁ‼」

リズリアはグランバード学園に目を向ける。時計台からは少し距離があるが、風属性魔法が使える者であればあまり関係がない。空を飛んでいけばいいだけだ。

時計台を飛び出したリズリアが向かう先は学園。マリスたちに邪悪な存在が近づきつつあった。


「報告！ 帝都内で確認された火柱は十三本‼ 使われた魔法は複合魔法風舞う十三本の火柱（サーティーンフレイムポール）と思われます！」

「現在宮廷魔導師が対処に当たっていますが炎の勢いが強く消火が間に合いません！」

「冒険者ギルドにも応援を要請！ S級が二人とその他四十名が消火活動に当たっています！」

城内に飛び交う報告の嵐は、現場の混乱を物語っていた。十二神が主体となり対処するのが本来のやり方であるが、今この場で指揮できる者はいない。アインやナターシャはいるが指揮には向いておらず、護衛のみに集中していた。

「騎士団長はまだ帰ってこんのか！」

「陛下！ 彼らに早馬を送りましたが今すぐに戻って来るのは難しいかと」

ガイウスは騒ぎを起こしたタイミングがあまりにも正確すぎると頭を抱えた。

確実に城内に密告者がいる。騎士団の遠征、十二神の派遣、皇子皇女の護衛と戦力の大部分が散り散りになった今、テロを起こせば成功すると考えたのだろう。

「クソッ‼ シラヌイを対処に向かわせろ！ 学園にはオルバとジリアンがいる。それに彼もいることだ……万が一はないだろう」

「彼？ というのは？」

ガイウスはついポロッと零しかけた自分を恨む。まだ公にするのは早いと考え、適当にその場は誤魔化した。

「気にするな。それよりやつらの狙いはなんだ……余か？ それともルーザーとエリザなのか？ わからぬ……せめてやつらの狙いがわかれば……」

その呟きに答えられる者は城内に誰一人としていなかった。


「フフフ、グランバード学園……来てあげたわよ？」

リズリアはすでに学園の目の前にいた。正門の前に仁王立ちした彼女は両手を空に掲げる。

魔力を練り始めると空に大きな魔法陣が浮かび上がった。

「緋色の爆撃と呼ばれたこの力！ 見せてあげるわ‼ 落ちる終焉(ハルマゲドン)の炎‼」

学園上空に浮かぶ巨大な灼熱の火球は少しずつ大きくなっていく。住居数戸分にも及ぶ大きな火の玉となるとリズリアは悪そうな笑みを浮かべた。

「落ちな‼」

リズリアの叫びとともに巨大な火球は学園へと落下した。ガラスが砕けるような音が響くと同時に火球は消える。学園を覆っていた大結界を砕いた音だった。

「これで学園を覆っていた結界は破れた。さぁ行くわよぉ！ マリス君待ってなさい……」

舌舐めずりをした後、イヤらしい笑みを浮かべたリズリアは学園へと足を踏み入れた。

——学園内は騒然としていた。ガラスの割れるような音が響き渡ったからだ。

おそらくこれは結界が破れた音だ。マリスが気づいたように何人も気づいたようだった。

「ちょっと‼ 結界が破れたんじゃないの⁉」

「おい！ やばいだろ‼ ここに来たんじゃないのか⁉」

「先生たちは何やってんだ！」

生徒はみなパニックに陥っていた。彼らは貴族の子どもたちだ。こういったイベントに遭遇することなど今までなかったのだろう。かくいうマリスもテロに遭遇したのははじめてだった。

「ほお、マリス。冷静ではないか。男爵家程度であれば喚き散らすかと思っていたが案外そうでもないらしい。それとも何か秘策でもあるのか？」

嫌味ったらしくそう言い放ったのはカイル・アストレイだった。

彼は四大公爵家の一つアストレイ公爵家の生まれだ。ロゼッタたちからは平民を毛嫌いしている節があると聞いていたマリスは、自分の家系は男爵家生まれではあるが元は平民だから彼のイライラセンサーに引っ掛かったのかもしれないと顔を顰めた。

「カイル様こそ冷静ですね」

「ふんっ！ 当たり前だ。この程度で騒いでいたら家督を継げんだろう」

テロと家督を継ぐのは関係がないと思ったがマリスは口にはしなかった。また面倒な絡み方をされそうだったからだ。

「ちょっとカイルさん？ ただでさえ騒がしいのにマリスさんに絡まないで下さる？ 騒ぎを増長させる行為は控えてほしいですわね」

「ちっ、リスティアか。クラス委員長を任されているからと言って調子に乗るなよ？」

カイルとマリスの間に割って入ったリスティアはカイルをにらんでいる。四大公爵というのはみんな仲がよろしくはない。いくらカイルといえど学園から指名されクラス委員長となったリスティアに逆らうことは愚行と考えたのか踵(きびす)を返して自分の席へと戻って行った。一応助けてくれた礼をすると、リスティアはさっきと別人のような表情でマリスへと微笑みかける。

「いいのですわマリスさん。ワタクシはクラス委員長ですから。不穏の種は摘んでおかないと、ね?」

カイルのことを不穏の種と言い切るところ、この人も一癖ありそうだとマリスは少し距離を取る。

「それより、学園の結界が割れたことが気がかりよ。リスティア、アンタ結界張り直しなさいよ」

「ロゼッタさんも無茶を言いますわね。この学園を覆っていた大結界ですよ? ワタクシ一人で張り直せると思って?」

無茶を言うのがロゼッタという人間だ。しかしリスティアの言うように、結界はかなり大きく強度も高かった。それを張り直すとなると相応の魔力量が必要になる。

宮廷魔導師数十人分といったところだ。マリスなら一人でも張り直せるが、さすがに魔力の消費が大きすぎる。この後戦わないといけない場面が来るかもしれないと思うと、マリスも下手な真似はできなかった。

「あれ? そういえばシラヌイがおらんぞ?」

フェイルが一人いないことに気づいたのかあたりを見回していた。マリスも同じように教室を見回したがアスカの姿は見えない。授業は普通に受けていたがいつからか忽然(こつぜん)と姿を消していた。

「リスティアさん、アスカ・シラヌイがいません」

「ありえませんわ。授業は受けておられましたもの。きっとこの教室のどこかに……」

マリスと同じようにリスティアも周囲に目を向けたがいないことに気づいたのか額に汗が滲んでい

た。クラス委員長はこの教室の責任者だ。一人欠ければ大問題になる。

だからマリスはリスティアに提案した。

「この学園内にはいるはずです。探しましょう一緒に」


「おーいアスカー」

「シラヌイ！　どこにいるのだ！」

急に姿を消してしまったアスカの名前を連呼しながら学園内を歩き回る。

結局リスティアは委員長でクラスを守る義務があるため、いなくなった生徒を探す役割はマリスとフェイルのみで行うこととなった。マリスだけで行こうとしたのだが、なぜかフェイルも着いてきた。剣も使えて近接戦闘も可能な自分がいた方が安全だと言う理由だった。

「うーむ、見つからんな。どうする？　図書館の方も見てみるか？　彼女があんなところに行くとは思えんが……」

フェイルは何気に失礼なことをサラッと言う。本なんて読むようなやつに見えないと暗に言っていた。

「まあ一応見ておこう。学園の敷地は広すぎてどこにいるかなんて見当もつかないし」

念のため図書館の方にも足を向けた。その後も探し回ったが一向に見つかる気配はなかった。

すでに学園内にいないのではないかと思えるくらいに。

「やはりおらんな……いったん戻るか」

「そうだな、まさか学園の外に出たなんてことはないだろうけど、これだけ探して見つからないんだ。何か用事があって学園外に出たかもしれない」

教室の扉を開けると中にいた生徒はいっせいにマリスとフェイルを見た。そこにアスカの姿がないことで見つからなかったとわかったのか残念そうな表情をしている。

「この学園広すぎて隅々まで探しきれないよ。少なくともこの校舎の近くと寮の方も見たけどいませんでした」

「図書館のあたりも見たのだが、いなかったぞ」

「ちゃんと探したの？　適当にぶらついただけじゃなくて？」

ロゼッタがそんなことを言ってくるが、フェイルはすぐに言葉を返した。

「何⁉　俺とマリスで探したのだ‼　適当にぶらつくわけがないだろう‼」

生徒が一人見つからないというのはけっこうな問題である。教師陣はいまだに教員室に籠ったままで、生徒のみで探すしかなかった。二人で広大な学園内を探すのはこれ以上無理だとリスティアの判断で、今度はクルーエル姉妹も加わって四人で探すことになった。

「よかったのか？　二人とも教室から出てきて。今学園を覆う結界もないしたぶん敵は入ってきてるよ」

いまだ出会ってはいないが、結界が破られた以上学園内に敵が入り込んでいるのは確実であった。

女子を二人連れ添って探すのは気が引ける、と思っていたマリスだがロゼッタとシーラなのでまあいいかと連れてくることにした。ロゼッタは気が強いから敵と出会っても腰が引けるようなことはない。シーラに至っては姉に危険が迫るとなれば本性を露わにして敵に襲いかかりそうだと考えていたマリスにシーラはジトっとした眼つきを向ける。

「なんだか失礼なこと考えていませんか？　マリスさん」

もうずいぶんと歩き回った。探せるところはほとんど探したが見つからない。四人とも、もうこれは確実に学園内にいないだろうなという空気になってしまっていた。そんな時だった。

廊下の先に人が立っているのが見えた。距離があってわかりにくいが体型的に女性のようだった。

「ちょっと……あれ、先生？じゃないわよね」

「違うだろう。今教師陣は全員教員室にいるはずだからな」

「ということは……間違いありませんね」

みな同じ意見だったようだ。

「敵だ。ここの結界を破壊した本人かその仲間だろうね」

マリスがそう言うと全員戦闘態勢をとる。フェイルが前衛に回り剣を抜く。

ロゼッタが中衛で火属性魔法を用意、シーラは後衛で支援魔法の準備に取りかかっていた。

マリスはその後ろだ。三人が前に出たせいで一番後ろでただ見ているだけになってしまった。

なんとなく見ているだけなのも申し訳ないと感じたマリスは四人に結界魔法を張っておく。

「感謝するぞ！マリス！」

フェイルは真っ先に気づいたようでお礼を述べる。ロゼッタとシーラもチラッとマリスを見た。

「僕の結界はかなりの強度を誇る。かといって油断は禁物だ。避けられる致命傷は一度のみ。相手はここの結界を破壊した本人かもしれないんだ。気を付けてくれ」

といってもここにいる三人はこの学園内でもトップクラスの成績だ。簡単にはやられないだろうが、未知の敵との遭遇時は油断大敵。もしも十悪であった場合、勝ち目はない。身構えていると一歩ずつ女性らしき人物が近づいてくる。シルエットだった姿は徐々に服装や顔も見える距離になってきた。

胸のふくらみから女性だとすぐにわかった。よく見ると片手にロッドを持っている。魔導師以外でロッドなんてものはまず持たない。すなわち魔導師で間違いはなかった。

「狙いは皇子皇女殿下でしょ。絶対に教室に向かわせては駄目よ」

「その可能性は高いだろうな。学園が広すぎて教室を見つけるのは至難の業ではあるがな」

まさか自分を狙っているわけじゃないだろうなと考えるマリスだったが、残念ながらそのまさかであった。

「はぁい、マリス君。へぇ近くで見るとわりと私好みの顔ね。私と一緒に来てくれないかしら？ 君なら楽しいことしてあげてもいいけど？」

楽しいことというのが気になったマリスだが、それよりも自分の名前が出てきたのが引っかかった。

質問しようとしたマリスより先にフェイルが口を開いた。

「何者かは知らんが、それ以上近づけば俺の剣が届く間合いだぞ」

「フフフ、ここは魔導師の学校じゃないのかしらね？ 剣を使うなんてみっともないわ～、それに魔導師に剣で対抗するなんて無理よ」

「フッ、お前こそ俺を知らんようだな。いいだろう教えてやる！ 俺はフェイル・ワーグナー！ 魔剣士の一族くらい聞いたことはあるだろう？」

「なるほど、ワーグナーの魔剣士ね。それなら納得だわ。でも私相手に近接戦闘なんて無理よ～？ 近づかせないから」

フェイルとそれだけやり取りすると急激に女性の魔力が上がった。近づいて来るまでにこっそり魔力を練り上げていたようだ。明らかに普通の魔導師レベルではない魔力。それにたたずまいからしてかなりの手練だ。目の前の女性はニヤッと口角を上げ口を開く。

「私の邪魔をするなら、焼き殺すけど、いいかしら？」

フェイルが先陣を切り、魔力を纏わせた剣を振るう。足にも身体強化の魔法をかけ、すごい速度で女性へと迫る。しかし振り切った剣は空中で何かにぶつかるような音を響かせ、止まった。

　女性はニヤッと口角を上げる。

「フフフ、だから言ったじゃないの。魔導師たるもの結界魔法を使ってるんだから剣なんて流行らないわ」

「いや、そうとも限らんぞ！」

　急激にフェイルの魔力が上昇し、ついには結界を砕いた。ガラスの割れる音が響き渡り、結界が完全に破れたことを示していた。女性は少し驚いた表情を見せる。

「なるほどね、魔剣士って魔力を込めたら結界を砕くのね～。すごいじゃない坊や」

「その余裕がいつまで持つのか見ものだな！」

　結界を破った後は再度踏み込み上段から剣を振り下ろす。しかし敵はただ突っ立って待ってくれるほど甘くはなかった。

「無駄よ！　火炎弾(ファイアーボール)‼」

　飛び退いた女性は掌をフェイルに向け魔法を唱える。すると複数の火の玉が生成されフェイルへと一直線に飛んだ。剣を振り火の玉を斬るフェイルだったが全部は斬れなかったようで数発が直撃しマリスの足元まで吹っ飛ばされた。

「ぐあっ！」

　背中から倒れたフェイルはマリスの張った結界を消費したようで傷らしきものは見られない。

「火属性ならアタシだって負けてないわ‼　火炎放射(ファイアブラスト)‼」

　今度はロゼッタが攻撃に移る。両手を前に突き出し、魔法陣が浮かび上がった。

　炎の渦が生まれ、勢いを保ったまま女性へと放たれた。

「火属性で私に勝とうだなんて、百年早いわ‼　火炎放射(ファイアブラスト)！」

負けじと女性も同じ魔法を唱えた。まったく同じ魔法がぶつかり合うと、純粋な魔力勝負になる。明らかに格上の女性の魔力量にはロゼッタも及ばない。ロゼッタの魔法はかき消されそのまま押し込まれた。

「きゃぁぁぁぁ‼」

可愛らしい悲鳴とともに吹き飛んだ。マリスの結界を貫いてさらに火傷まで負ったロゼッタにシーラが駆け寄るとすぐにしゃがみ込み回復魔法をかける。

今の戦いを見た限りやっぱり自分が出たほうがよさそうだとマリスが臨戦態勢を取った。

「さ、邪魔者は片付けたわ。どう？　マリス君、ウチに来ない？」

「まず、あなたが何者かわからないいんですが」

マリスは目の前の女性の名前も知らなければ、所属もわからなかった。そう言うと女性はハッとした表情を見せ改めて名乗り始めた。

「ごめんなさいね、名乗ってなかったわ。私はリズリア。十悪の一人、緋色の爆撃リズリアよ」

なんとなくそんな気はしていたマリスは納得する。ただの生徒とはいえ、三色魔導師であるフェイルとロゼッタを完封し、いまだ余裕を見せている女性が手練だということはわかっていた。

ある程度回復したのかロゼッタが驚いた顔をして、リズリアを凝視していた。

「まさか！　アンタみたいな大物が出てくるなんてね……そんなにもマリスがほしいの？　なぜか理由を教えてもらえないかしら？」

「ええ、もちろん。まあ仲間になってくれないと言うのならここで殺すけどね」

リズリアは両手に魔法陣を浮かべる。明らかにリズリアはマリスの秘密を知っている。ここで言われれば面倒だと思ったマリスは口を開いた。

「悪いけど十悪に加担するつもりはない。かといって宮廷魔導師になるつもりもないけど。ただ、友達が怪我を負わされたんだ。僕も黙っているわけにはいかなくなった」

三色魔導師の限界魔力量であろう魔力を身体から放出させると、リズリアは一歩後ろに下がった。やはり警戒しているところを見るに自分の秘密をどうやってか知ったらしいと疑惑は確信に変わる。

「へぇ、やる気なのね。私も虹色魔導師と戦うのははじめてなの。手加減してくれる？」

「すると思う？」

「まあ、しないわよね‼ 火炎放射（ファイアブラスト）‼」

リズリアはいきなり両手を突き出して魔法名を叫んだ。魔法の生成が速い。

ロゼッタと撃ち合った時はかなり手を抜いていたようだった。

「火には水だよね。水女神の息吹（ウンディーネブレス）」

対抗してマリスも片手を突き出し、水の魔法を発動した。両者の魔法はぶつかり合い拮抗している。次第に火の勢いは弱まり消えた。同じ中級魔法だったからか相殺したようであった。今ので押しきれないならもっと威力を上げようとマリスは魔力を高めていく。どうせこの場にいる者に隠し通すのは無理だ。四色魔導師クラスの魔力を使ってもいいだろうとマリスの魔力は際限なく上昇していった。

「私の二つ名覚えていないの？ 前ばっか見てると火傷するわよ！」

リズリアは手を空に向ける。さっきより大きな魔法陣が頭の上に浮かんでいた。

「緋色の爆撃……なるほどな、今度の魔法は降り注ぐタイプか。なら、これで終わりだ」

マリスはリズリアに手を向ける。

「何のつもり？」

「今撃とうとしてるのって上級なんだろ？　なら僕の方が速い」

「速いからって終わりになる理由なんてないわ」

「いや、あるよ。疾走雷撃（ショットボルト）」

マリスはガイを一撃で昏倒させた時よりさらに魔力を注ぎ込んだ。目に見えない速度でリズリアに着弾すると、小さくアッと声を漏らしはるか後ろへと吹き飛んでいった。遠くの方で窓ガラスの割れる音がする。吹き飛びすぎて窓を突き破ったようであった。魔導師たるもの先手必勝。強力な魔法を使うつもりなら、さっきフェイルに割られた結界を張り直しておくべきだった。

脅威は去り、ロゼッタの怪我も治ったようでマリスは溜めた魔力を霧散させる。

「教室に戻るか」

「……相変わらずの威力ね。初級魔法で人を吹っ飛ばすなんてありえないわ……」

「いやいや待て待て！　さきほどあの女が零した虹色魔導師というのはなんだ！」

「……空耳じゃないかな」

フェイルはしっかり聞き取っていたようで目を血走らせてマリスを見る。四色魔導師と同等の魔力は使ってしまったのは仕方ないとしてもリズリアの言葉はハッキリと聞こえてしまった。

「俺は聞いたぞ！　ハッキリとな！　マリスのことを虹色魔導師と言ったのを！」

本当によけいなことをしてくれたものだ。マリスは考えていた言い訳を並べることにした。

「申し訳ない、実は僕四色魔導師なんだよ。でも目立つことが嫌いだからさ、できれば誰にも言わないでほしい。」

「それは別にかまわんが、そんなことより虹色――」

まだ会話を続けようとしているフェイルをよそにマリスはロゼッタの方へ向き直る。

「怪我は大丈夫そう？」

「え、ええそれはシーラが治してくれたわ。……それよりもアンタ虹色魔導師ってどういうことなのよ」

マリスが黙っているとロゼッタは大きく溜息をつき諦めたように肩を竦める。

「まあいいわ。いつか化けの皮を剥がしてやればいいだけだし」

これで確実に三人はマリスのことを何かしら大きな秘密を抱えていると考えたことだろう。

「で、十悪の女はどこに行ったのよ」

「相当吹き飛んだから無事ではないと思うよ」

とにかく一度クラスの連中にも報告するべきだとフェイル。四人は教室へと戻ることにした。

教室に戻ってアスカは学園内にいなかったことを説明すると、リスティアは絶望した顔をしていた。

オルバが戻って来たら伝えなければならないが、責任者としての義務を果たせずどうしたものか、といった表情だ。しばらくすると教室の扉が開いた。

「すまねぇ遅くなった。さっき学園内で戦闘があったみたいでな。そっちの確認してたら遅くなった」

マリスたちが戦っていた時の音は学園中に響いていた。どこから話したものかとマリスが考えているとフェイルが口を開いた。

「それは我々のことでしょう。オルバ先生、先程アスカ・シラヌイを探していたところ十悪のリズリアと名乗る女と遭遇しました」

十悪という言葉に教室内は騒然とする。オルバも目を見開いていた。

「本当かフェイル？」

フェイルが四人で行方不明のアスカを学園内で捜索中、十悪と遭遇し戦闘になったことを細かに説明するとオルバは険しい表情を見せた。

「リズリア……そうか、緋色の爆撃と出会ってよく無事で済んだな。それで今そいつはどこにいる」

「ああ、ええっと、その、我々四人で撃退したのですが全力で魔法を使ってしまい吹き飛んでいきました」

まあまあ苦しい言い訳だが大筋は嘘を吐いていない。十悪の一人をたかが生徒四人で撃退というのも無理がある話だがオルバは疑う様子を見せなかった。

「そうか……では確実に倒したかはわからないということだな？」

「はい。建物の外へと吹き飛んでいったところまでは見ましたが確認を失念しておりました」

フェイルはマリスが吹き飛ばしたとは言わなかった。四人でというのを強調しておりできるだけマリスに焦点が当たらないよう気を遣ってくれたようだった。

「あのそれと……オルバ先生……シラヌイさんがいつの間にかいなくなっていまして……」

フェイルとオルバの会話に割り込むようにリスティアは消え入りそうな声で先生に説明しだした。

しかしオルバの反応は思ったものとは違った。

「ん？ああアイツか。あ、いやシラヌイか。なんか外に買い物行くって言ってたような気がするぞ。だから気にしなくていい」

「えっ？」

「なんかそのようなことを言ってた気がする」

「そ、そうですか……」

釈然としないままリスティアは席に戻っていった。もしかしてオルバは最初からアスカがいなくなったことを知っていたのかと疑ったが真偽はわからなかった。

学園に入り込んだ侵入者は呆気なく撃退してしまい、後は帝都が落ち着けば今回のテロ事件も終息だろう。ただ、騒動が収まったら友人たちからの質問攻めが待っていると思うとマリスは少しだけ憂鬱な気持ちになった。


学園内でリズリアとマリスらが戦っていた頃帝都では火が燃え広がり続けていた。

「駄目です‼ 消化しきれません！」

「消しても新たな火柱が生まれます！ おそらくどこかに魔法陣があるのかと……」

ガイウスの耳に入ってくるのはどれも対処しきれないという内容ばかりだった。

できれば使いたくなかったが、もはやそんなことも言っていられる状況ではない。

「ネームレスを呼べ。彼を使う」

「‼ 畏まりました」

十二神序列四位ネームレス――最強にして最弱。彼が動けば確実に十悪にも知られることだろう。

少なくとも一ヶ月は帝国の切り札が使えない期間が発生する。その間に一挙に攻めて来られれば対抗できるかはわからない。己の手の内を晒すようなものであった。

「やっぱり僕を使うんですね」

部屋に入ってきたネームレスが最初に発した言葉だった。

「ホントにいいんですね？ 一ヶ月は使えないですけど」

「もはや選択肢はない。やってくれ」

ネームレスはうなずくと窓際に近づく。ガイウスも彼の魔法は一度しか見たことはない。

ただ圧倒的な光景だけが脳裏に残っている。

「消失する奇跡（バニシングマジック）の技」

片腕を上げ拳を握るような動作をする。ネームレスは窓から外を眺めながら魔法名を唱え、指を鳴らした。たったそれだけだった。帝都を火の海に変えていた火柱は、すべて何事もなかったかのように、消えた。どんな魔法であろうと彼の前では無意味だ。

「はい、終わりましたよ。あの火柱を作りだしていた魔法陣は消しました。魔力全部なくなっちゃったんで、自分の部屋戻っていいですか？」

「……ああ。すまん、助かった」

「いえいえー。まあこのために毎日贅沢させてもらってるんでね、また一ヶ月たったら呼んでくださいよ」

そう言って彼は部屋から出て行った。部屋にいる者は誰も喋らない。

たった数秒で彼らが対処しきれなかった問題が解決してしまったのだ。喋れるはずがなかった。

「あれは、帝国の切り札だ。お前たちが苦労していたのはわかるが、あれと自分たちを比べるな。……別格と凡人では比較にならん」

ガイウスは苦し紛れのフォローはしたが、彼らの表情は暗い。ネームレスはいつも自堕落な生活を送っている。その様を見ていた者からすれば、信じられない光景であっただろう。ガイウスとてあの魔法を目にしたのは二度目だ。はじめて目にした者がほとんどであり、自分の目を疑っているようでいまだ誰も口を開かなかった。しかし、これで帝都の問題は片付いた。後は首謀者を捕らえればこの件は終わる――。

「な、なんでよ！　私の魔法が消えた⁉」

リズリアは腹部を手で押さえながら帝都の空を見上げていた。マリスに吹き飛ばされた彼女であったが、気絶することはなくただ窓を突き破って地面に叩きつけられただけであった。自身の魔力抵抗が低ければその程度では済まなかっただろう。その後学園から逃げ出し街へ向かったまではよかったが、その途中で帝都の空を真っ赤に染めていた自分の魔法が消える瞬間を目にしてしまった。

帝国の切り札のことは聞いていたが実際に目にすると、呆気に取られてしまう。リズリアは立ち止まり、自身が施した設置型魔法陣が消えたことを認めたくはなくただ呆然と空を見上げていた。

「これが帝国の切り札ってやつね……とんでもないわ。ハァ……虹色魔導師なんかに手を出すんじゃなかった」

リズリアは乗り気でこの任務を受けたことを後悔していた。虹色魔導師なんて伝説の存在であり、どれほどの力を持っているかなんてわからない。それでもこんな呆気なく負けるとは思っていなかった。あれだけ啖呵（たんか）を切ったのにもかかわらず蓋を開ければこの様。悔しさで怒りが込み上げてきていた。

「あのガキ……次会ったら絶対に殺してやるわ。初級魔法でなんなのよあの威力は。馬鹿にしやがって！」

路地裏で電撃魔法により撃ち抜かれた腹部をさすりながら握り拳を壁に打ち付ける。

まだ完全に身体は癒えておらず、イライラを壁にぶつけていた。その時であった。

自身の背後から気配を感じ咄嗟に結界を張った。咄嗟の判断としては最高の判断だったと数秒後に安堵する。そう、張った瞬間に結界が砕けたのだ。結界を張り直しその場から飛び退くと、結界を破った張本人が仁王立ちしていた。

「次会ったら殺す？ ちょっとさ～それは聞き捨てならないなぁ」

まだ年端（としは）もいかない少女のようだ。リズリアは見た目で油断しさきほど敗北を味わったばかり。

今度は油断しないと結界を二重に張り直す。

「誰かしら？ 見たことない子ね」

「そりゃそうでしょ。表舞台には出ないからねワタシ」

見たこともない服を着ている。確か東の国の服装だったはずだと、リズリアは思い出した。

しかし只者ではないことは確かだ。瞬時に張った低い強度の結界とは言え、四色魔導師である自分の結界はそう簡単には破れない。だが目の前の少女は紙くずのように斬り裂いた。

リズリアは警戒を強める。

「何者？　私の結界を簡単に斬り裂いちゃって。そんなことができるなんてこの世界でも少数なはずだけど？」

「まあその少数派だからねー。お姉さんこそ少数派じゃない？」

軽い口調ではあるが、リズリアのことを知っているということは少なくともそれなりの位置に属する者であると、警戒を最大限に強めた。

「今から死ぬ人に言うのもなんだけどさ、一応自己紹介しといたほうがいい？」

少女はそう発言した。あまりに舐めた態度にリズリアは怒りが頂点に達した。

さきほどの敗北といい、魔法を消されたことといい、怒りが溜まる原因は複数あったからだ。

「へー、なかなか言ってくれるじゃないの。じゃあ私も自己紹介しておこうかしらね？」

ほんの少しでも身体を癒やすため時間を稼ぐ。ゆえに会話を続ける必要があった。

「いや、それは別にいいよ。十悪序列六位、緋色の爆撃リズリアでしょ？　知らなかったらワタシはここにいないよ」

目の前の少女は当たり前のようにリズリアの二つ名まで答えた。やはりすべて知っている。

嫌な予感がした。嫌な予感というのは当たりやすい。案の定であった。

「ワタシは十二神序列十位、アスカ・シラヌイ。あなたをここで殺す相手だよ～」

目の前の少女は手を振り無邪気に笑いながらそう言った。

人気のない裏通りで二人の魔導師が向き合う。片方は十悪の一人リズリア。

もう片方は十二神の一人アスカ・シラヌイ。魔導師同士の戦いというものは案外すぐに決着がつくことが多い。いずれかの魔法が当たってさえしまえば、反撃する間もなく次の攻撃を喰らうことになるからだ。先に動いたのはアスカの方であった。

「術式、水龍牙！」

魔法陣から生み出された水の龍は大口を開けてリズリアに襲いかかる。

リズリアも龍の牙を突き立てられないよう岩の壁を創り出した。

「隔てる岩の壁(ロックウォール)‼」

二人を隔てる岩の壁にぶち当たる水龍だったが、壁を壊しきれず霧散する。

リズリアも防戦一方ではなかった。得意の火属性魔法を使い応戦する。

「火炎放射(ファイアブラスト)！」

両手から放たれる炎は一直線にアスカへと迫った。しかしながらアスカは水属性を得意とする魔導師であり、リズリアにしてみれば不利な相手だ。高温の炎はアスカに触れると白い煙を上げて途端に消える。戦闘時は常に水の鎧を纏っている彼女にとって火は何の意味もなさなかった。

次第にリズリアの息があがってくる。マリスに受けた魔法の傷は完全に癒えておらず、さらには帝都を火の海に変えようとした強力な魔法と学園の結界を破壊した四色複合魔法のせいで魔力は枯渇(こかつ)気味。そこに加えて十二神との戦闘。まともに戦える魔力などほとんど残っていなかった。

「ハァハァ……クソっ！　なんでこんな時に十二神があらわれるんだよ！」

魔法は使えて後数回、その程度で逃がしてくれるほど目の前の少女は甘くない。

リズリアの苛立ちは募っていく。

「お姉さん、マリスを狙うのはさすがに無理があるよ〜。十悪が彼のことを知ってたことは驚いたけど、ワタシたち十二神が知らないとでも思ったの？」

「……まさかあそこまで規格外だなんて思わなかったのよ……ねぇ、また日を改めないかしら？ 今は全力で戦えないのよ」

最初からノーデンス、ロビクスと協力すればよかったといまさらながら後悔する。彼らもいれば、ここまで追い詰められることはなかったはず。最後の望みに賭けて、ここから逃がしてもらえるように懇願するがアスカはそれを鼻で笑った。

「え〜それは無理かなぁ。だってマリスのことまた狙うじゃん？」

「もう手は出さないわよ……」

「んー敵の言葉を信用してあげるほど、ワタシは甘くないよー」

無理であった。十二神が逃がしてくれるはずがなかった。後ろを見れば、大きな道に出る。魔力をすべて使い目眩まし、からの逃走しか、もはやこの場を切り抜ける方法はない。しかしながら、リズリアの不運は続く。大きな道から声がかかったのだ。

「む？ アスカか？ 何をしているのだ」

リズリアには聞き覚えがあった。まさかと思い振り向くと、確信に変わってしまった。

豪華な装飾が目立つ剣を腰に差し、銀色に金のラインが入った鎧を着けている。胸には、虹色花弁のブローチ。もう疑いようがなかった。

「あっ、帰ってきたんだ！ レオニス！」

対峙していた少女の発言が決定的であった。今リズリアの後ろにいるのは、帝国騎士団長レオニス・ワーグナー。十二神序列二位の男であった。

「うむ、何やら帝都で問題が起きたと聞いてな！　部下を置いて私だけ先行して帰ってきたのだ！」

腰に手を当て豪快に笑うその様は不快でしかない。もう何があろうとリズリアがこの場を切り抜けるすべは失われた瞬間であった。十悪の隠れ家で聞いていた話では、帝国騎士団が帰って来るのは早くても明日。目の前に騎士団長がいることがイレギュラーだった。そもそも騎士団長の能力を見誤っていたのだ。

本隊はいまだ帰って来れていない。彼はさきほど部下を置いて一人で帰って来たと言っていた。

「いやーそれがさ、このお姉さん十悪なんだよ。で、現在戦闘中ってわけ！」

彼だけが単独で駆けたようであった。

「何⁉　ならば私も手を貸そう‼」

「もう過剰戦力じゃん……で、どうすんのお姉さん。まだ戦る？」

どう足掻いてもここから勝てるとは思えないリズリアは結界を解除し両手を上げた。

「やらないわよ、騎士団長相手に勝てるなんて自惚れていないわ……」

「では私が牢に連れて行こう。アスカお前はどうするのだ」

「ワタシ今身分を隠して学園に通ってるんだよね。だからそろそろ戻らないと」

「何⁉　それはまさかグランバード学園か‼」

「そ、そうだけど……なに？」

「我が弟も通っているのでな。よろしく言っておいてくれ‼」

「言うわけないじゃん！　それワタシから伝えたら十二神だってこと隠してる意味ないし‼」

もうリズリアはしょうもない二人のやり取りを聞く気にもなれなかった。

――謁見の間。

「皇帝陛下、ただいま騎士団長が帝都入りしたとの情報が」

「早いな、レオニスだけか？」

「はい、他の騎士は置いて来た可能性が高いかと」

相変わらずの身体能力の高さにガイウスは呆れた。早くても明日だと聞いていたのに一日繰り上げて帰って来れるのはもう化け物でしかない。それと同時に置いて行かれた副団長に同情した。

「他に報告は？」

「もう一件。このたびのテロ首謀者をレオニス団長が捕らえたそうです」

「帰ってくるのも早ければ仕事も早いな。それで？　いったい誰だったのだ」

「十悪の一人、緋色の爆撃だそうです」

想像していたより大物だったからかガイウスは頭を抱えた。それを帰ってきて早々捕らえるレオニスには頭が上がらないなと別の意味でも頭を抱えることとなった。

「被害状況はどうなった」

「幸いにも死者は出ていません。ただグランバード学園の結界が破られたと聞いております」

「緋色の爆撃が相手なら仕方あるまい。後で結界の修復に人を回せ」

「ハッ。それともう一つ」

「なんだまだあるのか」

ガイウスの頭を悩ませる種がいくつも出てくることに辟易（へきえき）していた。

無視するわけにもいかずガイウスは文官の言葉に耳を傾ける。

「国境守護の任務に就いているクレイ殿から手紙です」

報告の男から一枚の手紙を受けとる。たまにクレイからこうして連絡を寄こしてくるのだ。

まめな男だと思いつつ封を開けると、またもガイウスは頭を抱えた。その様子を見ていた文官の男は困惑している。明らかにいい話ではないと皇帝陛下の表情から察することができたからだ。おそるおそる文官の男が質問をする。

「あの陛下……手紙にはなんと……？」

少し間を開けガイウスは口を開いた。

「ハルマスク王国が本格的に動き出したそうだ」

その言葉が意味するところは、隣国との戦争であった。


——誰が最初に気づいたかはわからない。

ただ、一人の生徒に釣られて窓の外を見るとさっきまで猛威を振るっていた火柱はどこにもなかった。いや、消えたという表現が正しいかもしれない。どんな裏技を使ったのか知らないが、十本以上あった火柱をいきなりすべて消滅させる魔法なんてあるのだろうかとマリスは記憶をたどる。

「消えた。なんだろうね」

「魔法を消した？ いえ、そんな魔法はないはず……」

レイは顎に手をやり長考しだしたので、仕方なく自席に戻る。ああなるとマリスの言葉は耳に入らなくなるのだ。学園に侵入してきた人も油断からかマリスが一撃入れたら逃げてしまった。教室がざわついていると、聞き覚えのある声が教室の扉付近から聞こえてきた。

「ただいまー！ ってあれ？ みんなどうしたの？」

アスカだった。呑気に笑顔を振りまいているが、君を探すのにどれだけ苦労したのか生徒たちの表情は微妙である。

「アスカ、今までどこに?」

「ん? あー実はさ、これ買いに行ってたんだよね～。なんかおいしいって聞いたから!」

手には紙袋。しかしその紙袋はマリスも見覚えがあった。リンカのクレープだ。

「ふふふーみんなにも分けてあげるよ」

「じゃあ許す」

「許すの!? さっきまで説教してやるって顔してたのに!?」

ロゼッタが隣でごちゃごちゃ言ってるが気にしない。マリスは寛容な男なのだ。

「しかし、こんな騒ぎが起きているというのに学園を抜け出して買いに行くとはあまり褒められた行為ではないな」

フェイルは難色を示しているようだ。案外真面目である。

「まあいいじゃない。リンカのクレープが食べられるのよ? アンタいらないの?」

「そんなことは言ってないだろう!! 俺も食べるぞ!!」

ブツブツ文句言ってた癖に食べる気は満々だった。

「お前ら、騒ぎすぎだぞ」

さすがにアスカの件で騒ぎすぎたのか、オルバが注意する。

「それと、アスカ。お前は指導室に来い」

「えぇー!! なんでー!?」

お咎めなしというわけには行かなかったようだ。オルバは怒ったら怖そうだし、アスカのやつ泣くんじゃないだろうかとマリスはクレープを口に運びながらその様を黙って見守った。

アスカは指導室に連れて行かれた。オルバはただ怒るために彼女を呼んだわけではない。

「それで？　首謀者は見つけたのか？」

「見つけたよ。緋色の爆撃が今回の事件を起こしたみたい」

「チッ、学園に侵入してきたやつか」

「それとレオニスが帰って来たよ。ホントはもっと戦闘が長引くと思ったんだけどちょうどいいところにレオニスがあらわれたおかげで、敵さんは両手を挙げて降参しちゃった」

レオニスと聞くとオルバは嫌そうな顔をする。暑苦しい、大真面目、自分より強い、のオルバが嫌いな要素が全部揃っているせいで、ソリが合わず、毛嫌いしていた。

「アイツは早くても明日じゃなかったか？　帰還するのは」

「それが、副団長と他の騎士を置いて一人で帰って来たらしいよ」

「相変わらずの体力バカめ。副団長もしっかり手綱握っておけよな」

「まあそう言わないであげてよ。あの人いっつも苦労してるんだからさ」

帝国騎士副団長はいつも可哀想な目に遭っている。今回もそうだ。

団長が先走ったせいで、他の騎士を率いて帰らなければならないし、遠征の報告もすべて副団長がやらされる。いつかストレスで胃に穴が空くんじゃないかとも言われている人物だった。

「まあいい。それともう一つだ。帝都を襲った火柱あっただろ。あれ消したのはネームレスか？」

「それしかないよね。ワタシも詳しくは聞いてないんだけどあんな一瞬で消せるってなると、ネームレスしかありえないと思う」

二人ともネームレスのことは知っているが、実際に魔法を目にしたことはない。ただ話に聞いている魔法と今回自分の目で見た光景が一緒だったためなんとなくわかったといった具合だ。

「とんでもねぇ魔法だな。でもあれ確か一ヶ月は使えねぇんだろ。その間帝国を守るのはどうすんだ」

「ワタシに聞かれても知らなーい。まあレオニスが帰ってきたしなんとかするんじゃない？」

「ハァ……まあ俺は当分ここで教師をやらされるんだ。城の方はなんとかするだろ」

「ワタシも今は別の任務に就いてるしねー」

二人が指導室で会話を続けているとジリアンが入ってきた。慌てた様子だったため二人は一度会話を止める。

「どうした、何かあったのか？」

「二人とも聞いてない？　明日十二神は全員招集命令がかかったのよ」

全員招集とは皇帝陛下のみが使える特別な命令。各地に散らばりおのおの任務を請け負っていてもかならず集まらなければならないほどだ。ただ、国境の守りに就いているクレイのようにどうしてもその場から離れるのは危険という場合のみ免除される。もちろんオルバも皇子皇女の護衛という面から離れることはできない。ゆえに今回の招集で行かなければならないのはアスカとジリアンであった。

「ええー!?　なにそれ！　聞いてないよー！」

「ウチだって今さっき聞いたとこよ！　とにかく明日必ず集合だからね！　忘れるなよ！」

ジリアンはバタバタとまたどこかへと去って行った。それだけ伝えに来たらしい。

オルバはあまり関係がない話ではあるが、なぜ招集がかかったのか気がかりではある。

「アスカ、全員招集なんて早々ねぇことだ。何かよからぬことでもあったかもな」

「ちょっとー気が滅入るようなこと言わないで。ただでさえ行くの面倒くさいんだから！」

「まあいい。とりあえずもう教室に戻れ。あんまり遅いと疑われるぞ」

少し話が長くなってしまったのでオルバはアスカを教室に帰るよう促した。もしもこの学園に脅威が迫るようであれば、本格的にマリスへ支援を要請しなければならない。そうならないであってくれと、願うオルバであった。

教室に戻って来たアスカはあまりしょぼくれた顔をしていなかった。どうやらオルバはそんなに怖くないらしいとマリスの想像していたオルバ像が崩れ去った。

「アスカ、オルバ先生あんまり怖くなかったのか？」

「ん、あーまあそうだね！　案外優しかった！　かな？」

指導室に入った人はたいていい出てくる時どんよりした雰囲気を纏っているのだが、アスカには関係がなかったようだ。

「あ！　それよりさ！　学園に侵入者が来たんだって⁉　話聞かせてよ！」

アスカはいつも通りの笑顔で話を振ってくる。長くなりそうだと感じながらもちゃんと相手をしてやるマリスであった。


「リズリアが捕らわれただと⁉」

帝都の外、とある廃村の中にある隠れ家で男の声が響く。

「なぜ捕まった？　あいつがそんなミスを犯すようには思えないが……まさかイレギュラーでもあったのか？」

「私の調べた情報では、どうやら騎士団長が単独で先行して帰って来たみたいです」

「ちっ、イレギュラーじゃねぇか……」

白いローブを纏った男が水晶越しにリズリアの件について話していた。ここは十悪の隠れ家。

リズリア捕縛(ほばく)の話を聞いて動揺していたのはリーダーと呼ばれる男であった。元々数が少ない十悪にとって一人捕縛されるのはかなりの痛手になる。

リーダーは騎士団長の能力を見誤ったことを後悔した。

「ノーデンス、お前とロビクスはまだ見つかっていないな？」

「もちろんです。計画は着々と進めていますよ」

水晶に映った白いローブの男はノーデンスと呼ばれ、リズリアが帝都入りした際邪魔をしないよう忠告されていた男であった。リーダーは何年も前からある計画を進めていた。もちろん計画の大部分を任せてあるのは十悪にしては珍しい真面目で知的な男。それがノーデンスであった。

「ロビクスは暴れていないか？」

「大丈夫です。計画通りことが運べば十悪の悲願は叶う(かな)と口酸っぱく伝えておりますからね。計画を邪魔するようなことはいっさいしていませんよ」

言葉遣いが荒く行動も粗さが目立つロビクスをうまく扱えるのも彼だけだった。十悪はたいていの者が好き勝手に暴れる。リーダーとしてはそれは何としても防ぎたかった。魔導師としての戦闘能力がいくら高くとも囲まれて各個撃破されてしまえば何の意味もない。

「ああ、ですが一つリーダーにお願い事が」

「なんだ、かまわん言え。お前にはかなり苦労をかけているんだからな、望むものは何でも与えるつもりだ」

「私を買いかぶりすぎでは？　では、人員を一人貸してもらえませんか？」

「人員？　二人では足らんのか？」

「ええ、もっと効率的に計画を進めたいので後一人お貸し下さい」

ノーデンスがここまで言うのだ。本当に人手がほしいのだろう。

「望む能力は？」

「そうですね、戦闘能力が高い者の方が助かります」

ノーデンスが戦闘力を求めた。リーダーはついに計画は次の段階へ入ったのだと確信する。

「わかった。用意しておく」

「ありがとうございます。すでにハルマスク王国は動きました。我々の時代が来るまで後少しですよリーダー」

真面目で知的に見えるノーデンスだが実際のところ一番十悪らしい性格をしている。ただ暴れるという話ではなく、各方面から追い詰めて弱ったところを叩くという完全主義だ。敵に回せばこれほど厄介な人物はいないだろう。水晶に流していた魔力を止めると、映像は消える。

長年かけて進めてきた計画も佳境に入ったと、リーダーは不敵に笑った。


――皇城の地下には牢がある。

凶悪な犯罪者のみを捕らえている。もちろんリズリアも凶悪な犯罪者として、そこに囚われていた。

暗く、ジメッとした空気の重い一人部屋だった。逃げられないよう反魔法の術式が壁に描かれており、地下牢ではいっさい魔法が使えなかった。だがもしも地下牢を出て、逃げ出せたとしよう。

次に待つのは、宮廷魔導師数人だ。地下牢を上がってすぐのところに数人体制で宮廷魔導師が見張りをしている。弱り切った身体では宮廷魔導師を倒し逃げ切ることは不可能だろう。そのためか一度も犯罪者を逃したことがないと有名だった。死ぬまでここで一人かと項垂れていると何者かが近づいてくる気配を感じた。格子の壁をにらみつけていると、来たのはまさかの人物であった。

「お前がリズリアだな？」

「なっ‼ なぜこんなところに⁉」

目の前にいたのは帝国の象徴とも言える、ガイウス皇帝であった。横には護衛のためかレオニス騎士団長ともう一人女の魔導師が付いている。

「人払いはしてある。お前に聞きたいことがあったのでな」

どこから持ってきたのか皇帝は格子の前に椅子を置いて座った。

捕まった自分に聞けることなど大してないと思うが、皇帝の顔付きは真剣そのものだった。

「……何？　私が知ってることならなんでも言うわよ。ま、刑期をゆるめてくれるならね」

「それはできん。ただ飯くらいは多少豪華にしてやる」

「フフフ、まあいいわ。で？　何を聞きたいってのよ、皇帝さん」

交渉したところで自分をここから出すことはないだろうと知ってはいたが、一応聞いてみた。案の定ダメだったが、食事をよくしてくれるというのなら聞くだけの価値はあった。

「お前がなぜテロを起こしたのか、理由が知りたい」

「理由？　そんなもの決まってるでしょ。十悪がこの世界を支配するためよ。そのためには強国であるこの国を落とさなければならないわ」

「……本当のことを言え」

いったい何のことを言っているかわからずリズリアは首を傾げる。

「ではなぜ学園に侵入した」

「ああ、そのことね。回りくどいわね、そんなの決まってるじゃない。虹色魔導師を殺すためよ」

「……やはり知っていたか……。その情報、どこから知ったのだ」

「そんなの言うわけないじゃない」

それ以上教えてほしければもっと譲歩しろと態度に示すと、皇帝は何やらレオニスから受け取った。

「これを知っているか？」

皇帝の手にあるのは首輪のようなものだ。これを着けるのであればたまに外へ出してやってもいい」

「これは、お前の生殺与奪を握る魔導具だ。いわば枷だな。これを着けるのであればたまに外へ出してやってもいい」

破格の条件を提示してきた。それだけ虹色魔導師にかかわる情報は大きいらしい。ずっと地下に幽閉されるくらいなら、監視されてでも外に出れたほうがありがたい。そう判断したリズリアは重い口を開いた。

「いいわ、教えてあげる。私が虹色魔導師のことを知ったのはメンバーの一人が記録水晶で映像を残していたからよ。もちろん十悪のほとんどが知ってる。味方に引き入れるか無理なら殺せって指示を受けていたわ。私は失敗したけどね。虹色魔導師なんて手を出すもんじゃなかったわ、まさか初級魔法で吹き飛ばされるなんて思いもしなかったわよ……」

ツラツラと説明していくと皇帝は黙って聞いていた。隣にいるレオニスは話を理解していないのか不思議そうな顔をして聞いていた。

「……と、まあそんな感じね。私はもう虹色魔導師にかかわるなんて勘弁してほしいわ。あれはもう少年の皮を被った化け物よ」

そう、あのマリスという少年は化け物だ。

エピローグ

数日前から学園に編入生が入ってきた。アスカ・シラヌイという着物を着た女の子だ。大人しそうな見た目とは裏腹に、うるさい、うざ絡み、声がデカイの三コンボを決めてくる。だからマリスは授業が終わるとすぐに教室を抜け出して、学園内をブラブラする。意外と知らない場所があったりとこれはこれで楽しいものだとそれなりに学園生活を謳歌していた。本当はジンとミアのいる教室まで行って雑談するのもいいなと思ったマリスだが一級クラスと二級クラスは少し距離がある。さすがに次の授業に間に合うように動くとなれば、そんなに長い間雑談もできない。なのでマリスは二人に会うのは諦めた。適当にブラつき入ったことのない建物の前を歩いていると前方から数人侍らして歩いてくるド派手な女性が目に入った。金髪縦ロールの髪形をしているなんて一人しか思い付かない。邪魔になってはいけないとマリスは壁際に身体を寄せたがなぜかその女性は目の前で足を止めた。

「あらまたお会いしましたわね」

「あ、数日ぶりです」

「やっぱり生徒会に入る気になったかしら！」

偶然出会っただけなのにキャロルはこれぞ運命と言わんばかりに声を張り上げる。

「いえ違います」

マリスがしっかりと入らないという意思を持って発言するとキャロルは不思議そうな顔を浮かべる。

「ではどうしてこのあたりをぶらついているのかしら？　ここは上級生の校舎ですわよ？」

「そうでしたか、知りませんでした。では」

周囲がどよめく。マリスがあまりに適当に会話を終わらせたことに周囲が驚いていた。

辺境伯といえば、伯爵とも侯爵とも違い辺境の地を管理する侯爵と同等クラスの地位を持つ爵位だ。男爵家なんぞ簡単に潰せてしまう。マリスは冷や汗を流し、即座に頭を下げる。

「申し訳ございません。少々急いでいましたので」

「かまわないわ、すぐに自身の失態を認めるその姿は好感が持てますわね。なるほど……いいわね！バン！生徒会に空きはいくつあるかしら？」

バンと呼ばれた男が後ろからすっと前に出てくる。その動きは洗練されており、おそらく何かしら武術の嗜(たしな)みがあるように思えた。

「はい、風紀委員と書記の席が今は空席でございます」

「風紀委員……まあいいわ、そのどちらかはかならず空けたままにしておきなさい」

あまりに突拍子もない話にバンは無言でうなずくことしかできなかった。

「マリス、あなたが生徒会に入りたいと心変わりするかもしれないから一つ席を空けておくわ。だからいつでもワタクシを訪ねて来なさいな」

残念ながらマリスは生徒会に入るつもりはない。

「あ、ありがとうございます」

「ええ、いつでも生徒会室にいらっしゃい。それよりもどうしてこのあたりをうろついていたのかしら？まさか魔法対戦の敵情視察……」

キャロルが不穏なことを言いだしたため、まわりの上級生がギロッとマリスをにらむ。

そもそもマリスは魔法対戦なんて出るつもりなどない。

なんとなく言うのが恥ずかしかったマリスは仕方ないと肩を竦め小さい声で会話を続けた。

「えっと……その、散歩、です。では」

そう言ったマリスをキャロルは可愛いものでもみたかのような表情で微笑んだ。まわりの上級生もいくぶんか優しそうな顔になっている。マリスは足早にその場を後にした。

マリスの平穏はまだまだ遠いようであった。

書籍版特典ショートストーリー

彼の名前はレン。一級冒険者だ。この世界では神話級を頂点にして英雄級、一級二級三級とランクが分かれている。その中でも一級冒険者ともなればベテランの中のベテランだ。

彼ら冒険者は依頼さえあればどこへだって赴く。今回大口の依頼が冒険者ギルドに舞い込んできた。

「何だって!? 皇帝からの依頼だと?」

冒険者の一人が声を大にして驚く。皇帝からの依頼などそうそうあるものではない。神話級や英雄級ならば個人依頼としてあってもおかしくはないが、今回は冒険者の等級問わずに人数の指定までない条件であった。

「おいおい、これはやべー依頼なんじゃないか?」

どこからともなく聞こえて来た言葉にレンもうなずいた。どう考えても厄介な依頼としか思えない。これは受けるべきではないだろうと踵を返しギルドの建物から出ようとした時、受付の声が木霊した。

「今回の報酬は破格です! 参加するだけで一金貨、さらに活躍した方にはもう一金貨が上乗せされるそうです!」

レンの足が止まる。金貨を手にすることはできなくはない。ただ装備を整え魔物の情報を仕入れ完璧な状態で挑んでも苦戦するような依頼でしか金貨は得られないのだ。それが今回は参加するだけで貰える? いったい何の冗談かと足を止めてしまった。他の冒険者もみなだいたい同じ反応をしていた。特に二級三級の冒険者では金貨など手にしたことすらないだろう。それだけに安易な気持ちで受けるのも憚られた。

「お、俺は受けるぞ！」

一人の冒険者が先陣を切る。その勢いにのって他の冒険者も手を挙げ始めた。

「私も受けるわ！　こんなおいしい依頼他にないもの！」「オレもだ！　ようし！　活躍してやるぞ！」

どうにも気が引ける依頼ではあったが、ここで獅子奮迅の活躍を見せれば皇帝の覚えもいいだろう。

レンも手を挙げ参加を表明した。すると近くにいたレンの相棒が訝し気な表情で肩を叩いた。

「本気なの？　どう考えても怪しい依頼じゃないの」

相棒の冒険者、リオンはあまり気乗りしていないようである。だが参加するだけで一金貨はなかなかおいしい。

それにレンはもっと活躍し冒険者として目立ちたいのだ。これはいい機会になる。

「本気だぜ。よく考えてみろ、皇帝陛下からの直々の依頼だぞ？　こんなことはじめてじゃないか。やばそうなら逃げればいい。俺たちは冒険者なんだからな。国のために命を擦り減らすような真似はしない」

レンに何を言っても無駄だと思ったのかリオンは肩を竦め大げさに溜息をついた。

「わかったわかった。じゃあ仕方ないわね、私も受けるわ。アンタだけおいしい目に遭うのは腹が立つし」

レンとリオンは二人パーティーだ。レンが前衛を務め、リオンが魔法で支援する。これでいくつもの依頼をクリアし二人とも一級冒険者まで駆け上がった。実力は十分、皇帝からの依頼で逃げるようであれば英雄級には上がれない。英雄級はまさしく言葉通り英雄と呼ばれるに相応しい実力者ばかりなのだ。この程度の依頼で腰が引けているようではとうてい英雄と呼ぶに相応しくはない。

「それで内容はどうだったの？」

依頼を受注してきたレンは何とも言えない顔をしていた。というのも依頼票には具体的な内容が書かれていなかったのだ。たいていの依頼票にはどこそこにある薬草を採ってきてほしいやらここの街道に出てくる魔物を狩ってくれなどと詳細な情報が書かれているのが普通だが、今回の依頼票には日時と集合場所しか書かれていなかった。誰が見ても怪訝な顔をする依頼票である。

「本当に皇帝陛下からの依頼なの？　怪しいわね……」

リオンは怪しさ満載の依頼票を手に取ると眉を顰める。確かに皇族の印が押されており本物の依頼であることは間違いがなかった。皇族の印章は絶対に詐欺で使われることはない。犯罪者グループでもそれだけはしないのだ。

理由は簡単で、偽の印章を使ったことがバレた時点で死刑確定になるからである。

「これはさすがに本物だろ。よしリオン！　さっさと装備を整えるぞ！　貯金はたいてもいいからできるだけいい装備を整えるんだ。ここで活躍して見せれば少なくとも二つ名が貰えるかもしれないぞ！」

いまだに納得できていない表情のリオンとは裏腹にレンはやる気に満ち溢れていた。一級冒険者の中でも中堅に相当する二人にはいまだ二つ名はない。英雄級に上がるにはまず一級冒険者の中でも二つ名を授からなければならない。相当数の依頼をこなし、強力な魔物を何体も屠ってやっと付けられる二つ名だが、皇帝直々の依頼で活躍すればそんな工程をすっ飛ばして授かる可能性が高い。集合場所はハルマスク王国との国境付近だ。このあたりに強力な魔物など出ただろうかとリオンは首をひねるが、レンは気にしていないようである。まさか国同士の争いに参加させられるのではないかと危惧したが、いまさらリオンが何かを言ったところでレンは止まらない。それどころかよけいに火をつけてしまう可能性だってある。二人は冒険者ギルドを出ると、武器屋と防具屋に顔を出した。二人合わせた貯金は少ない額ではない。かといって全額使えば今後の生活に支障を来すだろう。二人はそれなりの装備を見繕い店を出た。

「後は……そうだな魔道具も少し買っておくか」

「たくさん買う余裕はないわよ？　買えても二つくらいかしら？」

　パーティでの貯蓄管理はリオンが行っている。レンに任せればいつの間にかすべて使っていてもおかしくはないため必然的にリオンが握っている。残りの貯金も金貨数枚といったところ。魔道具は基本的に高価なものが多く冒険者でもそう多くは持っていない。

「じゃあ行きましょ。私の友人から聞いたんだけど、帝都には隠れ家みたいな位置にひっそりとたたずむ魔道具店があるらしくてね。そこは他の店よりも質がいいらしいわ」

　知る人ぞ知るという魔道具店。リオンは友人から聞いた店を探すことにした。

　帝都をうろつくこと一時間。やっとの思いで見つけたその店は大通りから外れた場所にあり簡単に見つからない場所にあった。店構えは普通の魔道具店ぽく看板を見るとマテリア魔道具店と書かれている。

「ここか？　言っちゃ悪いが普通の魔道具店みたいな見た目だな」

　レンもリオンと同じ感想を抱いたようで、そこまで苦労して探す店だったのかと微妙な表情を見せた。

　店のドアを開けると、そんなに広くない店内には棚がいくつか置かれており、所狭しと魔道具が陳列されていた。

　魔道具の品数としてはかなり多い。

　来客があったのに気づいたのか店の奥から女性が姿を見せた。その恰好（かっこう）はまさに魔女と言うに相応しい恰好であった。とんがり帽子に黒いローブ。魔導師という言葉がよく似合いそうな見た目であった。

「あら、久しぶりのお客さんね。冒険者かしら？」

「はい、ちょっと依頼がありまして何か便利な魔道具がないかと」

こういう時の対応はリオンがする。レンは言葉遣いがあまり綺麗ではないので、店員との会話はリオンに任せ黙って魔道具を物色していた。

「へぇ、冒険者さんにも知られてきたのね～この店も。ここわかりにくい場所でしょう？　だからあまりお客さんが来ないのよね」

そうは言うがここに店舗をかまえたのには何か理由があるはずだ。それとも大通りに店をかまえるには高額な土地代がかかるのだろうか。リオンも友人から教えてもらってなければこの店を知ることはなかっただろう。

「自己紹介が遅れたわね。私はマリネ・フォンディーヌ、マテリア魔道具店の店長よ」

「ご丁寧にどうも。私はリオン、あっちで魔道具を見ているのがレンです」

見た目は気怠（けだる）い雰囲気があったが、意外としっかりした人物のようだ。彼女に習いリオンも挨拶をする。

「それでどんな魔道具がほしいの？　数が多いからどういった用途で使うのか教えてくれればいくつか紹介するわよ」

リオンとしてはとてもありがたい申し出だった。何しろ所狭しと魔道具が置かれており、どれがどんな効果を持つのかすらわからない。いちいち聞いていくのも気が引けると思っていたのだ。

「さきほど申しました通りちょっとした依頼がありまして。それなりに難度の高い依頼のようですので身の安全を確保できるような魔道具を探しています」

レンはおそらく武器になりそうな魔道具を探しているかもしれないが、生き残らなければ参加費の一金貨すら手に入らないのだから、最優先は生き永らえそうな魔道具だ。

「じゃあ結界系がいいかしらね。それとも回復系がいい?」

「えっと、両方見せていただけますか?」

買うかは別にして両方見ておいた方がいいだろう。リオンも結界、回復魔法と両方使えるが手数は大いに限定される。

マリネがその辺の棚から二つほど魔道具を手に取るとリオンの前に置いた。一つはネックレス、もう一つは指輪であった。それなりに価格がしそうだがまずは効果を聞かねばならない。

「まずこっちのネックレス型は常時起動タイプの結界魔法が封じ込められているわ。防げるのは中級魔法まで。それ以上は結界が砕けるから無意味ね」

常時起動タイプとは素晴らしい。ただその分値が張るのではないだろうかとリオンの顔に影が差した。

そんなリオンの様子に気づいていないのかマリネは説明を続ける。

「で、こっちの指輪型は治癒魔法が封入されているの。さすがに四肢欠損レベルの傷は治せないけどちょっと大きな傷程度なら問題ないわ」

回復魔法を使うのも魔力を消費するし、これなら魔力を温存しておけて有用に思える。金額次第だがこれは買いだろうとリオンは財布をチェックする。

「こちらの指輪型の回復用魔道具はおいくらですか?」

「こっちはよくあるタイプだから一金貨ね」

これで一つ購入が決まった。後もう一つくらいほしいと思っているが常時起動型のネックレスはおそらく安くはないはずだ。念のためとマリネに値段を聞くと案の定であった。

「こっちのネックレスはちょっと珍しいタイプだから五十金貨ね。」

予算オーバーだ。これ以外で探そうと棚の方へ視線を向けたのと同時にレンが一つの魔道具を持ってきた。

「これはどんな魔道具なんだ？」

レンが持ってきた魔道具は腕輪タイプのものであった。腕輪型はバフ系統のものもあれば攻撃魔法が封入されているものもある。パッと見ただけではリオンもわからずマリネの顔を見た。

「お客さんいいの選んだね〜。これは魔法があまり得意ではない近接タイプの冒険者におススメのやつよ。あなたレンって言ったっけ？見た感じ剣士なんでしょ？じゃあなおさらあった方がいい魔道具よ」

「へぇ。じゃあこの魔道具はどんな効果があるんだ？」

「それは中に魔法が一つだけ登録されてあるの。中級魔法 縛鎖の雷（チェインライトニング） って言う魔法がね。相手の動きを封じることができるし汎用性は高いわよ」

雷属性の魔法は扱えないリオンにとってもそれはとてもありがたい一品であった。特に前線で剣を振るレンがその魔法を使えるのであれば、いざという時の一手にもなる。後は値段なのだが中級魔法であればそこそこの価格といったところではないだろうか。

「値段はピッタリ十金貨！どう？まあ妥当な価格でしょ？」

安いものではないが、決して高すぎるわけでもない。そもそも魔道具自体安いものではないのだからこのくらいの金額はするだろう。だがリオンはそこでうなずかず会話を続ける。

「ではそちらの品も購入するので五金貨で売ってはいただけないでしょうか？」

「いやあさすがにそこまで下げちゃうとこっちが赤字になっちゃうからね〜。ん〜八金貨でどう？」

リオンがうなずくと交渉は成立した。二つ合わせて九金貨であればまあいい買い物だったのではないだろうか。

レンも心なしかテンションが上がっているように見えた。マテリア魔道具店を出た後は近くの酒場へと入った。いつも依頼を受ける前にはいいものを食べて英気を養うのが常であった。レンも依頼前は酒を控えて当日に備える。

「さて、準備は整ったわね。依頼がマトモな内容だったらいいけど」

リオンはどうも嫌な予感がしていた。国境付近での魔物討伐など滅多なことではないし、ありえるとすれば長年争っているハルマスク王国絡みであることは予想できた。それに参加するだけで一金貨貰えるというのも怪しい。参加人数がどれほどかは知らないが、百人参加していれば百金貨支払う羽目になる。国庫から出るとはいえ決して安い額ではないはずだ。それゆえにリオンはいまだ不信感を抱えていた。

「おいおい、まだムスッとしてんのか？　いい加減機嫌直せよ」

レンは能天気にそんなことを言って来るがわりと真面目に考えてほしいとは昔から口酸っぱく言っているのでリオンは何も返答をしなかった。

「皇帝陛下からの依頼だぞ？　ここで活躍してみろ、俺たちの名が売れるんだぜ？」

確かにそれはそうかもしれない。冒険者というのは名が売れてこそだ。かく言う二人も十分冒険者としてはベテランの域に達してはいるのだが、それでも上を目指したいというのが冒険者というものだ。

「ホント目立ちたがり屋なんだから……」

レンの目立ちたがりは今に限ったことではない。世の中には目立つことを極端に嫌う者もいるだろうにとリオンは溜息をつく。レンとは付き合いが長いリオンは今までに何度か恥ずかしい思いをしたこともあった。それもすべてレンが目立とうとした結果である。とにかく目立つことばかり考えて戦闘時にミスを犯さないか不安になるリオンであった。

――翌日二人は乗り合い馬車に乗り込むと現地へと急いだ。期日まではまだ余裕があったが、皇帝陛下からの依頼を遅刻するわけにはいかない。そのため二人は少し早めに帝都を出発することにした。

馬車の中には数人冒険者の恰好をした男女がいたが、彼らもおそらく今回の依頼を受けた面子だろう。

ハルマスク王国との国境まではそれなりの距離があり、馬車で三日はかかる見込みであった。もちろん野盗や魔物の襲撃があった場合はこの限りではない。とはいえ今この場には複数の冒険者がいるのだから何も問題はないだろう。乗り合い馬車を襲う盗賊は少なからずいるが、まさか中に一級冒険者が乗り合わせているとは思っていない。

数度の野営をこなし、無事国境へとたどり着いた二人の胸中はまったく別物であった。

リオンはやっぱりと溜息を肩を落とすが、レンは目を輝かせている。

集合場所に指定されていた国境警備隊宿舎前には期日よりも早いのにもかかわらずすでに複数の冒険者がいたが、それよりも目立っているのは銀色の鎧を身に着けた騎士の姿であった。

すなわち今回の依頼は騎士団との合同作戦であることを意味していた。

「やっぱり国の諍いに協力する内容じゃない。って聞いてるレン？」

リオンの言葉が耳に入っていないのかレンは目線を彷徨わせ嬉しそうな表情を浮かべている。帝国騎士団は精強で有名であり、何よりも騎士団長は十二神の一人だ。憧れを持たない男はいないだろう。

「まじかよ！　帝国騎士団との共同作戦じゃないか！　これは張り切る甲斐があるってもんだ！　そうだ

ろリオン⁉ 聞いてるのか！」

レンのテンションに付いていけないリオンは本日何度目かわからない大きな溜息をついた。

帝国騎士団との共同作戦などそうそうあるものではない。ということはつまり騎士団だけでは対処しきれないと判断したからである。冒険者の実力は総じて高いが騎士団の方が強かったりする。だが一級冒険者ともなれば騎士をも上回る実力があり、騎士団が頼りにするのも無理はない。

二人の元に一人の騎士がこちらへと近づいてきた。胸に付いているバッジの数からして中隊長クラスだろうか。

「君たちも今回の依頼を受けてくれた冒険者か？」

「ええ、そうです。私は一級冒険者リオン、こちらは――」

「レンだ‼ 腕には自信がある！」

一級冒険者とわかるとその騎士は少し驚いたような表情を見せ、一礼をした。

「一級冒険者が二人も参加してくれたのか、とても助かる。ああ自己紹介が遅れたな、私は今回君たち冒険者の指揮を任されている中隊長リバートだ。よろしく頼む」

リバートから話を聞くと今回の依頼は内容が不明なこともあってか、一級冒険者は数人しか受けていないらしい。

そのため一般騎士よりも強い一級冒険者が参加してくれたことがとてもありがたいようであった。

「リバートさん、騎士団長はどこにいるんだ？ 俺一回会ってみたくてさ」

レンも剣士として騎士団長レオニスに憧れを抱いている。だから今回の作戦が騎士団との合同作戦だと知りとても喜んだのだ。しかしリバートから返って来た言葉は残念の一言に尽きた。

「レオニス団長は今別の任務に当たっていてな。今回国境守護作戦には参加していないのだ」

「な、なんだと……」

レンは目を見開き大げさに落胆して見せた。さすがにリバートも申し訳なく思ったのか話を続ける。

「本当に済まないな……レオニス団長に会いたくて参加した者もいたのかもしれないが。だが安心してくれ、今回の作戦にはまさかの御方が参戦してくれている」

レンはその言葉を聞き項垂(うなだ)れていた首を持ち上げた。

「そ、その人物とはいったい……」

「聞いて驚け。なんと帝国最強の魔導師、クレイ・グレモリー様が参戦して下さっている！」

さすがにリオンもその名前を聞き目を見開いた。クレイ・グレモリーの名は帝国に住んでいれば一度はかならず耳にする魔導師の名前。世界で唯一の五色魔導師を知らない者はいない。

「マジか⁉ あのクレイ・グレモリーがこの場にいるのか‼」

「あ、ああ。別の建物に滞在しておられるが作戦が始まればあの方の魔法が見られるぞ」

レンの異常なまでのテンションにリバートも若干引き気味である。しかし帝国最強の魔導師まで出てきているとなれば生半可(なまはんか)な気持ちで戦うわけにもいかなかった。それ以前に簡単には終わりそうにない依頼にリオンは帰りたくなった。十二神まで出張って来る戦いに参加するなど考えただけでも気が重い。テンションが異常に高いのはたくさんいる冒険者の中でもレンくらいのものだろう。

「それにな、他にも十二神の方が参戦してくれているぞ。ローバー姉弟を知っているか？」

その名前も聞いたことがあった。十二神序列六位と七位に君臨する二人。二人合わせて七色すべての属性魔法を扱えることから二人で疑似虹色魔導師とも呼ばれている方々だ。

レンは知らなかったのか首を傾げたが、十二神が三人も参戦していることに喜びを隠せないようであった。

リバートは別の仕事があるからかそれだけ伝えるとさっさとどこかへと行ってしまった。

二人は顔を見合わせ、宿泊予定の建物へと向かうことにした。野営ではなく騎士団が使っている宿舎をそのまま貸し出してくれているのはとてもありがたい。英気を養うにしてもやはり寝袋よりもベッドで横になった方が起きた時の身体の調子が違うものだ。二人は荷物を置いて食堂へと足を運ぶ。

夜も近づくと徐々に冒険者の数が増えてきた。すべての冒険者が同じ宿舎に放り込まれているのか騎士の姿はいっさい見ることがない。朝になれば依頼内容が聞かされるとのことだったが、ほとんどの冒険者はこれから何が始まるかなど理解していた。レンも能天気ながらさすがに気づいたのか少しだけ真面目な顔つきであった。

「国境の守りを騎士団とともに、ってとこだろうな」

「ええ、おそらくね。数百人の騎士と冒険者でハルマスク王国の進軍を止めるってとこが妥当でしょ」

噂には聞いていた。隣国のハルマスク王国は時折少数の部隊を率いて国境を越えようとしていると。そのたびに騎士団が食い止めていたようだが、今回は十二神が三人と冒険者を入れた大部隊で食い止めるらしい。

もちろん少数で攻めてくると言っても百人二百人規模ではない。国から見て少数というだけで実数は千単位である。だが今回に限りおよそ五千の兵士が帝国へと進軍していると情報が入った。それを受けた帝国は今の国境警備隊だけでは防ぎきれないと判断し十二神の派遣と念のために冒険者を雇うことにしたのである。

そんな事情を知らない冒険者は呑気（のんき）に宿舎で出される飯にありつき参加費の一金貨は何に使うかなどとペチャクチャ雑談する始末であった。

「リオン、お前から見て今回の依頼、どうだ？」

「どうって……まあ、相当大変でしょうね。私が調べた限り国境警備隊の数はおよそ千人から二千人。それで防ぎきれないと帝国は判断したってことでしょう？　楽に終わる仕事ではないわね」

「だよな……まあヤバくなったら逃げるしかないが、十二神が三人もいるなら問題はないと思うけどな」

十二神は一人で千人の兵力を相手取ることができると言われている。それが三人もいるのだ。そこに加えて帝国最強の魔導師までいる。それだけ帝国が危機感を募らせているということでもあった。

「それにさっき俺が他の冒険者に聞きまわって得た情報だが一級冒険者は俺たち含めて四人しかいならしいぞ。後は全部二級と三級だ。」

二級冒険者も決して弱いわけではない。だが一般的な騎士と同等程度の力しかなく騎士が数十人増えた程度の戦力であった。三級ともなればよくて一般騎士と同等かそれより下。戦力に数えるのも烏滸がましい。

全部で何人の冒険者が参加したのかはまだわからないが、百人も参加していればいいとこだろう。

「せめて英雄級が参加してくれていれば多少安心もできたんだがな。今回は一人もいないってよ。ま、俺も聞いた話だからもしかしたら一人くらい参加しててもおかしくはないがな」

いまさら依頼辞退などできないし、面倒な依頼を受けてしまったものだとリオンは後悔した。冒険者は依頼中の事故で死んだり大きな怪我を負った場合、国が保証してくれる制度はない。すなわち今回の戦いで死んでも怪我をしてもそれはすべて自己責任である。冒険者とはリスクを背負った仕事なのだ。

夜が明けると冒険者の数は増していた。といってもそこまで増えたわけではなく数十人程度の増加である。騒がしくなってきた冒険者たちは一度全員がリバートの指示により少し開けた場所に集められた。その場には数名の騎士もおり騎士団との合同作戦なのだと実感が湧いた。

「全員傾注！　ただいまより本作戦の指示を伝える。まずこの依頼を受けてくれた冒険者たちに感謝を。そして君たちの指揮は私リバートが執らせていただく」

　その場に集まった冒険者がすべてだろう。全部で五十人程度といったところだ。思ったより少なくレンとリオンは不安が増す。それは他の冒険者も同じであった。

「今回君たちは私とともに一個小隊として動いてもらう。冒険者は全員戦闘に慣れ親しんでいると聞く。ここで活躍すれば皇帝陛下の覚えもめでたいだろう。かくいう私も君たちを率いて多大な戦果を上げれば昇格も夢ではない。もちろん昇格とは無縁の君たちには褒賞という形でお金が支払われることとなる」

　言わんとしていることはわかるが、さっさと本題に入ってくれないかというのが冒険者たちの心の声であった。

「では依頼内容を伝える。今回我々アリステラ帝国騎士団はハルマスク王国から五千の兵力がこちらへと向かって来ている情報を掴んだ。今まで何度も小競り合いは起きていたが五千の兵力が動いたのは滅多なことではない。国境警備隊だけでは対処が難しい敵の数だ。ゆえに皇帝陛下は十二神の方々を三人も派遣して下さった。それればかりか戦力増強という名目で冒険者も多数雇った。だが我々騎士団も見ているだけで終わるつもりはない！　我らアステリア帝国の武勇を見せ付ける時だ！　敵の数が多いのは周知の事実。しかし、個々の戦力では劣っていない、いや！　勝っているといえる。できるだけ十二神の方々に負担をかけないよう我々で数を減らさねばならない。作戦開始時刻は今よりおよそ一刻！　全員準備に取りかかれ！」

　リバートの号令により冒険者たちはおのおの準備に取りかかった。レンとリオンは昨日のうちに装備を整え魔道具も取り付けている。国の諍いには絶対関与したくなかったリオンだったが相棒がやる気を見せているとなれば無視はできなかった。

「リオン、俺たちはいつも二人で行動していただろ。今回みたいに多数の冒険者が入り混じる戦闘ははじめてだ。目立ちたい気持ちはあるが功を焦って死んだら元も子もない。最初はできるだけ後方からの支援に徹するぞ」

珍しい、そう口にしかけたリオンだったがレンにも思うところがあるのだろうと口を噤んだ。

後方支援ならば敵の装備や能力を把握しやすい。それから攻勢に出ても十分活躍の機会はあるだろう。唯一の問題となるのはハルマスク王国の黒騎士隊がいた場合だ。あれはハルマスク王国の中でも精鋭中の精鋭と呼ばれ、強靭な肉体に堅牢な鎧を身に着けていると聞く。それらが出てきた場合、二級や三級冒険者では手も足も出ない。

巨大な門を潜り反り建つ壁の前へと配置していく騎士たち。リバートの指示に従い冒険者たちも持ち場へとついた。

敵の姿はまだ見えない。だが確実にこちらへと侵攻してきているであろうことは騎士たちの顔色でわかった。全員漏れなく硬い表情であったからだ。緊張感がその場を包み込む。やがて遠視の魔法を使っていた騎士の一人が叫んだ。

「正面敵影確認！　数は……およそ五千！　報告にあった情報と一致しております！」

ついに来たかと全員が武器をかまえる。冒険者の敵はたいてい魔物だ。稀に野盗退治の依頼も受けるがそれでもこの数の人間を相手にしたことはない。そのため冒険者たちの表情は総じて険しかった。

次第に砂埃とともにハルマスク王国の兵士が見えてきた。肉眼ではまだ粒程度にしか見えないが後数分もすれば姿がはっきり見える距離。冒険者たちは私語もせず黙って真正面だけを見据えていた。

「あれは！　リバート中隊長、敵は前衛に黒騎士を配置しています！」

やはり出て来たか、誰もが思った。五千の兵力を動かしているのだからハルマスク最強の部隊が出て来ない道理はない。リバートは声を張り上げ部隊全体に指示を飛ばす。

「黒騎士隊は帝国騎士団で相手をする！　騎士は前に、冒険者は後方から援護しつつ頃合いを見て突撃！」

黒騎士隊と正面からぶつかれなどと言う隊長ではなくてよかったとみな安堵する。さすがに腕に自信がある冒険者もハルマスク王国最強と名高い部隊と正面切って戦いたいという者はいなかった。

騎士が前方に移動しその後ろには冒険者たちが揃う。盾を持って綺麗に整列する騎士の姿は圧巻であった。レンも二本の剣を抜くとかまえた。レンには後方支援できる技はないが、魔法を使うリオンを守る必要がある。

「リオン、あまり強力な魔法は使うなよ。後に何が控えているかもわからんからな」

「もちろんよ。今回は長期戦を想定した戦い方をするつもりよ。レンも暴れすぎて後半体力がなくなるなんてことは止めてよ？」

リオンも優秀な魔導師である。二色魔導師でかつ弓の扱いに長けている。それに接近されれば腰に差したナイフを抜いて交戦することが可能であり、近距離から遠距離までオールジャンルを一人でこなせる冒険者だ。

でなければレンとたった二人でさまざまな依頼をこなすのは難しいといえる。たいていの冒険者は四人前後でパーティを組んでいるのが普通である。二人パーティというのは珍しい部類であった。

「敵との距離五百！　魔導師は魔法の用意、騎士は敵を絶対に後ろへと行かせるな！」

前衛の盾持ちがやられれば陣形が崩れる。そうなれば立て直すことは難しい。魔法を扱う騎士はどうしても接近されれば反応が遅れてしまう。魔法を使うには集中力が必須で、魔力を練り上げることを途中で止めればまた一から練らなければならない。冒険者たちも魔法が使える者は魔力を練り始めた。リオンも掌を騎士に向けると魔法を発動する。

「水の覆い（アクアプレート）！」

水属性の防御力上昇魔法を前衛にかけると同じく他の冒険者もバフをかけ始める。

少しでも魔力を温存しつつ前衛が崩れないよう援護しなければならない。これから長い戦いが始まると考えると憂鬱になるリオンであった。

地慣らしのような音は、敵が接近してくることを示していた。前方には人の壁と思えるほどの兵士がいっせいにこちらへ走って来る。後は隊長の号令があればいつでも魔法が発動できる準備が整う。

「攻撃開始！」

「水の刃（アクアエッジ）！」「雷光一閃（サンダーボルト）！」「火炎弾（ファイアーボール）！」「石礫（ロックブリッツ）！」「風の刃（エアカッター）！」

リバートの合図でいっせいに魔導師が魔法を放つ。さまざまな属性が飛び交う様はとても綺麗であった。だが頑丈な黒い鎧を纏った黒騎士の脚は止まらない。やがて前方で盾をかまえる騎士とぶつかると激しい音が響いた。

「やつらの動きを止めろ！　援護急げ！　盾持ちも長くは持たんぞ！」

リバートが叫ぶとさらに魔法が飛び交う。

「風刃の弾丸（ウィンドバレット）！」「焔の槍（フレイムランス）！」「氷は弾丸の如く（アイスバレット）！」

黒騎士の鎧は反魔法の術式が刻まれているのかあまり効いている様子はない。徐々に盾持ちの騎士がやられていくと、一人の冒険者が飛び出した。他の誰でもないレンであった。

「やらせるかよ！　双刃！」

勢いよく飛びあがったレンを見て騎士は咄嗟（とっさ）に後方へと飛び退く。その動きを察知しない黒騎士はいない。

盾持ちとぶつかっていた黒騎士が上を見上げると二振りの剣を振り上げたレンの姿が目に入った。

レンは空中で回転するとその勢いを保ったまま黒騎士を斬り付けた。頑丈だったはずの鎧はバターのように切り裂かれ鮮血が舞う。レンは地面へと着地すると同時に近くにいた別の黒騎士に向かって駆け出した。

「おらよ！二連斬！」

二振りの剣を連続で斬り付けると、また鎧は切り裂かれ黒騎士は叫び声を上げて倒れこんだ。

それで止まるはずもなくさらに別の黒騎士へと追撃をかける。

「もういっちょ！双牙！」

魔力を纏わせた二つの刃が迫ると黒騎士も剣で受け止めようとレンに向かってかまえた。しかしレンの斬撃（ざんげき）は黒騎士の持つ頑丈で魔法も効きづらいはずの鎧をたやすく剣ごと切り裂いた。様子を見ていた騎士たちはレンに声援を送る。

「やるな冒険者！名はなんだ！」

「俺か⁉俺の名はレン！一級冒険者だ！」「「「おおおお！」」」

一級と聞き騎士は歓待の声を上げた。自分たちより高みにいるレンを見て自分たちも負けてられるかと騎士たちも気合を入れる。はからずも騎士たちの士気を上げたのはレンであった。

リオンの元へと戻って来たレンは清々（すがすが）しい笑顔であった。活躍できたのが嬉しいのだろうが、リオンとしては気が気ではなかったのだ。

「はあ……飛び出すならせめて一言告げなさい」

今に限ったことではないのでそれ以上説教するのは止めておいた。どのみち今は戦闘中。後で叱ればよいだけだ。

だがさきほどのレンの活躍を見て、リオンも目に火を灯した。負けていられないと思うのは冒険者の性(さが)である。

「範囲魔法を使うわ！　巻き込まれても知らないわよ！　青き風雨(ブルーレイン)は吹き荒れる」

水と風の複属性広範囲に攻撃するリオンはやはり魔導師として優秀といえた。そもそも複属性魔法を扱える魔導師は希少で、広範囲魔法も魔力量の消費が大きく思ったより範囲が狭かったりするのが通常である。

しかしリオンの魔法は威力も範囲も申し分なく敵の大部隊を根絶やしにする勢いで発動した。これには騎士たちも歓喜の声を上げる。

「いいぞー冒険者！」「俺たちも彼女に続けー！」

かなりの敵を減らした魔法だったが、リオンには疲弊(ひへい)した様子はない。まだ半分近く魔力は残っており継戦能力も申し分なかった。帝国騎士団の魔導師も優秀ではあるがリオンの方が一枚上手であった。

王国軍の数は多く、複数人が範囲魔法を使っていたが目に見えて減る様子はない。次第に士気にも影響してくると一人また一人と騎士が倒れていった。

「数が多すぎる！　前衛が長くは持たないぞ、近接戦闘が可能な冒険者は前に出るんだ！」

リバートの指示に数人の冒険者が前に出るが、それでも大した戦況の変化はない。数千人相手に数人が足されたところで劇的な変化が起きるはずもなかった。

徐々に戦線が後退していくと、魔導師たちも後退(あとずさ)っていく。悪循環が続いていた。このままでは国境の壁まで後退させられることとなり、国内に帝国軍を入れてしまう。レンももう何人倒したかわからないほどであった。

「いつまで戦えばいいいんだよ！」

冒険者の一人が叫ぶが誰も答えられる者はいなかった。それどころか敵の攻勢は激しさを増していく。

一番の強敵であった黒騎士隊は百人程度しかいないらしく、たまに遭遇する程度だったのが幸いだったが、王国軍の兵士も負けず劣らずの実力者がいる。各所で爆発が起こり魔法が飛び交う様はまさに戦場と言うに相応しかった。戦闘が続く中でついに冒険者の一人が離脱する出来事があった。

王国軍から放たれた矢に胸を貫かれそのまま帰らぬ人となるのを見ていた冒険者たちは顔が青ざめていた。魔物との戦闘でどこからともなく矢が飛んでくるようなことはなかった。しかしここは戦場。

周囲すべての位置に敵味方が混在している。同士討ちを避けながら敵だけを攻撃するのは難しく冒険者たちは思うように戦いを進めることができていなかった。

「負傷者は後方に下がれ！　穴埋めは騎士がやる！　無為に命を擦り減らすなよ！」

リバートはさきほど胸を貫かれた冒険者をその目で見ていた。彼らの顔色も見ておりできるだけフォローするため騎士たちをその場へと向かわせた。ただ数が多く敵兵に囲まれている冒険者を救い出すのは厳しかった。やがて体力が尽きた冒険者は敵兵に斬り付けられ血飛沫とともに地面へと倒れこんだ。これでまた一人死んだ。

これをきっかけというには偶然だろうが、少しずつ冒険者たちも数を減らしていく。その中で大きな戦果を上げていたのはレンとリオンのペアであった。レンが敵の大群に突っ込むと鮮血が舞い、敵兵はバタバタと倒れていく。

それを支援するかのようにリオンの魔法が飛ぶとレンの動きが一段階素早くなる。

完璧なコンビネーションであった。一級冒険者の肩書きはだてではないと行動で示していた。

リバートは彼らを主軸に作戦を変更する。

「騎士はレンとリオンのパーティを囲むようにして守れ！　彼らの負担を少しでも減らすのだ！」

現状冒険者たちの士気を保っていられるのは彼らのおかげと言わざるをえない。彼ら下級冒険者からしても一級冒険者は憧れの存在なのだ。そんな彼らが獅子奮迅の活躍を見せていれば負けていられないと他の冒険者の勢いも増す。

すなわち、彼らが倒れたその瞬間冒険者たちの士気は完全に瓦解するだろう。それを理解していたリバートは最善の策を取った。彼らの隙を突いて攻撃してくる兵を優先的に倒すことだ。彼らが無駄に神経をすり減らさないように騎士たちでまわりを囲み、どこからともなく飛んでくる矢は盾で防ぐ。そうすれば彼らは周囲に目を向けずとも前の敵だけを倒せばいい。リオンは少し離れたところから魔法を使っており、レンが前に出ていれば彼女の守りは薄くなる。

もちろん自分で対処は可能かもしれないが、彼女の詠唱を止めるようなことにならないようリバートも剣を抜き彼女のそばに並び立った。

「まわりの敵は任せよ！　私が相手をする。君はレンの支援だけを考えてくれ」

リオンは突如自分たちの指揮官がそばに来たせいで多少驚いた顔を見せたが、すぐにうなずきまた魔法を展開し始めた。

臨機応変に動くのは冒険者にとって当たり前の行動だ。それゆえに多少イレギュラーが起きてもすぐに対処することができる。それが冒険者の強みであった。

もうどれだけ戦っただろうか。リバートの持つ剣もすでに血に塗れ敵の血が滴っているくらいであった。もう何人斬ったか覚えていない。にもかかわらず敵の数は減っているようには見えなかった。やはり倍以上の敵を相手取るには無理があったのではないかとリバートの顔色は曇る。

「おい！　隊長さん！　そんな辛気臭い顔してんじゃねぇ！　そんな暇があるなら一人でも多く敵を殺せ！」

いつから見ていたのか前方で暴れまわるレンから檄が飛んでくる。確かに彼の言う通りだ。指揮官がしていい表情ではなかったと自分を責め、剣を持つ手に力を込めると魔法とともに振るった。

リオンも相当魔力を消費しているのか若干顔色が悪かった。足元にはもう何本目かもわからない魔力回復薬の空瓶が転がっている。強引に魔力を回復させ支援に徹するリオンもそろそろ限界が近いだろう。まわりで奮闘する冒険者の数も最初に比べて半分ほどまで減っただろうか。リバートは歯を食いしばると全体に喝を入れる。

「全員踏ん張れ！　ここが正念場だぞ！」「「「おおおお！」」」

やる気は十分。ならばまだやれる。近づいて来た敵兵を一刀の元に終わらせると、不意に大きな魔力を感じた。

何事かと空を見上げたリバートだったが、すぐに理解した。何百という焔の槍が敵の中心地に降り注いだ。

こんなことができるのは一人しかいない。

「帝国最強の魔導師が動いたぞ！　全員退避！　範囲魔法に巻き込まれるな！」

焔の槍は決して簡単な魔法ではない。中級魔法であり魔力もそれなりに使う。それを何百という数を同時に展開できるなどもはや人間と言えるのかと思えるような所業であった。

「これが五色魔導師の魔法かよ……」

誰かが呟く。その言葉は誰もが心の中で呟いた言葉であった。圧巻、その一言に尽きる。

王国軍も突如として降り注いだ魔法に右往左往し統率が取れていないようであった。中級魔法は簡易的な防御魔法で防げる代物ではない。一人二人と貫かれ絶命していく。レンたちは束の間の休息に一息いれる。

「リオン、俺にはよくわからねぇけどこれって相当魔力使うよな？」

「当然よ……五色魔導師の魔力量は宮廷魔導師の数倍にも及ぶらしいから」

言うのは簡単だ。だが実際に数百の中級魔法を同時に展開するなど正気の沙汰ではない。リオンにはとうてい真似できぬ所業であった。帝国最強の魔導師の名はだてではない。それを今ありありと見せつけられたような気がして、誰もが人外じみた荒業に溜息を漏らす。

「どうだリオン。いつか追いつけそうか？」

コイツは何を言っているのだとリオンは冷めた視線を送る。どう考えても到達できる領域にいない。そもそも二色魔導師である自分と比べることすら烏滸がましい。それだけクレイとは実力がかけ離れている。

極稀に後発的に使える属性が増えることもあるらしいがそれでも三色魔導師だ。全然足りない。

呆けた顔で空を眺めていた冒険者たちの元に早馬が駆け付けて来た。何か情報を持ってきたらしい。

「伝令！　ローバー姉弟の尽力により東方面の敵部隊はほぼ壊滅。これより東方面に展開していた部隊がこちらへと駆け付ける！　それまで耐えてくれ、とのことです！」

ああ、そういえば後二人の十二神が参戦していると聞いていたなといまさらながら思い出す。彼らもまた人外の領域にいるのだ。東方面の敵部隊といっても数千はいたはず。それをたった二人で何とかできるものかと疑心暗鬼であったリオンだが、わざわざ早馬を使ってまで嘘を言うはずもなく本当のことなのだろう。

「へっ、俺たちの活躍が掻き消えちまうな」

十二神の活躍と比べることが間違っていると言いたかったが、リオンもかなり疲れていたので何も言わなかった。

ただここからは楽な戦いになるだろう。少なくとも一時間から二時間耐えれば帝国騎士団の大部隊が救援に駆け付けてくれるのだから。冒険者たちと騎士たちは気合を入れ雄叫びを上げた。

――戦闘開始からおよそ二時間。

敵の数は目に見えて減った。五千いたはずの敵部隊はもう数百人程度しか残っていない。すでに騎士団の大部隊も合流し後は殲滅（せんめつ）戦だけであった。ただ、レンだけは渋い表情を見せていた。言うまでもなくあまり目立っていないからである。とはいえ黒騎士を簡単に屠った様は騎士たちが見ている。それだけでは足らないとでも言うのかとリオンは溜息をつく。

「リオン、あれやっていいか?」

あれとはレンの必殺技である。しかしそれは本当に危険が迫った時、もしくは魔物に囲まれた時に窮地（きゅうち）から脱出するための大技であり今使う必要はない。その技には一つ致命的な欠陥があるからだ。その技とはレンの魔力をすべて身体能力強化に割り振り、爆発的な加速とともにがむしゃらに二振りの双剣を振り回しながら突貫する、いわば大量の敵を殲滅する技であった。致命的な欠陥とはもちろんその技が終わった後である。爆発的な加速とともに突貫したレンは敵の大部隊のど真ん中まで移動することになるのだ。それも魔力をすべて消費した状態で。そんなバカげた技を許可するはずもなくリオンは彼の提案を跳ねのけた。

「バカなの? そんなことをしたらあなたどうやってこっちまで戻って来るのよ」

当然の返答であった。しかしレンは諦めない。

「そこで役に立つのがこれだ」

そう言いながらレンは片腕に着けた腕輪をポンポンと叩く。それはマテリア魔道具店で購入したばかりの魔道具であった。中には縛鎖の雷（チェインライトニング）が封入されており、いざという時の切り札として買っておいたものだ。

　確かにそれがあれば敵のど真ん中まで突っ込んでもなんとかなるかもしれない。だがしょせんは中級魔法。数十人からなる兵士に囲まれればどこまで魔道具だけで動きを封じられるかわからないのだ。しかしレンの目は輝いておりリオンは仕方なく首を縦に振った。

「かならず生きて戻りなさいよ。さすがに私の魔法もそんな遠くまで届かないわ。自分の力だけで脱出するのよ」

「おっしゃ！　任せとけ！　おい、そこをどいてくれ！　今から俺のとっておきを見せてやるぞ！」

　レンはやる気満々で周囲にいる騎士や冒険者に手でどくように指示する。いったい何が始まるのかと皆ソワソワしながらレンを見守る。リオンは申し訳程度にレンへとバフをかけた。これで多少は素早さが上がる。レンの一番の武器は速さだ。それさえ失わなければレンを捉えることは難しいだろう。

　レンが腰を低くし双剣を前にかまえると魔力を身体全体へと流し始めた。脚に力を込めるとレンは前方をしっかりと見据える。

「行くぜぇ！　超音速の斬撃(ソニックギガスラッシュ)」

　音を置き去りにした目にも止まらぬ速度で加速したレンは双剣を縦横無尽に振り回す。敵の大部隊へと突っ込んで行ったレンの通った跡にはズタズタに切り刻まれ倒れていく王国軍の兵士たち。

「オオオオオッ‼　俺の前に立ち塞(ふさ)がるやつはすべて斬り伏せる！」

　数百メートルを一瞬で移動したレンの斬撃により百を超える兵士が犠牲となった。王国軍の兵士からしてみれば一瞬風を感じたと思えば次の瞬間には身体を斬り刻まれているのだから堪ったものではない。

　やがて失速し王国軍のど真ん中で立ち止まったレンはあたりをギロッとにらむ。いきなりあらわれたレンの姿に王国軍の兵士も戸惑っていた。そんな隙を逃すかとレンはすぐさま腕輪を起動する。

「起動！　縛鎖の雷（チェインライトニング）！」

レンの掌から無数の雷が生まれるとあたりを取り囲む兵士たちを縛っていく。

「まだまだぁ！　縛鎖の雷（チェインライトニング）！」

レンはさらに続けて腕輪を起動すること数回。ついに魔力が尽きた腕輪は沈黙した。ただ、レンの周囲には雷の鎖でがんじがらめにされた兵士たちが死屍累々と横たわっていた。

「へっ！見たか！これが一級冒険者レンの実力だぁぁぁぁ！」

敵のど真ん中で戦わず雄叫びを上げる様はもはや狂っている。敵であるはずの王国軍の兵士もドン引きであった。だが、ここから元の場所まで戻るには相当大変である。さて、どうしようかと途方に暮れていたレンのそばを雷魔法が掠（かす）めた。どこからともなく飛来した穿つ電撃（ボルトランス）の一矢。熟練の魔導師でなければこれほど正確に魔法を放つことなどできはしない。まさかとレンがそちらへ顔を向けると、帝国最強の魔導師がいた。

「いやはやおそれ入る。私が一気に殲滅しようとしたところにとんでもない速度で飛び込んで来る者がいたとは……」

　実のところすでにクレイは大魔法を展開しようとしていたところであったのだ。間一髪クレイが気づいたからよかったもののもう少しで消し炭になるところであったのだ。

「しかしなかなか勇気ある行動だ。それだけは称賛に値する。まあたった一人で突っ込むのならその後の策も考えておいた方がいい」

　当たり前の指摘である。レンは恥ずかしくなり赤面し俯いた。クレイはそんなレンへと近づくと耳元で囁（ささや）いた。

「いいかい？　これから絶対に私のそばから離れるなよ？」

クレイの言葉にレンは黙ってうなずく。何かするつもりだ、そう思った矢先クレイが魔法名を唱えた。

「絶対零度（アブソリュートゼロ）」

刹那（せつな）、レンとクレイを中心にして囲んでいた王国軍の兵士はすべて凍り付いた。水属性最上級魔法の威力と範囲はレンもはじめて見たからか口を開けてポカンとする。さきほどまで剣呑な雰囲気で囲んでいた兵士はみな氷像と化した。

これが最上級魔法なのかと呆気に取られた。

「さあ、これで終わりだ。帰ろうか、ああ、済まないな名乗っていなかったか。私はクレイ・グレモリー、知っているかもしれないが一応な」

当然知っている。というより知らない者などいない。レンも姿勢を正すと剣をしまう。

「俺は一級冒険者のレン。最高峰の魔法をすぐ近くで見せていただき感謝します」

相手は帝国一の魔導師だ。レンも言葉遣いには気を付けながら会話を続ける。

「まあ二つ名がないので、その辺の冒険者って程度ですが」

「そう謙遜（けんそん）しなくていい。というよりそうか、二つ名を持たない冒険者であれだけの技を使えるのか」

クレイはたいそう驚いたようにレンを観察する。レンの使った大技はクレイのお眼鏡に叶（かな）ったのか興味を持たれたようであった。ほぼオリジナルのような技だが魔法と剣技を掛け合わせた双剣術だ。魔法しか扱えないクレイにしてみればなかなか興味をそそるものであったのだろう。

「君ならすぐに英雄級まで上がれるだろうな。ふむ、そうだな……私が君に二つ名を付けるとしたら……神速二刀、はどうだろうか？」

シンプルだがとてもいい。レンは喜びを露わにした。非公式とはいえクレイから二つ名を付けてもらえたのだ。これほど光栄なことはない。

「君のことは報告しておく。才ある者をいつまでも下に置いておくには惜しいからな」

「あ、ありがとうございます！」

まさかクレイに覚えてもらえるなんてやはりこの依頼を受けてよかったと小さくガッツポーズをする。

その後レンは元の場所へ、クレイはまた別の場所へ別れた。レンが戻って来た時はとても大きな歓声が起きたのは言うまでもない。

「依頼、達成だー！」

生き残った冒険者たちは両手を挙げ喜ぶ。騎士たちも勝利の余韻に浸っていた。実際は五千の敵数を半分以上削ったのがたった十二神三人だけだったとしても。

一週間後、冒険者ギルドでレンの二つ名が張り出されていた。

『一級冒険者レン、神速二刀の二つ名を授ける』

あとがき

　初めまして、プリン伯爵と申します。まずは『虹色魔導師は目立ちたくない』をお手に取って頂き感謝申し上げます。こちらの作品は「小説家になろう」に投稿していた作品で、既に目を通して頂いている読者の方は気付いたと思いますが、本筋は変えず細かい加筆修正と時系列を少し弄った作品になっております。

　とにもかくにも、まさか自分の作品がネット小説大賞というコンテストで受賞するなど夢にも思っておらず、第一話からずっと読んで頂いていた方は驚いたのではないでしょうか？

　しかし読者の方より遥かに私自身が驚いております。

　受賞と分かった時、別の作品と間違えているのかと思った程でした。本作が書籍になると決まった際、まだ浮ついた気持ちだった私を現実に引き戻したのは七草マキコ様という素晴らしいイラストレーター様から送られてきたキャラクターデザインでした。まさに私の頭の中を覗いたのかと思える程イメージ通りの絵を描いて頂き、文でしかなかったキャラクターに命が宿る瞬間を目にした感覚に陥ったのは言うまでもないでしょう。

　さて、こちらの本作ですがタイトルにもあるように矛盾をテーマにして書きました。虹色という派手で目立つワードと目立ちたくないという人間心理を掛け合わせたら面白いのではないか、と思い書き始めた次第でございます。

　主人公であるマリスは常識知らずで思った事をそのまま口に出すという少しおバカなキャラで、人をイラつかせる事に定評があるのですが、実を言うとこれは私をモデルにしています。

というのも私実は結構人をイラつかせる才能があると友人知人から言われる事があるんですよね。何をモデルにしようかと悩んだ末、一番理解している自分をモデルにしたという訳でございます。

私が一番気に入っているキャラはロゼッタなのですが、マリスとの掛け合いを書いているのが一番楽しいからという、ただそれだけの理由です。


あとがきというのは何を書けばいいんでしょうかね？　そろそろ締めに入りましょうか。

では、最後になりましたがここからは謝辞を述べさせて頂こうと思います。

まず、無名であった私の作品を書籍化して下さったインプレス様。右も左も分からない私を丁寧にサポートして下さった編集者様。私のイメージ通りにイラストを描いて下さった七草マキコ様。他にも校正、デザイン、広報、営業と様々な関係者様。小説家になろうで昔から目を通して下さっていた読者様。そしてこの作品を手に取って下さった皆様。本当にありがとうございます。こうして作家としてデビュー出来たのも皆様のお力あってのものです。


どうか、これからも『虹色魔導師は目立ちたくない』をよろしくお願いいたします。

そして第二巻も是非お手に取って頂ければ幸いです。

という事でこれにてあとがきとさせて頂きます。またお会いしましょう。グッバイ。

二〇二五年四月　プリン伯爵

著者紹介

プリン伯爵

パソコン修理業をやりつつ執筆し第12回ネット小説大賞小説部門で受賞し「虹色魔導師は目立ちたく無い」でライトノベル作家としてデビュー。趣味は多趣味なため書ききれませんが主に車いじり、カラオケ、ハンドメイドなどを嗜んでおります。

イラストレーター紹介

七草マキコ

イラストレーター。生活感のあるファンタジーイラストが得意。
ライトノベル挿画、ゲームイラスト、漫画アシスタントなどで活動中。

◎本書スタッフ
デザイン：中川 綾香
編集協力：深川 岳志
ディレクター：栗原 翔

●著者、イラストレーターへのメッセージについて
プリン伯爵先生、七草マキコ先生への応援メッセージは、「いずみノベルズ」Webサイトの各作品ページよりお送りください。URLは https://izuminovels.jp/ です。ファンレターは、株式会社インプレス・NextPublishing推進室「いずみノベルズ」係宛にお送りください。
●本書のご感想をぜひお寄せください
https://book.impress.co.jp/books/3524170056
アンケート回答者の中から、抽選で図書カード（1,000円分）などを毎月プレゼント。
当選者の発表は賞品の発送をもって代えさせていただきます。
※プレゼントの賞品は変更になる場合があります。
●本書の内容についてのお問い合わせ先
株式会社インプレス
インプレス NextPublishing　メール窓口
np-info@impress.co.jp
お問い合わせの際は、書名、ISBN、お名前、お電話番号、メールアドレス に加えて、「該当するページ」と「具体的なご質問内容」「お使いの動作環境」を必ずご明記ください。なお、本書の範囲を超えるご質問にはお答えできないのでご了承ください。
電話やFAXでのご質問には対応しておりません。また、封書でのお問い合わせは回答までに日数をいただく場合があります。あらかじめご了承ください。
インプレスブックスの本書情報ページ　https://book.impress.co.jp/books/3524170056 では、本書のサポート情報や正誤表・訂正情報などを提供しています。あわせてご確認ください。
本書の奥付に記載されている初版発行日から3年が経過した場合、もしくは本書で紹介している製品やサービスについて提供会社によるサポートが終了した場合はご質問にお答えできない場合があります。

●落丁・乱丁本はお手数ですが、インプレスカスタマーセンターまでお送りください。送料弊社負担に てお取り替えさせていただきます。但し、古書店で購入されたものについてはお取り替えできません。
■読者の窓口
インプレスカスタマーセンター
〒 101-0051
東京都千代田区神田神保町一丁目 105番地
info@impress.co.jp

いずみノベルズ
虹色魔導師は目立ちたく無い①

2025年4月21日　初版発行

著　者　プリン伯爵
編集人　山城 敬
企画・編集　合同会社技術の泉出版
発行人　高橋 隆志
発行・販売　株式会社インプレス
〒101-0051
東京都千代田区神田神保町一丁目105番地

印刷・製本　株式会社暁印刷
Printed in Japan

ISBN978-4-295-02112-4　C0093

NextPublishing®
●インプレス NextPublishingは、株式会社インプレスR&Dが開発したデジタルファースト型の出版モデルを承継し、幅広い出版企画を電子書籍＋オンデマンドによりスピーディで持続可能な形で実現しています。https://nextpublishing.jp/